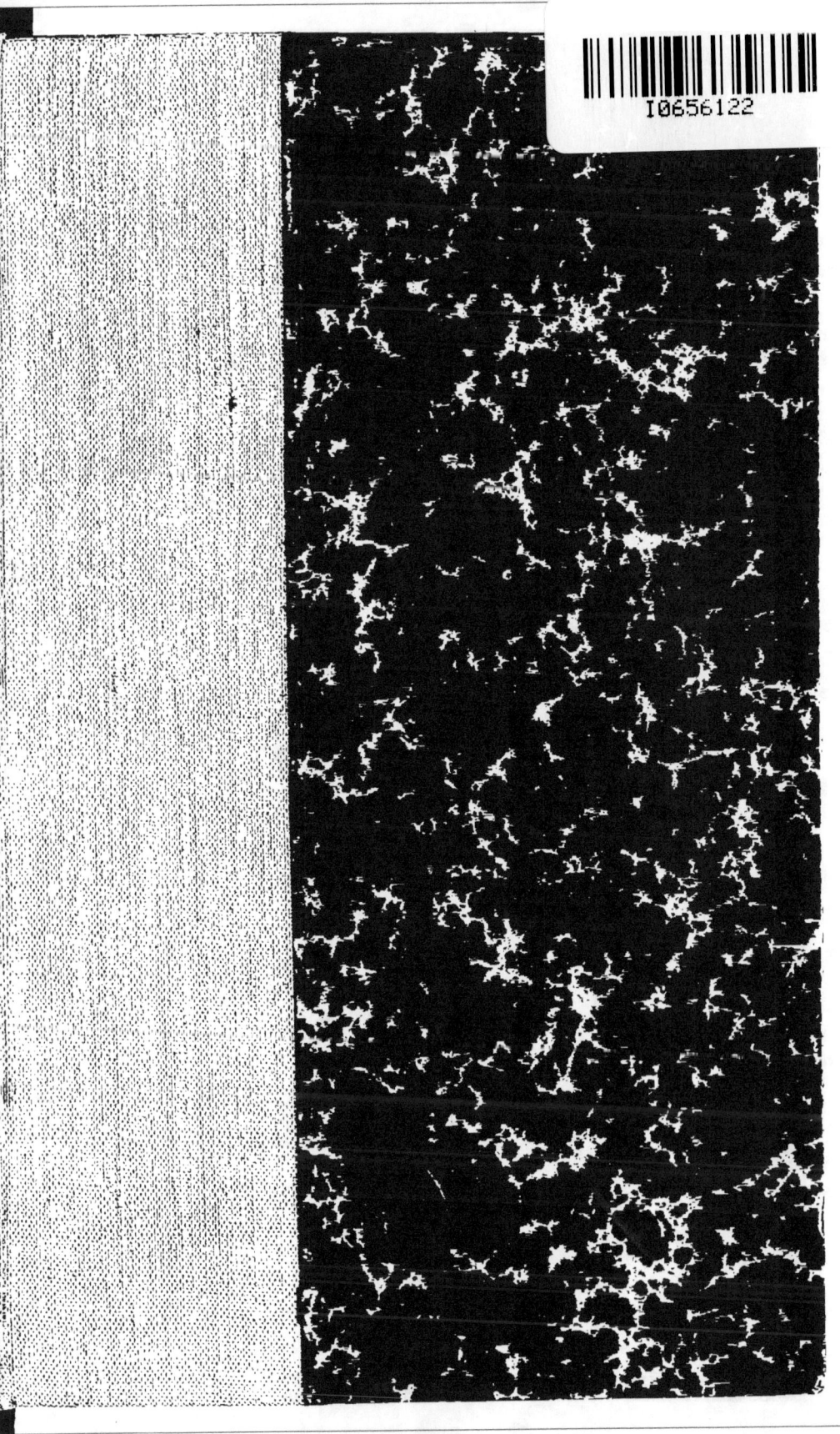

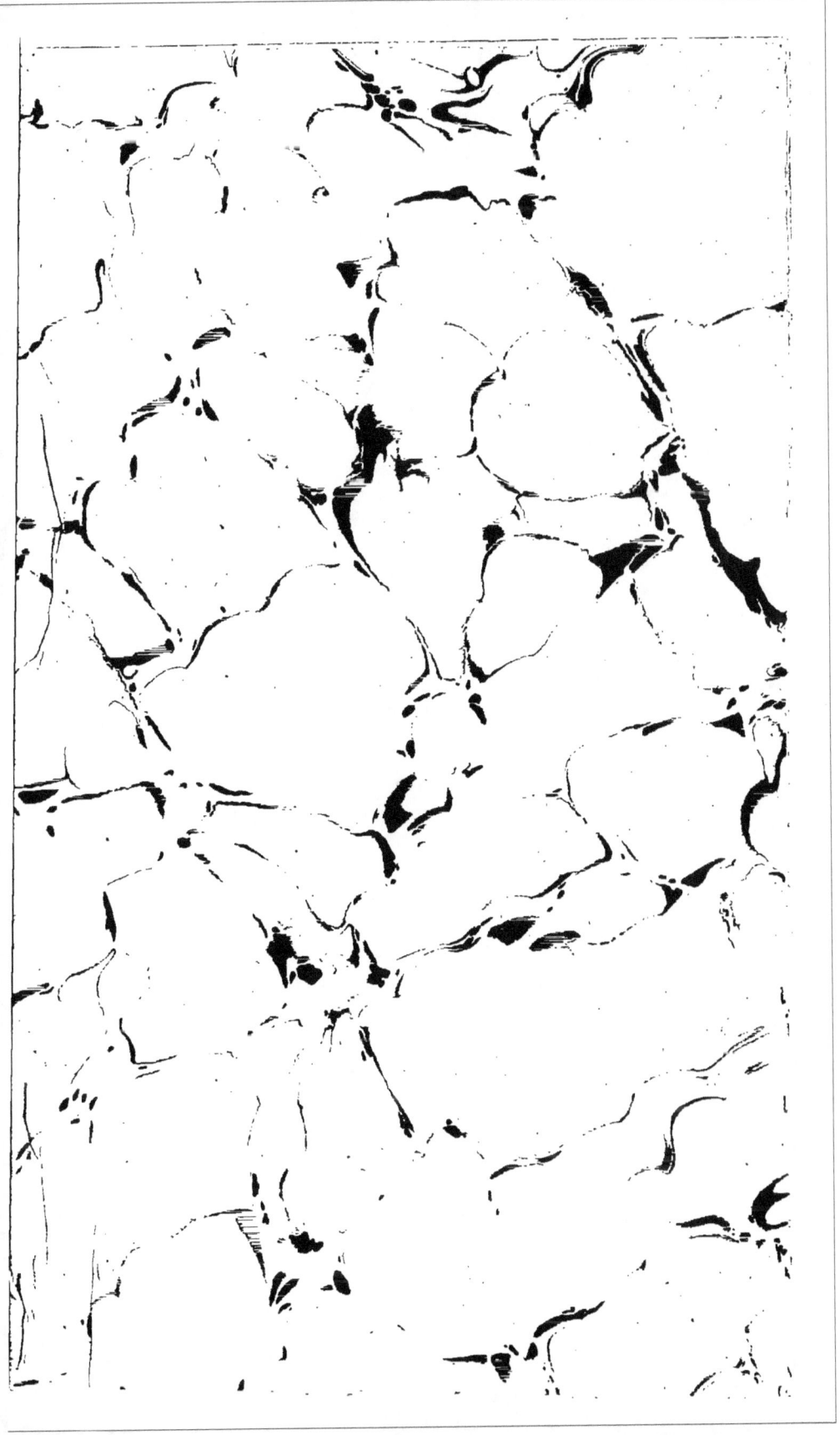

8ᵒ Vᵉ
1
13

NOUVEAUX MÉMOIRES

D'UN DÉCAVÉ

LIBRAIRIE E. DENTU, ÉDITEUR

DU MÊME AUTEUR :

MÉMOIRES D'UN DÉCAVÉ, préface par Arsène Houssaye, 3e édition, 1 volume grand in-18 . . . . 3 fr.

ROLANDE, *Étude parisienne*, 3e édition, 1 volume grand in-18. . . . . 3 —

MADAME LEBAILLY, *Scène de la vie de province*, 2e édition, 1 volume grand in-18 . . . . 3 —

SACHA, *Étude parisienne*, 1 volume . . . . 3 —

CLICHY. — IMPR. PAUL DUPONT, 12, RUE DU BAC-D'ASNIÈRES. (1718. — 75.)

FERVACQUES

NOUVEAUX MÉMOIRES

D'UN

DÉCAVÉ

PARIS

E. DENTU, ÉDITEUR

LIBRAIRE DE LA SOCIÉTÉ DES GENS DE LETTRES

PALAIS-ROYAL, 15-17-19, GALERIE D'ORLÉANS

—

1876

A OCTAVE FEUILLET

Voulez-vous, cher maître et ami, accepter la dédicace de ces croquis sans prétention, auxquels votre bienveillante indulgence a daigné trouver parfois quelque mérite? Voulez-vous l'accepter surtout comme un témoignage de l'admiration et de la reconnaissance que vous a vouées celui qui se dit votre

FERVACQUES.

NOUVEAUX MÉMOIRES
D'UN DÉCAVÉ

I

NOTES SUR PARIS

Vendredi, 15 septembre.

Un vrai déballage hier au club. C'est Chantilly et ses courses de dimanche qui nous valent ce retour au colombier.

D'abord Hastings qui revient d'Angleterre, où il a bu un joli bouillon sur le Saint-Léger. Il s'est obstiné, comme dans le Derby, à prendre *Prince-Charlie* et le cornard a été battu par *Wenloch* de cinq longueurs. Ensuite nous avons vu reparaître Kernisan, retour de Genève. Il y a force joli monde autour du lac Léman en ce moment-ci. Les excursions en montagne, à Vevey, Ouchy, Evian, et les parties de bateau se succèdent sans relâche.

Mardi on a assisté en corps à la réouverture de ce

bouiboui que les Genevois ont baptisé leur théâtre et
qui est adossé au jardin botanique. On jouait *Haydée*
avec la Landi, une fort jolie femme qui arrive de New-
Orléans et qui est jeune encore, distinguée et sympa-
thique. Du talent avec cela! Le reste ne vaut pas l'honneur d'être nommé. Salle comble et bien garnie.
Blanche Pierson, Violette, duchesse de Brunswick,
de la main gauche, le vicomte de la Redorte, et
Alaman.

Woreskow, lui, revient de Bade. Ce diable de Russe,
qui est Français de cœur, a gagné partout, à la roulette,
au trente et quarante et aux courses, où il a eu le bon
esprit, en prenant *Dami* à dix, de ratisser l'argent des
bons Prussiens. Bade est toujours charmant, paraît-il,
mais ennuyeux à mourir. Beaucoup d'Anglais, d'Allemands, quelques Américains, peu de Russes. Pas de
Français ; si, M. et madame M... Saluez! Après tout,
M. M... est étranger par alliance.

Nous en arrivons à parler des fêtes de jadis, et Woreskow me rappelle l'histoire qui nous est arrivée, il
y a sept ou huit ans, avec le prince d'Ambre et ce
pauvre Grammont. On avait invité le descendant des
Jagellons à dîner au club ce soir-là, et, par parenthèse,
il s'y tint fort mal. Dès le second service, il se mit en
manches de chemise au grand scandale des patriarches
du Jockey, tous imbus de la grande tradition de
Charles X, et qui auraient étouffé de chaleur plutôt
que de retirer leurs habits noirs ou de toucher au nœud
de leur cravate blanche.

Peu à peu ils s'éclipsèrent, et bientôt il ne resta plus

à table, pour tenir tête au prince, qu'une demi-douzaine de solides gaillards, parmi lesquels Grammont.

Quand les têtes furent échauffées on se leva bruyamment, et le prince proposa d'aller finir la soirée plus gaiement. Justement deux Anglaises célèbres, Kate et Mabel Grey, qui faisaient fureur à Bade, donnaient un thé ce soir-là. On s'achemina en désordre vers *Lichtentahl-Allée* et on se mit en devoir de chercher la demeure des deux jolies pécheresses, dont ces messieurs, un peu troublés par les fumées du corton, avaient oublié l'adresse.

En traversant la ville, le prince s'arrête tout à coup devant une maison en pierre de belle apparence. « C'est ici, » dit-il, et il carillonne avec violence. Silence complet ! Il recommence son vacarme avec force jurons et ébranle la porte à coups de pied.

Deux domestiques se présentent enfin à moitié réveillés :

—· Allons, dit le prince, où sont vos maîtresses ?

— Notre maîtresse, répondent respectueusement les deux valets, c'est la grande-duchesse Stéphanie, et elle n'a pas l'habitude de recevoir à cette heure-ci des gens ivres !

— Ivres ! s'écria le prince, ivres ! Attends, attends, je vais t'en donner !

Et il leur administre une volée de coups de canne. Cris, tumulte, scandale. La police arrive. On arrête le prince qui se nomme. Excuses du chef de patrouille qui, pour expliquer la chose, dit :

— Mais comment Votre Seigneurie a-t-elle pu se

tromper à ce point et qui donc a pu l'induire en erreur
en lui disant que c'est là que demeurent les deux personnes que cherche Votre Seigneurie?

Alors Grammont, qui n'avait encore rien dit :

— Qui? qui? monsieur le lieutenant de police, je
vais vous le dire.

Et lui désignant un bonhomme qui marchait tranquillement sur le trottoir opposé en rêvassant mélancoliquement à une passe de neuf, et qui sans doute
rentrait chez lui paisiblement :

— C'est ce monsieur-là!

On arrêta ce monsieur-là. C'était un Américain qui
ne parlait que sa langue natale et qui resta huit jours
au clou.

★
★ ★

Samedi, 21 septembre.

Voilà-t-il pas cet imbécile d'Olivier qui s'avise
d'avoir une affaire à Saumur avec un mari qui prétend
que..... Olivier prétend que non. L'affaire allait s'arranger ; heureusement des amis communs se sont interpo-
sés et patatras tout s'embrouille à nouveau. Olivier
me télégraphie de venir avec Nini et Lili, les épées à la
veine, celles qui ont gaillardement égratigné l'an dernier
le marquis de M... et me voilà parti pour Saumur. —
J'étais à peine installé dans un coupé que je vis apparaître une femme, oh! une femme, une vraie. Un style
correct, robe écrue, jupon de velours noir, toquet à aile
de lophophore, grand voile de gaze noire, tournure de

femme du monde, sac de cuir de Russie, timbré d'un V avec une couronne de comtesse. Et jolie, et faite, un bras, un pied, une main! avec cela brune avec des yeux bleus! C'est tout dire. Donc, elle se montre marchant en déesse, *incessu patuit dea*, dirait Janin, et dédaignant le compartiment des dames seules, réceptacle des vieilles femmes, des nourrices et des institutrices prudes, elle monte bravement dans une caisse voisine de la mienne. Si j'avais osé, j'aurais opéré un déménagement immédiat ; mais le moyen, sans la compromettre aux yeux des familles pur fil qui nous entouraient ? Je prends mon mal en patience, attendant tout du hasard et de la divinité à laquelle j'ai voué ma vie en prenant pour devise : *Venus victrix*.

En route, je me gourmandais de ma faiblesse et de ma timidité. — Allons, me disais-je, elle est seule ; pas même une femme de chambre. Quelle occasion de lui parler et d'entendre enfin le son de sa voix ! Comment, tu ne te souviens pas que tout ce printemps, aux courses du Bois, alors qu'elle trônait la plus belle de toutes dans ce coin ultra-élégant du pesage réservé jadis à la *Crème* et aux habituées des petits lundis ; tu ne te souviens pas de tes factions prolongées, indifférent que tu étais aux victoires de *Saint-Cyr*, toi le *betting man* passionné, qui t'éveilles parfois en t'écriant : « J'en prends encore pour dix louis à sept ? » Que n'aurais-tu pas donné pour un tête-à-tête semblable à celui que te procure le hasard ? Tu n'es cependant plus dans l'âge des timidités, et il te sied mal de jouer les *Cherubino d'amore*.

J'en étais là de mes réflexions. Coups de sifflet aigus
et répétés. Arrêt brusque. Un accident : la machine
est brisée. Cris, confusion : les femmes pâlissent; on
se précipite hors des voitures. Elle sourit sans bouger
de place et lève à peine les yeux de son livre. Quel
est-il ? Balzac. Bon cela. C'est une femme qui se
nourrit de la moelle des lions. Le tumulte augmente.
Tout le monde parle à la fois. Bah ! ce n'est rien ;
quelques coups de marteau et la bielle endommagée
est réparée.

Je la guettais. Au moindre signe d'effroi, au moindre
geste témoignant désir de mettre pied à terre, je me
précipitais. Pas du tout. Elle me jetait hypocritement,
de temps à autre, des regards coulés en dessous, à
travers les franges de ses cils baissés. Elle m'avait
deviné, je crois. Le train s'est remis en marche. Pas
moyen de *la sauver.*

Oh ! les diligences. Adorable institution disparue
comme la poudre, les carlins, les chanoinesses et les
vidames ! Les jolis accidents. Une roue qui brûlait. Un
essieu qui se rompait. Impossible d'avancer. On
gagnait à grand'peine le prochain relais où l'auberge
s'appelle *l'Écu de France* ou *les Trois Faisans.* L'hôte
ventripotent et rubicond, à menton d'abbé commen-
dataire, est sur la porte. Dans l'immense cheminée
rôtit une brochée de volailles. La cour est pleine de
fumier, sur lequel les coqs orgueilleux, au plumage
bronze et feu, marchent fièrement comme des officiers

de cavalerie regardés par des grisettes. L'écurie
entr'ouverte laisse voir la croupe polie et satinée des
vigoureux percherons.

Il faut coucher là. On manque de lits. *Elle* se
contente d'un sofa, moi d'un fauteuil ; la nuit est longue,
nous causons, je suis-très spirituel et... ajoutez à cela
le personnage d'un valet d'auberge poltron, qui en
criant au voleur force la belle à chercher un refuge
dans mes bras, un peu de musique... mais tout le
monde a vu cela cent fois au Gymnase.

Rien de semblable. Le train est reparti. A X... elle
descend. Deux messieurs décorés viennent la chercher.
Un vieux, c'est le mari ; un jeune, qui est-ce ? Il me
déplaît ! Une demi-poste l'attend, suivie d'un break
pour les malles. Il y en a sept en tout. Allons, c'est
une *femme chic !* une note de vingt mille francs chez
Worth. Elle monte en victoria avec le mari. Le jeune
homme escorte à cheval. Jolie bête, ma foi ! Un *cob*
de chez Tom Sayers de Tattersall'shill, j'en jurerais.
Ah ! elle se retourne. Un sourire épigrammatique
effleure ses jolies lèvres. Coup de sifflet; le train file,
je la perds de vue.

Au premier arrêt je descends et je remonte dans le
wagon qu'elle vient de quitter. Je me mets à la place
qu'elle occupait. Dans l'air un vague parfum de
floral-hall, cette odeur si rare à Paris. Elle l'aura
envoyé chercher à Londres par sa femme de chambre,
avec ses bas écossais... On n'en trouve que là. Sur la

banquette, un bout de velours noir arraché à son *follow me lads* et un numéro de la *Vie parisienne*.

Dix heures du soir. J'arrive à Saumur avec une heure de retard. Pas de voitures. J'avise un gamin. « —L'hôtel du comte Olivier ? lui dis-je. —Par ici, monsieur. » Il me précède en portant mon sac et mes épées dans leur boîte. Promenade dans les rues désertes et muettes. Enfin m'y voilà. Un vieil hôtel de président à mortier dans une rue étroite où l'herbe pousse. Le concierge s'éveille, me voilà dans la place.

— Le comte est-il là ?

— Oui, monsieur, me répond-on, il est couché. Il s'est battu cette après-midi, à cinq heures, et il est légèrement blessé.

— Eh bien, et moi donc ! fis-je en jurant comme un païen, cela valait bien la peine de me déranger pour me faire rentrer bredouille et avoir l'air d'un collégien auprès de la jolie brune aux yeux bleus.

⁂

Dimanche, 22 septembre.

L'Omnium. — Comme il avait plu hier soir et cette nuit, on s'était couchée très-indécise et sans donner des ordres, si ce n'est celui d'entrer à dix heures du matin. Et quand dix heures ont tapé au cadran qui sonne l'heure du berger, la cameriste fidèle, Sydonie, a gratté à la porte. Puis, sans attendre qu'on lui ait répondu, elle a tiré les doubles rideaux de soie et de

dentelle, elle a ouvert la fenêtre et poussé les volets
qui ont laissé entrer à flots le soleil et le jour aveuglant. La belle dormeuse s'est réveillée tout à fait.
Elle s'est étirée nonchalamment, a sorti des draps
un beau bras rond et potelé, nu jusqu'à l'épau-
lette de valenciennes qui fait semblant de couvrir
les épaules opulentes, et, ramenant en arrière les
petits cheveux follets qui flânaient sur ses beaux yeux
à demi entr'ouverts :

— Quel temps fait-il ? a-t-elle demandé.

— Mais, madame, ni beau, ni vilain. Des nuages,
du soleil et du vent, et le cocher est là qui demande
les ordres.

— Ah ! oui, les ordres ? eh bien, les ordres, dis-lui
que je ne sais pas, qu'il revienne à une heure.

Et voilà comment, malgré la *great attraction* de
l'Omnium, il y avait si peu de monde aux courses
aujourd'hui.

Le pesage comptait cependant quelques-unes de ces
fidèles habituées du printemps, qui, en vraies *sport-
women*, n'avaient pas voulu manquer l'émouvant et
passionnant spectacle de la grande course. Un joli
groupe élégant composé de madame de Fitz-James,
la baronne de Poilly, la marquise de Portes, la baronne
Finot et la princesse de la Trémouille était fort entouré.
Plus loin, madame de Béchevet et sa charmante sœur,
la vicomtesse de Merlemont, et madame M..., qui apparaît pour la première fois, je crois, depuis son mariage. Du côté des cavaliers, le prince de Sagan, le
duc de Caumont la Force, le comte de Moltke (Dane-

mark), d'Evry, Excelmans, Antonio Errazu, venu dans
une demi-daumont remarquablement bien tenue, de
Vogué, de Castelbajac, de Greffülhe, de Massa, de
Saugy, Charles de Fitz-James, Troubetzkoï, Alfred
Leroux, de Courval, Blount, de Lavalette, et tous ceux
généralement quelconques qui étaient dimanche à
Chantilly.

A deux heures et demie nous avons eu *celui* de voir
arriver le président avec madame Thiers, le général
Vinoy et M. Léon Say. Les deux officiers d'ordonnance
qui composent la maison militaire du chef de l'Etat
suivaient dans un coupé, dont le cocher avait des
moustaches. Je sais bien que c'est militaire, et qu'on
a l'air d'être conduit par son ordonnance, mais c'est
égal, c'est mauvais style. Il faut changer ça, mon président. Tous les équipages de la cour citoyenne sont
du reste tenus de façon à prouver péremptoirement
que Thuillier et Henry ne sont plus là. Je sais bien que
nous ne sommes pas riches à la cour de Versailles,
mais on peut être simple et élégant à la fois. Voyez
plutôt M. Jules Simon, un rien le pare.

Un gai rayon de soleil est venu fort à propos nous ré-
chauffer au moment où les dix-huit chevaux qui allaient
courir la loterie des rosses ont paru sur la piste. Quel
ravissant coup d'œil offrait alors cet hippodrome de
Longchamps, unique au monde comme situation et
comme cadre! Et quelle vue pittoresque que ces casaques de mille couleurs miroitant aux rayons du soleil
d'automne. *Satin on the turf*, disent nos voisins,
qui ont fait un tableau charmant du rapide et **fugitif**

moment qui précède le départ. Le peloton confus et bigarré est là qui se tord, ondule, avance, recule, s'arrête, repart pour s'ébranler enfin et débouler furieusement comme un nuage multicolore plein de miroitements éclatants. Au tournant, ce n'est plus qu'une masse confuse dans laquelle les lorgnettes affairées fouillent avec fureur. Les petites mains gantées se crispent sous la fine peau de Suède qui les recouvre, la gorge se soulève rapidement sous l'étreinte de l'émotion. Les lèvres, ces jolies lèvres, feuillets du livre d'amour qu'il est si doux de déchiffrer, sont sèches et contractées. Le petit pied impatient piaffe sur place. Les voilà, ils passent comme des flèches devant les poteaux. Les parieurs des poules ont des cris de geais en délire ou de paons plumés. *On ! on ! pull up !* Hurrah ! C'est fini, Mathilde a gagné.

Batailley et Almenèche *se fouillent*, comme dit un heureux preneur à vingt de la fille de Ferruck-Khan et de Georgette. Somme toute, il n'y a personne de mort, pas de grosses pertes, la jument ayant été assez délaissée, et le très-sympathique Delâtre a vu accueillir son succès avec un plaisir que ne tempérait aucune catastrophe. Franchement, après la défaite de Berryer dans le *Grand Prix,* le sort devait à Delâtre cette compensation.

Vertueux comme tout, aujourd'hui, je suis resté tout à *ces dames* et j'ai négligé *ces demoiselles.* Gontran, qui n'a pas eu ma continence et qui, lui, a traversé la piste pour aller flâner du côté sensible, m'en a rapporté un joli mot.

Deux femmes, l'une très-laide, l'autre très-jolie, étaient en victoria.

La dernière, sans se préoccuper aucunement du public qui l'entourait, avait sorti de sa poche une petite glace, un pompon, et elle était en train de se mettre un soupçon de poudre sur le visage. Gontran qui passe par là dit tout haut :

—Pourtant, elle est assez jolie pour ne pas avoir besoin de s'arranger. Que ne laisse-t-elle ce soin aux autres ?

La jolie femme auquel était adressé ce madrigal ne broncha pas, mais, en revanche, sa laide compagne se retourna vers Gontran et, lui souriant d'un air aimable :

— Vous êtes vraiment trop honnête, monsieur !

Enfin le *great event* est passé et l'on rentre par le Bois au déclin du jour. Il fait déjà frisquet. Et ce soir les dépêches vont sillonner l'Europe et porter le nom de la victorieuse Mathilde jusqu'à Biarritz d'un côté, jusqu'à Londres de l'autre, sans oublier Bruxelles, où les trois premiers seront affichés ce soir dans le petit cadre d'ébène qui est chez Horton, à la fameuse taverne de Villa-Hermosa, où les *sportmen* belges, qui se nourrissent exclusivement de *selling horses*, vont se mordre les pouces à l'envi de n'avoir pas réclamé jadis la jument bienheureuse qui rapporte un si beau sac à son propriétaire.

Mais, voilà, les sportmen belges sont des gens d'ordre qui n'aiment pas payer un cheval plus de deux mille francs.

Et encore ! ! !

★
★ ★

Lundi, 22 septembre.

RÉOUVERTURE DE LA TOUR-D'AUVERGNE. — Ce n'est pas la tour prends-garde, car jamais de mémoire d'habitué du *Six* ou du *Grand Seize* on ne s'est moins gêné que dans ce théâtre minuscule. Il y a bien dix ans que je n'y étais allé, et à cette époque cette petite scène était le terrain favori où les grandes courtisanes, après avoir beaucoup joué la comédie de boudoir et de paravent à deux personnages, venaient essayer leurs forces devant une assistance plus nombreuse, mais tout aussi payante que celle au profit de laquelle elles avaient souvent interprété à huis clos : *la Chambre à deux lits* et *Il faut qu'une porte soit ouverte ou fermée*. C'était comme un turf d'essai où, dans le prix du *premier pas*, venaient débuter non plus des pouliches sortant de l'herbage et sachant à peine broyer leur avoine, mais de belles et bonnes coureuses aux reins solides, aux allures franches et décidées, tout à fait mises dans la main, et sachant croquer à belles dents les pommes et les héritages.

A certains jours fixés, la petite rue montueuse qui va de la rue des Martyrs à la rue Rochechouart était sillonnée sur le coup de neuf heures du soir par de nombreux équipages élégants et bien tenus. Des coupés coquets descendaient des femmes fringantes et de jeunes seigneurs, Mécènes intelligents qui venaient applaudir leurs amies. La salle était un fouillis de dentelles, de diamants, de gilets en cœur, de gardénias et de cravates blanches, et les bonnes gens du quartier,

fourvoyés, par mégarde, au milieu de cette descente
de la Courtille élégante, ouvraient des yeux effarés et
se tassaient les uns contre les autres avec des mines
d'un haut comique.

Quand le rideau était levé, c'était bien pire. Aux
sons de l'unique piano du lieu, dont le musicien titu-
laire était remplacé, au bout de cinq minutes, par quelqu'un de la bande joyeuse, les petites camarades,
très-émues et, pour la plupart, absolument dénuées
d'aplomb, entraient en scène. Alors c'étaient des con-
versations qui s'engageaient entre la scène et la salle,
un échange de mots vifs et de plaisanteries plus ou
moins spirituelles, un tapage qui grandissait peu à peu
jusqu'au finale, une scie quelconque entonnée par
l'orchestre, reprise par les avant-scènes et qui néces-
sitait généralement l'intervention d'un garde de Paris,
lequel, à lui tout seul, faisait rentrer les perturbateurs
dans le silence. Pendant ce temps, les bonnes familles
qui avaient payé pour entendre le spectacle faisaient
des nez impossibles à décrire.

Je me souviens d'une de ces soirées orageuses. La
salle était magnifique (c'est là que je vis pour la dernière
fois ce petit chef-d'œuvre de la création qu'on appelait Zélie de Hare et qui est morte brûlée si dramati-
quement au Grand-Hôtel), et il y avait de quoi. L'af-
fiche portait les noms d'Emma Vally, qui, soit dit en
passant, avait réellement l'étoffe d'une comédienne,
et a interprété très-verveusement *le Dépit amoureux*,
de madame Gibeau et de Marguerite Bellangé, qui
devait jouer *l'Amour, qué qu' c'est qu' ça ?* Je veux bien

croire qu'à cette époque Margot ne le savait pas encore, mais elle l'a appris depuis, je crois. Ce qu'elle
a eu de succès, c'est inénarrable ; seulement quelle
singulière manie de se fourrer toujours les doigts
dans le nez ! Il n'y a pas de danger qu'elle se les mette
dans l'œil, disait Emma, qui est un brin mordante. Enfin
Charlotte Berthier, célèbre depuis par sa symphonie
en *mange mineur*, complétait le tableau. Ce soir-là
le vacarme fut insensé, et Albéric de L..., menacé
d'expulsion par le garde de Paris précité, nous donna
le spectacle d'une chasse à l'homme des plus réjouissantes. Empoigné au collet, il s'échappe et se met à
fuir à travers loges, balcon, amphithéâtre, bousculant
tout sur son passage, écrasant les femmes, marchant
sur leurs pieds, et serré de près par le bon gendarme.
On se tordait à l'orchestre. Là-dessus Croixans
saute au piano et accompagne cette poursuite furieuse
de l'ouverture de la *Chasse du jeune Henri*. Albéric
finit par saisir à bras-le-corps un candélabre gigan-
tesque qui est aux premières, et grimpe le long de la
colonne avec une agilité de chat-tigre. Le garde reste
planté en bas d'un air stupéfait ; et le piano railleur :

> Un jour maître corbeau
> Sur un arbre perché...

Il fallut faire venir de l'infanterie de ligne !

Dans une gamme plus sérieuse, c'est ici qu'a débuté Zélie Reynold, maintenant au Palais-Royal, et
Juliette Beau y a chanté quelquefois avec son âme et

sa passion la célèbre *Ay Chiquita*, du pauvre Iradier.
Depuis, l'École lyrique a vu fréquemment sur ses
planches, deux danseuses, Carabin, *toujours si bien
mise*, et Clara Pilvois, dite le rempart de la Tour-
d'Auvergne. Elles ont réussi médiocrement toutes
deux, moins bien surtout que leur camarade, la jolie
blonde Cellier, qui, elle aussi, a quitté l'opéra pour la
comédie. Francine, plus heureuse que ses compagnes,
a *percé* avec une rapidité justifiée d'ailleurs par son
talent.

Est-ce l'âge, est-ce le genre qui a changé ? je me
suis moins amusé ce soir. Les femmes qui jouent ont
plus de bonne volonté que de beauté et elles sont
d'une naïveté sans égale. En passant devant les loges
où elles s'habillent, j'ai entendu l'une d'elles poser à
sa camarade une question superbe :

— Et après le blanc, s'écriait-elle, qu'est-ce qu'on
met, dis ?

Mardi, 24 septembre.

Franquemont m'a emmené au Helder à l'heure de
l'absinthe, et m'a fait asseoir dans un petit coin
réservé, qu'on appelle la table des colonels. J'y ai
retrouvé deux amis.

Le premier de ces vieux camarades, Du Pan, était
avec moi quand, dans les premiers jours de la campagne, je quittai brusquement Sarreguemines pour
Metz. Nous voyagions de nuit et en arrivant à Bening-
Merlebach, la bifurcation qui mène à Forbach, les né-

cessités du service nous forcèrent à rester deux heures
en gare.

Nous en profitâmes pour visiter les campements de
la division Laveaucoupet, qui appartenait au corps du
général Frossard. Rien de plus original que ce vallon
frais et verdoyant, entouré de collines aux croupes
ombreuses, au milieu duquel s'étendaient les tentes des
dragons. De grands feux brillant sur les hauteurs
indiquaient les campements de l'artillerie, et les
flammes s'élevant par intermittences frappaient les
canons de cuivre qui piquaient de points brillants
l'obscurité de la nuit. Dans le bas, les dragons casqués, prêts à monter à cheval et roulés dans leurs
grands manteaux blancs à la Raffet, étaient couchés
autour des petits foyers au-dessus desquels dansaient,
dans une ronde fantastique et au milieu de la fumée
noire, les étincelles capricieuses, l'âme du bois qui
s'échappe. Nous passions devant d'autres rangées de
tentes silencieuses, faiblement éclairées, à l'intérieur,
par une seule lueur tremblante.

Quelques-unes étaient entr'ouvertes, et la toile
relevée sur le devant laissait voir un officier penché
sur un livre, écrivant une lettre ou étendu sur les
peaux de mouton, pensif, les yeux grand ouverts,
songeant à ceux qu'il avait laissés derrière lui là-bas ;
aux grands parents qui, restés seuls dans le manoir
désert, et assis le soir aux coins de l'antique cheminée, surmontée du blason féodal, se regardent sans
rien dire, en pensant à l'enfant aimé parti pour la

guerre, laissant passer, sans échanger une parole, les heures lentes et monotones, et, au moment de se donner le baiser de bonne nuit, se détournant pour essuyer une larme furtive qu'ils tentent de se dissimuler mutuellement. Larme donnée à la mémoire du cher absent, et bientôt séchée par la mâle assurance qu'il est de haute race, que bon sang ne peut mentir, et que, comme Du Guesclin, le grand connétable, « il fera bien à la bataille. »

Braves cœurs, votre confiance était justifiée quelques jours après. Du Pan, qui avait rejoint son régiment au premier corps, sous Mac-Mahon, assistait avec lui à la glorieuse défaite de Wœrth. Le soir venait. La déroute s'accentuait ; le grand maréchal, du haut du plateau qui dominait le champ de carnage, contemplait ses légions décimées, ses bataillons écrasés. Ses yeux pleins de larmes distinguaient avec peine les efforts héroïques faits pour protéger la retraite par un régiment de turcos embusqué dans une houblonnière. Il fit appeler Rosetti, le colonel de Du Pan, et lui désignant les masses profondes de l'ennemi : « Allez, colonel, lui dit-il, mais embrassez-moi, auparavant ! »

Les deux hommes se tinrent un instant enlacés dans une suprême étreinte. Rosetti se dégagea. « En avant ! » dit-il à ses hommes. L'héroïque 2e cuirassiers s'ébranla comme une trombe de fer. Le sol tremblait sous le galop des chevaux. Les balles prussiennes résonnaient sur les cuirasses comme la grêle sur les vitraux d'une serre par un jour d'orage et produisaient le bruit d'un sac de noix vivement remuées. En passant devant la forêt de perches de houblon où les turcos se défendaient pied à pied, ils virent les fils du désert joyeux de se voir appuyés par la cavalerie, poussant des cris de joie, et leurs faces noires, souriantes, montrant une double rangée de dents blanches.

Les turcos s'écartèrent pour laisser passer les cavaliers, et, dégageant le centre, se replièrent sur les ailes. Et, tout en continuant à faire le coup de fusil : *Bono, bono cuirassier*, disaient-ils en leur langage.

Leur colonel, à cheval au milieu d'eux, regardait venir les escadrons de Rosetti. Quand ils furent devant lui, il leva son épée, et se dressant debout sur ses étriers : *Vive l'Empereur !* cria-t-il d'une voix retentissante, et en inclinant le drapeau qu'il tenait sur la botte gauche. Et le régiment qui allait à la mort répéta de ses mille voix qui n'en faisaient qu'une : « Vive la France ! *Vive l'Empereur !* » Ceux qui allaient mourir saluaient César et la Patrie !

L'autre camarade retrouvé, c'est Sérigny. La dernière fois que je l'avais vu c'était dans de singulières circonstances. Metz venait de capituler, et j'étais accouru de Bruxelles à Luxembourg au-devant de ceux de mes vieux amis enfermés dans la place. J'étais sans nouvelles d'eux, et quelques-uns, à ce que m'avaient affirmé les premiers Français arrivés à

Bruxelles, avaient réussi à s'échapper sous les déguisements les plus étranges et les plus variés. Ceux-ci en vieilles femmes, d'autres en marchands de vin vendant du champagne aux officiers prussiens, certains en domestiques, que sais-je !

Je me promenais donc devant la gare même de Luxembourg, quand je fus croisé par un bonhomme costumé à la Callot : vieille limousine rapiécée, chapeau à ailes pendantes, pieds nus, et à la main une gaule avec laquelle il chassait devant lui deux petits cochons. « Arr, hi ! arr, hi ! » criait-il. Et il donnait un léger coup de baguette à ses petits cochons.

— Monsieur, me dit-il, voulez-vous acheter deux petits cochons ?

— J'ai bien autre chose à faire, lui répondis-je : passez votre chemin, mon brave.

Lui, alors, me sautant au cou : — Embrasse-moi donc, vieux, s'écria-t-il ; je suis Sérigny.

Et, appelant une bonne Luxembourgeoise qui, à quelques pas de nous, considérait cette scène d'un air ébahi :

— Tenez, ma vieille, lui dit-il, je vous les donne. Ils m'ont sauvé la vie, quoique prussiens.

Et la vieille s'éloigna en poussant les deux petits cochons. Arr, hi !

*
* *

Mercredi, 25 septembre.

. . . . Alors, dit Navorine, puisque nous ne voulez pas aller au Gym-

nase et puisque mes histoires de revenants et de *skopsi*
effrayent ces dames, je vais raconter une légende de
Podolie, telle que je la tiens de ma grand'mère, jadis
dame d'honneur de l'impératrice Catherine II.

Dans un de nos villages de Russie il y avait un vieux
bonhomme chargé d'ans et de misère. Ivan était son
nom. Seul il avait vécu, seul il se mourait. Et quelle
vie ! Au travail dès les premières lueurs de l'aube qui
blanchissait l'horizon, les sombres voiles du crépuscule le surprenaient encore péniblement courbé sur le
sol ingrat d'où il arrachait avec peine le pain de sa
vieillesse. Pas d'enfants, pas d'amis, pas de femme.
Ivan était trop pauvre pour avoir tout cela. Et, le dur
labeur de la journée terminé, il regagnait son *isbah*
solitaire, cherchait à tâtons son grabat et, grignotant
un morceau de galette de sarrasin, il étendait ses
membres fatigués et rompus sur les feuilles sèches
couvertes d'une peau de mouton due à la magnificence
d'un berger.

Comme il allait rendre son âme au Créateur, le
pope, qui passait par là, entendit le gémissement du
misérable et entra dans la chaumine. En présence de
ce moribond, le ministre de la religion pria d'abord,
puis voulant consoler ce qui pouvait rester de cette
âme :

— Ne te désespère pas, Ivan, lui dit-il, le jour du
repos est arrivé pour toi. Ta vie pure et laborieuse va
t'ouvrir les portes du ciel, et tu verras, au milieu du
chœur des anges et des dominations, le Sauveur
assis sur son trône de gloire.

— Et pourrai-je me reposer ? demanda Ivan.

— Assurément ! répondit le pope.

Ivan secoua doucement la tête.

— Voyez-vous, dit-il d'un ton résigné, je sais bien qu'il faut que vous disiez cela aux gens qui vont mourir ; mais ce que je sais aussi, c'est que là-haut, pas plus que sur cette terre, il n'y a de repos pour les malheureux. Tandis que les riches, assis autour des tables d'ivoire et d'or, mangent du mouton et boivent de l'hydromel avec les saints, qui donc fait la besogne des pauvres? Quand je serai là-haut et que viendra le soir, Dieu le Père m'appellera : Ivan, dira-t-il, as-tu éteint le soleil, as-tu allumé la lune? Ivan, les anges sont-ils rentrés, les saints ont-ils leur repas préparé? Ivan, la porte du paradis est-elle fermée pour que les employés du gouvernement et les fermiers du tabac et du sel n'y entrent pas? Ivan, paresseux, lève-toi.

Et quand je répondrai à Dieu le Père : Oui, oui, tout est fait, Ivan peut aller se reposer ! — Pas du tout, dira-t-il, Ivan, va semer les étoiles ; et quelle besogne de semer les étoiles ! songez donc, pope, toutes celles que je voyais au-dessus de ma tête, il y en avait déjà tant et le monde est si grand ! Comment donc ferai-je? Vous voyez bien qu'Ivan ne se reposera jamais, pas même au ciel.

★
★ ★

Jeudi, 26 septembre.

Entré par hasard à la Gaîté. Mon excuse : je n'avais jamais vu *le Fils de la nuit*. En tout cas, pas mal

le gens étaient dans ma situation, car il y avait une
olie salle. Les avant-scènes pleines et bien garnies.

La pièce m'a amusé ; le ballet est original et il y a
à une certaine première danseuse, madame Lamy, qui
a des jambes nerveuses dont les muscles saillent sous
le maillot de soie rose ! Une femme *bâchée,* quoi,
disait derrière moi un cocodès du square des Arts-et-
Métiers.

Flâné un peu dans les coulisses. Elles sont vides et
on y circule à l'aise. Quelle différence avec les coulisses
de *la Chatte,* encombrées de deux cents danseuses
à jupes pailletées et de figurantes en costumes divers !
La rangée des loges d'artistes est muette. Plus de ces
caquetages incessants, de ces babils intarissables,
de ces *potins* sans cesse renaissants qui illustraient
jadis les représentations de la féerie célèbre. Plus
de racontars dans la loge de Thérésa, de soupes à
l'oignon chez Gabrielle Gauthier ou Félicie Delorme,
plus de stations chez Elvire Gilbert, la fée violente 1re,
ou la brune Carmen, la fée violente n° 2. Au lieu de
cela, du sérieux, une tenue anglaise, et, dans les trois
seules loges occupées, trois femmes, trois types différents, trois portraits !

A tout seigneur tout honneur ; d'abord Adèle Page.
Ah ! la charmeresse aux grands yeux, aux regards
pensifs d'étoile du soir, comme disait Barbey d'Aurevilly, et qui fait songer au vers divin d'Alfred de
Musset :

Étoile de l'amour, ne descends pas des cieux !

La charmante pâle, d'un blanc de peau si doux ! je l'ai retrouvée telle qu'elle nous apparut un jour dans la pénombre d'une baignoire de la Gaîté, vêtue d'une robe de soie *violet meurtri*, sans bijoux ni dentelles, « simple comme bonjour et mélancolique comme bonsoir », avec ces airs de tête affaissée d'un oiseau qui se penche pour boire une goutte de rosée. Et sous la robe de velours noir passementée de jais de la duchesse de Scylla, sous les voiles de deuil qui l'enveloppent tout entière, sous la double corne de sa coiffure Marie-Stuart, je cherchais et je retrouvais en pensée la fringante Pompadour de *Fanfan-la-Tulipe*. Etait-elle assez appétissante, excitante, verveuse et diable-au-corps, cette coquine de duchesse, aux appas rebondis et moulés sous la brocatelle à fleurs brochées du corsage ! L'eau vous venait-elle assez à la bouche, en voyant ces bras splendides, d'un galbe antique, qui émergeaient, insolents comme le vice triomphant et superbes comme la beauté, des petites ruches de satin à la vieille qui faisaient semblant de couvrir la fine attache de l'épaule et la fossette d'amour qui s'y trouve, le nid aux baisers ! Sapristi, disait Mélingue, voilà une femme à qui l'on offrirait bien une pomme ! Une pomme, allons donc ! l'arbre tout entier avec la science du bien et du mal que vous devez si bien connaître tous deux, commère délurée, et avec l'arbre et ses fruits, le paradis, à la condition d'y entrer avec vous.

A côté d'Adèle Page, Devoyod. Celle-ci, sous les bandelettes égyptiennes de laine blanche serrées aux tempes, avec ses yeux de Junon, un peu à fleur de

tête, ses grands anneaux d'or aux oreilles, ressemble
vaguement à ces sphinx du désert, êtres étranges,
aux seins de femme, aux formes d'éphèbe et au sexe
indécis. Il y a beaucoup de l'homme dans cette voix
virile, ces gestes énergiques et cette lèvre supérieure
estompée d'un léger duvet qui obombre une bouche
sensuelle; tout cela a une saveur irritante, quelque
chose d'inquiétant, qui attire et laisse rêveur l'Œdipe
parisien penché sur le problème, et qui n'ose se ha-
sarder à approcher de près le sphinx de peur d'être
dévoré par lui.

La troisième, ah! la troisième n'est pas comme la
troisième de *la Belle Hélène* qui ne disait rien. Cette
troisième-là parle, et, morbleu, quelle langue! Pan,
pan et une histoire! Et vli, et vlan, une scène!
attrape! un rondeau! c'est fini? Non, des couplets! tai-
sez-vous, ou sinon, bon, une gifle! je vous l'avais
bien dit! Quelle commère de féerie, quelle hardiesse
décente à lancer le mot grivois en baissant les yeux,
en levant la jambe, en prenant un petit air confit, en
troussant ses jupes. Tudieu, Milla, ma chère, il n'y a
pas encore de par le monde beaucoup de *Giroflées* ou
de madame *Petit patapon* comme vous. Et la preuve
c'est que vous la jouez en Parisienne et en soubrette,
cette pauvre Fiammetta, la Palermitaine superstitieuse
et naïve qui croit à la Madone et à saint Janvier.
Vous, ma belle, vous en faites une gaillarde appétissante, qui sait ce que parler veut dire et qui possède
pignon sur rue, petit hôtel à Passy et propriété à
Écouen. C'est égal, vous êtes charmante.

2

Vu l'acte du bateau dans la salle. Ces gens-là, soldats et pirates, se bûchent pour de vrai. Le rideau
tombé, je gagne la scène. Les artistes descendent de
la corvette par un escalier volant. Ils passent, eux,
les figurants. Deux d'entre eux causent :

— Vois-tu, dit l'*Uscoque* au soldat espagnol,
quand tu as mis du persil, un hareng et du lard dans
ta salade, tu ajoutes des fonds d'artichaut, du poivre,
du vinaigre et je ne te dis que cela ! Du reste, y a pas
comme la bourgeoise pour savoir faire cela. Viens-tu
en manger demain ?

— Tout de même, repartit le sbire du *Medina-Cœli*.
J'apporterai un litre.

*
* *

Samedi, 5 octobre

Le vieux Saint-Rémy, qui a eu une pièce jouée aux
Français sous Louis-Philippe, et que j'ai rencontré
l'autre soir dans la galerie de Valois, veut me montrer
le foyer des artistes aux Français. J'y consens. Nous
montons par un escalier décent qui ne sent pas le cabotinage. C'est ici. Un grand salon situé au premier
étage et donnant par deux hautes fenêtres sur cette
place du Palais-Royal, si célèbre dans notre histoire.
C'est là que les massacreurs de septembre arrivèrent
les bras souillés de sang et portant au bout d'une pique
la tête coupée de cette délicieuse Lamballe. Ils vou-
laient offrir ce bouquet sanglant à Philippe-Égalité,
qui dînait, avec sa maîtresse, les fenêtres ouvertes. Le
prince s'approcha et contempla ce hideux trophée froi-

dement et sans pâlir. La populace applaudit. Trente-
sept ans plus tard, le petit-fils d'Égalité, en paletot
noisette et son riflard sous le bras, apparaissait sur ce
balcon historique aux sons de la *Marseillaise*, mettait
la main sur son cœur et saluait les épiciers citoyens
coiffés du bonnet à poil. Pendant ce temps-là, la royauté
légitime, celle des fleurs de lys, s'enfuyait vers la
Bohême.

Revenons au foyer. Dans le fond, une cheminée de
marbre, surmontée du buste de l'empereur, aujour-
d'hui ornée d'une pendule. Aux murs, des tableaux.
D'abord, deux pendants, dus au pinceau de Geoffroy,
l'artiste aimé. L'un représente les sociétaires en 1844,
l'autre ceux de 1863. Combien parmi ceux-là nous
restent? Mars, Rachel, sont dans la tombe. Autres
toiles : Rachel dans *Hermione*, signée Édouard Dubufe ;
Molière, dînant à la cour de Louis XIV. Mauvaise peinture, indigne d'Ingres. Et puis, le fait qu'elle retrace
est faux.

Au milieu, une table, une liste de souscription destinée à soulager quelque infortune y figure. C'est ici la
maison de la bienfaisance, mais non pas de la charité
chrétienne. Mesdames Favart et Plessy qui se croisent
échangent un salut cérémonieux, gros de sourdes ran-
cunes, un salut à poudre. Et là-bas, près de la seconde
fenêtre, autour de l'échiquier dont les tenants assidus
sont Got, Mauban, Provost, frère du comédien Eugène
Provost marié à mademoiselle Ponsin, Coquelin regarde Mounet-Sully, qui passe pensif, dans son peplum
blanc, beau comme l'Oreste antique avec son masque

tragique et ravagé marqué au sceau de la fatalité.

Bizarre, le coup d'œil! On joue ce soir trois pièces du répertoire et les costumes les plus disparates se coudoient, se heurtent et forment de charmants petits tableaux de genre. Coquelin-Annibal et Fabrice-Laroche, de *l'Aventurière*, en pourpoint moyen âge, causent avec Croizette-Isabelle et Lisette-Dinah, qui viennent jouer *l'École des maris*, tandis que Valère-Delaunay et Sganarelle-Talbot s'en vont de l'autre côté avec Clorinde-Plessy et Célie-Tholer. Voici également Marie-Royer, l'amusante veuve de *Nos Enfants*, Reichemberg, Delphine Marquet, une bonapartiste ardente fidèle au souvenir de l'impératrice, qui lui voulait un bien particulier. Le contraire est arrivé à Favart qui, après avoir reçu un bracelet de l'impératrice à la première de *Julie*, jura qu'elle le porterait toute sa vie, ce qui ne l'empêcha pas de réciter pendant le siége les *Châtiments* du sieur Hugo, avec Coquelin. Got et Mauban avaient eu le bon goût de refuser, ainsi que M. Bressant, qui ne manque pas, dit-on, quand il va en Angleterre, de faire à Chislehurst le pèlerinage du souvenir. J'aperçois enfin Edile Riquier, Emma Fleury et Lloyd. Mademoiselle Rousseil paraît rarement au foyer.

Voici le coin des habitués. M. de Tillancourt, le lieutenant d'état-major Berthaut, le fils du général, Saintain, et Ravergie, les peintres, Henri de la Pommeraye, Paul Ferrier et Albert Delpit, qui défend avec feu, et selon son habitude, je ne sais quelle don-quichottade : la Pologne, Trochu, Rossel ou le Saint-Siége. Comme c'est

beau d'avoir vingt-cinq ans, de voir la vie en rose, de
croire les hommes bons, les femmes vertueuses, les
camarades dévoués, et d'avoir assez d'esprit pour soutenir, avec cette adorable bonne foi de la jeunesse, des
paradoxes moraux à faire frémir l'ombre de feu Roqueplan, qui les aimait tant, les paradoxes, mais pas moraux du tout! Pas vrai, Esther?

Jadis s'asseyaient à cette place Eugène Giraud, le
peintre, et ce pauvre Victor, son fils, tué par la rigueur
du siége. Leur absence n'est pas compensée par la
présence d'un vieux notaire dont personne ne sait le
nom et qui vient là, depuis quarante ans, après avoir
déjeuné et dîné au café qui est au bas du théâtre sous
les galeries. Ce bonhomme est comme le génie familier des Français. Il a vu ici Laroche-Fontrailles, le
fameux duelliste des gardes du corps. Un jour, Molé
l'acteur eut avec Fontrailles une discussion, et il s'ou-
blia au point de saisir une bûche de bois avec laquelle
il menaça son adversaire. On se précipita entre eux.

— Laissez, dit insolemment le garde du corps, sans
s'émouvoir, laissez-les approcher toutes les deux.

Au moment de me retirer, j'ai entendu un joli mot.

— Pourquoi donc, disait Saint-Rémy à un comédien
de l'endroit, n'y a-t-il ici que les portraits des anciens
sociétaires? Il manque à ce musée une gloire, la plus
pure de toutes, le portrait de Seveste, tué à l'ennemi.

— Ah! lui répondit-on, c'est qu'il n'était pas socié-
taire!

Tout l'esprit de la maison est là!

2.

Dimanche, 6 octobre.

COURSES AU BOIS. — Cette fois-ci c'est l'hiver, il fait
froid et l'on a sorti ses fourrures. Les belles frileuses
étaient emmitouflées, et les *seal-skins*, les martres zi-
belines et les renards bleus ont fait leur apparition.
Voici venir la saison où le Café Anglais retrouve ses
hôtes habituels. A partir de sept heures du soir, surtout les jours de courses, les petits coupés coquets se
succèdent à la porte de la rue Marivaux. Il en descend
de fringantes beautés, la tête enveloppée de dentelles
blanches qui encadrent des yeux noirs ou bleus,
presque aussi brillants que les girandoles de diamants
qui étincellent à leurs fines oreilles mignonnement
ourlées. En haut du petit escalier, Isabelle a repris son
poste, accompagnée de son chien mouton noir, le frère
siamois de celui de Charles de Fitz-James ; le petit
palier embaume les roses, et les gardénias à l'odeur
voluptueuse se mêlent aux émanations de verveine et
new mown hay, que les belles passantes laissent derrière elles comme une traînée odorante.

Sur le seuil du sanctuaire, Ernest, le grand, le seul
Ernest, Ernest baron de Jupiter, comme on disait au
joyeux temps d'*Orphée aux Enfers*, ce temps des parties folles où l'on avait tellement exécuté de fois la partition d'Offenbach que les pianos du Café Anglais, quand
on les ouvrait, jouaient tout seuls *l'Evohé* et le cancan
final de la Bacchanale.

Mystérieux et discret, cravaté de blanc et impassible

comme un diplomate, Ernest fait les honneurs du grand
restaurant à la mode. Il juge et il jauge les gens d'un
coup d'œil, et nul ne sait comme lui, quand ses ha :
bitués arrivent avec une dame ultra-voilée, ouvrir,
sans qu'on le lui dise, le *cabinet des femmes du
monde.*

Sceptique en diable avec cela, il en a tant vu! et d'une
discrétion à toute épreuve.

Un jour qu'au retour d'un grand voyage je lui de-
mandais quels étaient les changements, permutations
et promotions qui s'étaient opérés dans le monde galant,
il me répondit :

— Ah! monsieur, les anciennes bandes dont vous
me parlez n'existent plus. Ces messieurs sont tous
morts ou mariés, ce qui est tout un pour nous. De
temps à autre, ils viennent une fois par hasard, mais
avec leurs femmes, et qu'ils sont ternes!

Puis, à une seconde question :

— Monsieur, me dit-il philosophiquement, la classe
des viveurs de 1860 est remplacée par une autre. Les
petits jeunes gens qui ont succédé aux viveurs de votre
temps procèdent de même : ils arrivent avec les mêmes
refrains à la bouche, les mêmes plaisanteries, le même
étalage de billets de banque.

— Et avec les mêmes femmes, n'est-ce pas, Ernest?
lui dis-je.

— Hélas! oui, monsieur, me répondit-il. Cette vieille
garde-là n'est pas comme l'autre ; elle se rend tous les
soirs et elle ne meurt jamais.

Autre symptôme d'hiver. J'ai vu aux mains de la

charmante comtesse Sylvine le premier bouquet de
violettes de la saison. Elles sont donc revenues ces
violettes, fleurs aimées, fleurs honnêtes. Je les adore,
moi, ces humbles petites fleurs modestes, bien élevées,
qui ne prennent pas de grands airs comme les camélias, ces fleurs entretenues, ou les roses, ces fleurs
banales que m'ont gâtées les cocottes de prix à réclamer, qui, au retour des courses, en rapportent à
pleines pannerées. Ce sont des violettes qu'on donne à
sa mère, à sa femme, à son amie, à celles qu'on respecte en les aimant. Et quoi de plus touchant que ces
pauvres petits malheureux bouquets de deux sous qu'on
rencontre au corsage des humbles bourgeoises qui
promènent une *trâlée* d'enfants ou qu'on aperçoit piqués
dans les cheveux des simples ouvrières! Et puis certaines femmes sentent la violette, d'autres les mangent ; une des plus jolies actrices de Paris, B... A....
avait cette manie. Elle prétendait que c'était exquis.
J'en ai goûté sans enthousiasme, mais, par politesse,
j'ai déclaré que c'était exquis. Elle m'avait fait avaler
bien autre chose !

Je voulais voir le retour, qui a dû être brillant. Tout
le monde était sous les armes, depuis Delphine, Fleur-
de-Péché, jusqu'à Léonide ex-Miss-Hervine, en passant par toutes les Mathilde imaginables, depuis la vertueuse Barriolle jusqu'à la cascadante Lasseny ; mais
le *dead heat* entre Sire et Collerette m'a retenu jusqu'à
la nuit. Finalement Sire a chiffonné la Collerette et
tout a fini pour le mieux, *ad majoris Fridolini gloriam.*

Vendredi, 15 octobre.

La Cocotte des Menus-Plaisirs fait fureur. On y va
ous les soirs, comme jadis on le faisait à *Orphée aux
Enfers,* dans la bonbonnière du passage Choiseul. A la
remière, qui a été des plus gaies, un dialogue perma-
ent s'est établi entre la scène et la salle, peuplée de
out ce que Paris compte de plus huppé parmi les coqs
anfarons dressés sur leurs ergots autour du lac et
armi les chercheuses d'œufs d'or au brillant plumage.
Schneider, Silly, Delval, Marguerite de Bosredon,
Emma Vally, Pépita Sanchez, Caroline Hacé, Cécile
emaître, Malvina Saëns, Adèle Page, Marie Fillion et
ent autres poules coquettes au ramage affriolant. Hier
'était le tour de la comtesse de Galve, du comte Po-
ocki, de Schneider (*bis*), Delâtre, Alfonso de Aldama,
Post, Meilhac, la Pommeraye ; bref, une salle de première, gaie, bruyante, légèrement gouailleuse, mais
'amusant franchement et riant à gorges déployées.

Les deux femmes qui portent le poids de la pièce
ont au demeurant deux types qui méritent un crayon
ans la galerie parisienne qui nous est familière. —
Blanche d'abord ! C'est un Rubens que cette belle
grande plantureuse créature qui a toute la saveur d'un
eau fruit arrivé à son plein épanouissement et qui
ente la lèvre sensuelle du gourmet. Casquée et revêtue
le la cuirasse aux écailles d'or qui emprisonne son
uste opulent, Blanche représente à merveille ces Vic-
oires charnues, aux épaules opulentes, aux cheveux

flavescents que Rubens et son école affectionnent et qu'ils placent volontiers dans un coin de leurs tableaux, les palmes triomphales à la main et volant au-devant du vainqueur qui fait son entrée dans la ville conquise, suivi de captifs enchaînés. La beauté matérielle éclate ici dans toute sa splendeur brutale. Le maillot saisit les formes, moule les contours et, plaquant sur les hanches et la poitrine, vient confondre les tons rosés de ses mailles de soie avec les chairs découvertes. C'est la fête des yeux, des yeux de vieux surtout. On se croirait à l'Opéra, tant il y a à l'orchestre de crânes chauves et de rubans rouges.

Et tout cela frotte et refrotte sa lorgnette avec une ardeur fiévreuse, pour dévorer l'appétissante *Pintade* Heureusement, il y a la rampe entre l'orchestre et la scène, sans cela! Après vous, s'il en reste, messeigneurs!

Passons à Désirée. Si l'autre est un Rubens, si Massin est un Greuze, celle-ci est un Grévin. Rien ne résume davantage la vie parisienne, rien ne sent plus le Bois et la maison Dorée que cet adorable petit minois chiffonné, qui n'a pas la beauté pure, correcte, ni le galbe grec de la statuaire antique, mais qui n'en est pas moins charmant. Il y a ici quelque chose d'indicible, de verveux, d'excitant dans ce frou-frou de jupe de dentelles, de boucles blondes, d'yeux noircis au khol, de teint arrangé à la veloutine, qui rappelle inévitablement la prose de Meilhac et la musique d'Offenbach. C'est un ragoût piquant, bien fait pour réveiller nos sens blasés et propre à être savouré par les papilles

e ceux qui blaguent la Vénus de Milo sous prétexte
u'elle est poncive. Ces types de l'époque actuelle, qui
'étaient pas il y a vingt ans, qui ne seront plus dans
ix ans, c'est Paris en un mot. Le Paris des huit res-
orts, des soupers élégants, la patrie des bijoutiers
oulants et des tapissiers arrangeants, toujours prêts
 fournir à tant par amant un mobilier somptueux au-
;uel ne manquera pas le lit traditionnel « manufacture
le conseils judiciaires. »

C'est un Grévin, assurément. Il est difficile de mieux
endre l'impression que Désirée produit qu'en la com-
,arant à un dessin de ce charmant peintre de l'élégance
lemi-mondaine.

Voyez-la dans le cadre de la scène, parée, pomponnée et armée de pied en cap. C'est un nuage de
dentelles, un flot de soie chatoyante, un scintillement
d'étoffes et de bijoux. Le gant de Suède emprisonne la
main mignonne ; le soulier Louis XV, à talon démesuré,
rapetisse et cambre le pied qui piaffe sur place ; la
coiffure n'est autre chose qu'un fouillis de cheveux
blondissants comme les blés mûrs sous le soleil d'août ;
et au milieu de tout cela une petite physionomie de
soubrette alerte et friponne, échappée au répertoire de
Regnard ou de Marivaux. Les yeux pétillent de malice,
et le sourire charmant découvre une petite bouche à
fossettes, que les poëtes du siècle dernier n'auraient
pas manqué d'assigner pour nid aux amours.

Au total, Désirée est une exquise petite croqueuse
de pommes et de cœurs, faite pour les gourmets
d'amour, non pour les gourmands. Mal venus seraient

avec elle les appétits gargantuesques. C'est un charmant dîner, mais à un seul service, chère exquise et
délicate qui n'est pas faite pour les affamés.

Comme cette spirituelle d'Angeville, qui vivait au
siècle dernier, et qui, elle aussi, était une délicate
ayant horreur des lippées brutales à la Gamache, elle
pourrait répondre à une question indiscrète : Peut-être
bien, mais si peu !

*
⁕

Dimanche, 27 octobre.

J'ai dîné hier au café Anglais, Ernest me servait. A
un moment donné j'ai levé les yeux sur lui et j'ai remarqué qu'il avait neigé sur les cheveux de cet illustre
maître d'hôtel qui figurera dans l'histoire à côté de
Vatel, l'homme au coup d'épée légendaire. On ne saurait croire ce qu'ils m'ont donné à réfléchir, ces cheveux blancs encadrant la tête de ce témoin muet de
mes premières fêtes. Ah ! il y a longtemps de cela,
vingt ans passés, et quand je suis rentré chez moi en
tête à tête avec mon feu que je tisonnais avec fureur,
je me suis mis à songer à tous ceux et à toutes celles
qui ont jadis chanté avec moi les strophes joyeuses de
l'hymne à la gaieté et à l'amour. Où sont-ils ? Où sont-
elles ? Partis dans l'exil ou dans la mort, les braves
cavaliers, les raffinés à la moustache en croc, casse-
cœurs et vide-flacons intrépides ; parties, elles, dans
le corbillard du pauvre ou sur un grabat d'hôpital, les
brillantes, les fringantes soupeuses qui trempaient

dédaigneusement leurs lèvres roses dans la mousse folle du cliquot petillant. Eux, c'étaient Fréneuse, mort en Afrique ; Lambesc, tué en duel pour les yeux noirs d'une danseuse cosmopolite ; Kernevel, tué à la chasse à Rambouillet après un panache où *Old-Nick* s'est rompu les os sur une barrière fixe ; Ligueil, marié en province avec sept enfants ; Sérignan, ruiné, qui s'intitule lui-même consul de France aux Batignolles, et Saintré, qui est préfet dans la Corrèze maritime. Pauvres garçons !

C'étaient encore Gaston et Maurice, morts d'épuisement ; Caderousse, dont la maladie de poitrine était héréditaire à ce point que Saint-Simon cite un de ses ancêtres, mort comme lui en pleine séve de jeunesse, en pleine verdeur, de la même affection, affection horrible, qui vous laisse toute votre lucidité et vous permet de vous regarder mourir.

C'était enfin Trélan. Ce pauvre Trélan, une vraie figure de gentilhomme soldat. Il avait servi en Afrique et il en avait rapporté ces façons militaires un peu brusques, mais tempérées par l'exquise politesse du gentilhomme bien né et élevé. Trélan, mort depuis à Marseille, au moment de s'embarquer pour je ne sais quelle fantastique expédition en Abyssinie, Trélan qui fut un des héros de l'orageux succès du *Cotillon*. Mais ceci est de l'histoire.

On répétait au Vaudeville une petite pièce sans prétention, intitulée *le Cotillon*, et dans laquelle les auteurs, Siraudin le chevelu et un autre, avaient intercalé un cotillon où figuraient tous les artistes avec de grosses

3

têtes, des cerceaux, des nœuds de rubans, enfin tous les accessoires de cette danse, alors dans la fleur de la nouveauté.

A tort ou à raison, Pierson la divine et Manvoy, dite Fleur de douceur, jugèrent au-dessous d'elles les rôles qui leur furent distribués. Elles s'en plaignirent, et il fut résolu dans un conciliabule des clubs élégants qu'on irait en masse siffler la pièce du Vaudeville.

Par contre, la direction prit ses précautions. Elle doubla les postes, mit un renfort de claqueurs, parmi lesquels plusieurs lutteurs de profession, et, de part et d'autre, on s'attendit de pied ferme.

Le grand jour arriva. Quel coup d'œil ! A l'orchestre, un océan de cravates blanches, toute la tribu des gilets blancs en cœur, le Gardénia-Club et le cercle de l'*Opoponax* avaient député leur fine fleur. Au balcon, *poetæ minores*, les boursiers et autres viveurs sans importance formaient la classe de la réserve. Dans les loges, le dessus du panier des pêches à quinze louis, et par-ci par-là quelques bons bourgeois, amateurs de spectacles, ignorant totalement le dessous des cartes et venus là pour s'amuser. Je t'en souhaite, s'amuser !

A peine les trois coups frappés et l'orchestre esquissant les premières mesures du *Bacio*, un ouragan de sifflets, une tempête de cris, de piaulements, de trépignements furieux. Tel avait apporté un sifflet de chef de train ; tel, une crécelle. La garde arrive ; avec elle, une nuée d'agents. Les entrées de l'orchestre et du balcon sont occupées militairement. Le rideau se lève. Tumulte furibond. Debout dans une loge, le commissaire de police crie à ses agents ses ordres d'arrestation et leur désigne les victimes à expulser. Grammont est un des premiers. Il résiste, on met ses vêtements en lambeaux et on le jette à demi-nu et sanglant sur la place de la Bourse, où une foule immense l'acclame et le porte en triomphe. Au dedans, la fête continue. Le parterre envahit l'orchestre. On lutte à coups de poing ; le bruit sourd des coups de boxe martelant les fronts se mêle au choc retentissant des cannes qui se brisent sur les épaules des claqueurs. Sur la scène, Pierson s'évanouit, les musiciens se sauvent. On brise leurs instruments ; on lacère les fauteuils à coups de couteau. Dans la salle, d'Auriol s'écrie : « Je reviendrai demain avec des pistolets. » Un officier de paix qui l'entend l'arrête et le colle au clou ; et Paul C... est obligé d'aller consoler Cora à domicile. François P..., d'Est..., sont foulés aux pieds et blessés. Le vieux marquis de Saint-S... est arrêté par erreur *comme factieux!* Il était venu pour voir la pièce et arrivait de la campagne. Quelle occasion !

Force reste à la police. On évacue la salle. Chez Tortoni, devant le café Anglais les *racontars* vont leur train. Au milieu d'un groupe, rue Marivaux, Trélan raconte l'affaire à des amis qui arrivent de Mabille. Des étudiants qui sortent de l'Opéra-Comique l'entourent et l'écoutent. Tout à coup, l'un d'eux gouaillant : « C'est bien fait pour les gandins, » fait-il tout haut. Trélan bondit. « Sus à la canaille! » s'écrie-

t-il, et la canne haute, il charge la foule. De Tortoni
on arrive en foule le soutenir, on le dégage et on se
retranche au café Anglais dont on ferme les portes.
La plèbe furieuse veut les forcer. Il fallut faire venir
de la cavalerie.

Au dedans Brunswick, pâle et blême, se jette à nos
genoux : « Sauvez-moi de la Révolution, » nous dit-il !
et nous de rire.

Le lendemain, la pièce fut interdite. Les clubs
avaient vaincu !

*
* *

Lundi, 4 novembre.

Vous ne pouvez vous figurer combien je tenais à
ma canne ! Elle était mince et fine, souple comme le
corps d'une jeune femme, alerte comme l'archet de
Strauss quand il déchaîne l'orgie par les nuits de car-
naval à l'Opéra.

Souvent, par les rues solitaires, à l'heure où sur les
boulevards déserts la série immense des candélabres
s'allonge au bord de la chaussée muette, à l'heure où
les kiosques, points lumineux, scintillent comme des
phares embrumés de la poussière blanche que sou-
lèvent les balais des Alsaciens matineux, souvent je
suis sorti du bal, et en rentrant chez moi j'agitais ma
canne au-dessus de ma tête pour conduire l'orchestre
invisible qui chantait à mon oreille le quadrille endiablé d'*Orphée* ou la valse rêveuse du *Danube bleu*.
Elle resplendissait alors comme l'acier aux lueurs du

gaz et parfois s'échappait en glissant comme une couleuvre de la main qui l'étreignait.

Hier soir, j'entrai dans les coulisses de l'Opéra, après le troisième acte de *Don Juan*. Tout le monde était prêt pour le ballet.

Je m'approchai d'un groupe. Une gamine de quinze ans vint en courant se jeter dans mes jambes :

« Pardon, monsieur, me dit une petite voix, voulez-vous me rattacher mon voile? En vous heurtant, je l'ai tout arraché. »

J'obéis en souriant. Pour avoir les deux mains libres, je posai Hortense — c'est de ma canne qu'il s'agit — contre un portant ; mais, hélas ! je la plaçai à faux. Elle disparut dans une fente que je n'avais pas vue.

Me voilà désolé ! je cours au chef machiniste, qui, plein d'obligeance et stimulé par un louis, fait descendre dans les dessous deux hommes armés de lanternes. Rien ne se retrouve. Il paraît que juste à l'endroit où avait plongé ma pauvre Hortense existe un trou qui va jusque dans les fondations de l'Opéra.

Je m'en suis allé tout dépité. Je voyais encore la tête de ma pauvre Hortense avec sa couronne dorée et cet étroit cercle brillant que j'avais si souvent mordillé d'impatience et de jalousie à l'époque où Julia me faisait damner tous les soirs par ses coquetteries avec les avant-scènes. C'est fini, et l'histoire de ma canne en est à son dernier feuillet. Existence accidentée pourtant. Souvent elle a séparé les épées relui-

sant au soleil, là-bas, sous les allées discrètes de Ba-
gatelle ; elle a, couchée en travers sur les vertes
pelouses de Croissy, servi de limite à la marche de
Gontran le jour où il a logé une balle dans la tête de
ce pauvre Arthur Strange. Enfin, s'il m'en souvient
bien, à Trouville, une nuit, elle alla se promener fort
irrévérencieusement sur certaines épaules brunes que
tout le Casino venait voir au bain, et, le lendemain,
deux marbrures bleuâtres que les baisers étaient impuissants à effacer..... mais vous avez pardonné,
madame.

A cette époque, ma canne n'était pas encore
baptisée. Voici comment elle le fut :

Un soir, aux Variétés, j'étais à côté de Xavier
Flamberge, à ce moment l'heureux possesseur de
l'étoile du lieu. Je ne sais à quel propos il était ce
soir-là d'exécrable humeur, quelque scène de ménage
sans doute. En causant, et machinalement, il prit ma
canne et se mit à jouer avec. Le rideau tomba. Il
s'élance dehors en regardant d'un air furieux l'avant-
scène des premières où se prélassait un souverain
quelconque venu des pays orientaux et accompagné
de plusieurs secrétaires à tout faire, tous coiffés du fez
traditionnel : un panier de bouteilles de bordeaux
cachet rouge.

L'entr'acte dura vingt minutes. Puis le régisseur
vint faire une annonce et réclama l'indulgence du public pour mademoiselle X... subitement indisposée.
Xavier ne revint pas. Je reçus le lendemain ma canne
avec ces mots :

« Merci à vous, ami, votre stick a fait merveille. Hortense s'en souviendra longtemps. »

Ma canne était baptisée. Depuis cette anecdote, elle a eu bien des malheurs. A un retour de Chantilly, elle tomba de voiture et fut grièvement blessée. J'y tenais pourtant ! Il m'en coûtait de lui donner une remplaçante. L'événement d'hier tranche tout.

J'ai acheté ce matin une nouvelle canne. Elle est toute mignonne avec une petite pomme en lapis. Elle a tout l'air d'une honnête fille qui ne fera pas parler d'elle.

★
★ ★

Mercredi, 3 décembre.

Hier soir *Hamlet* à l'Opéra. Jolie salle. La blonde marquise de Galiffet, accompagnée de son père, le toujours jeune Charles Laffite.

Impossible de voir un cavalier plus correct et plus audacieux. Je me souviens d'un certain cheval blanc truité qu'il montait à Chantilly, il y a quelques années, et qui n'était certes pas commode. Des réactions formidables, des coups de reins à envoyer un homme à dix pas, des défenses obstinées, pointes et tête à queue, tout y était. Avec cet animal endiablé, M. Laffite, solidement vissé à sa selle, passait partout, franchissait tout, arrivait premier à la mort, et il descendait de cheval aussi frais, aussi dispos qu'à son arrivée au rendez-vous.

Vu également la duchesse d'Elchingen, avec sa fine tête de Diane de Poitiers, la baronne de Poilly,

qui serait une splendide Erigone si la mode était
encore aux bals travestis, comme les fameux de la
Marine, la marquise de las Marismas, la duchesse de
Montmorency, Madame de Béchevet, mesdames André, Stern et Aguado. Mademoiselle Sessi était aux
secondes, et au balcon, non loin de la brune madame
Martin, le hasard, qui est très-spirituel, avait placé
madame B. Jouvin, la femme du grand critique musical, à côté de mademoiselle Hisson.

J'ai aperçu aussi les ducs de Montmorency et de
Choiseul, Arthur Aguado, les princes de Sagan et de
Beauffremont, Hubert Delamarre, Haas, Hallez-Cla-
parède, Charles de Fitz-James, rencogné dans la loge
du Club, d'où il lorgnait mélancoliquement la salle,
Edouard André, de Las Cases, Du Bos, et Guy de
Turenne.

Ce pauvre Halindex rencontré dans un couloir est
à faire peur. Quel dégel, grand Dieu ! Le cheveu, rendu
noir à force d'art et de cosmétique au plomb, est
devenu d'une rareté aussi excessive que l'éloquence
dans les discours de feu Victor Lefranc. Le teint est
brouillé et jauni, les joues pendent flasques et mal dis-
simulées sous d'épais favoris trop noirs, l'œil est gonflé.
Dire que cet homme à fait des passions et surtout des
malheureuses ! Et puis toujours seul... un, deux, trois,
comme dans *la Favorite*. Pas un ami, pas un compagnon. Faut-il qu'il ait mauvais caractère pour être ainsi
isolé ! criait-on un jour de courses à M. de Saint-A...
qui, seul sur son siége, conduisait son break à quatre !

Ici je crois que ce n'est pas le caractère qui crée le Sahara autour de cette personnalité. Je suis sûr qu'il y a des jours où celui-ci donnerait cent mille francs d'une poignée de main.

Amusant, le ballet; amusantes surtout les cinq minutes qui le précèdent. Certains fauteuils d'orchestre sont restés vides depuis l'ouverture; les loges des clubs sont désertes, sauf l'abonné de la fondation, Sartorys, qui est là tous les soirs depuis trente ans et qu'on voit toujours à son poste devant que les chandelles soient allumées. Je crois qu'il couche à l'Opéra.

Cinq minutes avant les premières mesures du ballet, un claquement de portes succède à des pas pressés qui ont retenti dans l'escalier ; un flot de gentilshommes jeunes et vieux apparaît aux entrées de l'orchestre et gagne prestement ses places, tandis que sur le rebord de velours des loges s'accoude la fine fleur du *Jockey*, du *Sporting*, de la rue Royale, voire même de l'*Union*, tous dégantés, bien entendu : c'est de règle à l'Opéra.

C'est le retour des coulisses. Si on y regardait de près, peut être verrait-on, sur les revers d'habit, quelques traces accusatrices de blanc de perle, indiquant que les légères ballerines d'outre-rideau se sont familièrement appuyées sur l'épaule de ces messieurs. Peut-être apercevrait-on, dans les cheveux de quelques-uns, quelques parcelles brillantes de ces poudres diamantées ou blondissantes qui servent de condiment piquant à toutes ces jolies filles pour relever leur beauté. Mais qu'importe? Nous ne sommes pas là pour cela. Tristes, les femmes du monde, que leur grandeur et leur mari attachent de ce côté-ci de la rampe, regardent d'un air furieux leurs *darlings* qui viennent de braconner sur le terrain défendu. Hier soir, j'en ai vu une qui souffrait réellement. Elle était calme et impassible en apparence, mais ses yeux ne quittaient pas un jeune homme placé dans l'avant-scène et qui venait de faire les coulisses buisson-nières.

Sa poitrine se soulevait sous son triple collier de perles fermé par une agrafe de diamants. Ses seins palpitaient d'émotion et son cœur, j'en suis sûr, battait à lui rompre la poitrine. De temps à autre, son mari placé derrière elle, lui adressait quelques paroles banales, sur l'Opéra, sur la salle. Elle répondait brièvement par des monosyllabes secs, menus, ha-chés, sans tourner la tête. Puis elle mettait devant sa bouche un mouchoir en dentelle et elle le dévorait pour ne pas éclater. Enfin, n'y tenant plus et pendant que Baugrand et Fiocre minaudaient le pas du bouquet, elle se leva :

— Allons-nous-en, dit-elle d'un ton bref, je ne me sens pas bien.

Et le mari d'un air résigné :

— Soit, partons ! Mais je ne te comprends pas, chère amie, qu'as-tu donc ce soir?

Je le sais bien moi ce qu'elle avait ou plutôt ce qu'elle n'avait pas.

⁂

Jeudi, 5 décembre.

L'autre jour, à Saint-Martin, la pluie nous avait forcés de regagner le château ; il avait fallu rentrer la meute et ramener *at home* les vingt magnifiques *blood hounds* du comte. Les braves bêtes étaient furieuses, et elles reprenaient à regret le chemin du chenil. Pas bien content non plus, j'étais remonté dans ma chambre, et, les pieds sur la cheminée, renversé dans un fauteuil, j'écoutais à demi Manicamp qui me narrait des histoires américaines en fumant une énorme pipe, objet d'horreur pour sa jolie cousine.

Pendant qu'il causait, je regardais deux portraits d'officiers en uniforme du xviie siècle qui, appendus à la muraille, semblaient se regarder en souriant.

— Ah ! me dit-il en s'interrompant, vous regardez les portraits de mes pauvres cousins ; leur histoire est singulière.

— Allons, mon cher, racontez-la-moi. J'en ai assez de vos Yankees, de leurs mœurs sauvages et de leur porc salé de Cincinnati.

Il commença :

— Le cadet de Rieux et Nantouillet, deux jolis mousquetaires, comme vous voyez, étaient liés d'une amitié étroite. Un soir qu'à souper ils causaient de l'immortalité de l'âme, ils convinrent tous deux que celui qui mourrait le premier viendrait donner à son camarade des nouvelles de « ce pays inconnu d'où pas un voyageur encore n'est revenu. »

À quelque temps de là la guerre éclata. Tout ce

qu'il y avait de gens de marque à la cour partit pour
la Flandre. Nantouillet fut du voyage. Retenu à Paris
par une fièvre maligne, de Rieux resta au lit. Une nuit
qu'il dormait profondément, il fut réveillé par le bruit
des rideaux de son lit qu'on tirait brusquement. Il
ouvrit les yeux, il vit Nantouillet qui, lui montrant une
blessure sanglante qu'il avait dans le flanc, lui dit qu'il
venait d'être tué à l'attaque du Quesnoy par le maréchal d'Hocquincourt.

« Les Espagnols avaient si furieusement chargé qu'il
y avait eu un grand carnage parmi les nôtres, force
blessés, et de tués encore plus.

« Glacé d'horreur, le cadet de Rieux ne sut que répondre. Alors Nantouillet, reprenant la parole, lui repré-
senta doucement qu'il y avait un autre monde par-delà
celui-ci, et qu'il devait en conséquence changer sa
manière de vivre, quitter la débauche où il était plongé,
laisser là le vin, le jeu et les filles et songer au salut
de son âme. Il ajouta que le temps pressait, car de
Rieux devait être tué à la première affaire. Puis le
fantôme disparut.

« Baigné de sueur, de Rieux appela au secours. On
accourut au bruit et il conta son rêve, dont aucuns ne
firent que rire. Bien à tort assurément, car la poste de
Flandre qui arriva peu après apporta la nouvelle de la
mort de Nantouillet. — Quelques jours se passèrent.
La chose rendue publique devint promptement l'événement de la cour et de la ville. Puis on cessa d'en parler ; survinrent les troubles de la Fronde. Le cadet de
Rieux, qui tenait pour le parti des princes, s'enferma

dans Paris. Le jour de l'affaire de Charenton, il mena sa compagnie au feu, et, entraîné dans la retraite générale, il vint se mettre à couvert sous le canon de la Bastille, que la grande Mademoiselle fit tirer sur les troupes de son royal cousin. La furie du combat, qui semblait apaisée, reprit sur la fin du jour, et, accueilli par une mousquetade effroyable des gens du roi, de Rieux fut tué d'une balle en pleine poitrine.

« Au moment de mourir, il leva les yeux au ciel, et, souriant à un fantôme qu'il semblait apercevoir dans les nuages : « Me voici, Nantouillet, fit-il, me voici, « mon ami, » et il expira. »

*
* *

Dimanche, 15 décembre.

Bal a l'Opéra. — Il était beau bal, mais un peu trop fourni du côté des hommes et un peu trop clair-semé de ce sexe auquel Legouvé premier doit sa mère, et nous une bonne partie de nos maux. Le temps était sans doute pour beaucoup dans cette pénurie de dominos fringants et musqués, et j'aurais pourtant bien cru à une foule énorme en voyant dès minuit et demi la longue file de voitures qui s'échelonnait depuis la Chaussée-d'Antin jusqu'au péristyle de l'Opéra, noyé dans des flots de lumière. Il paraît que je m'étais trompé. Isabelle, que j'ai rencontrée dans le vestibule, chargée de son odorante moisson de lilas blancs, de violettes et de roses rouges, m'a vite fixé par un hochement de tête significatif quand je lui ai demandé si elle avait

vu passer beaucoup de monde ami. N'importe, j'ai
pénétré.

Le bal de l'Opéra est une de mes faiblesses, je m'y
suis toujours follement amusé. Il y a à Paris quelques
bohêmes de l'élégance et quelques écrivailleurs prétentieux qui ont fait leur stage de viveur chez la rôtis-
seuse, qui prétendent qu'on ne s'amuse pas à l'Opéra
et qui, perchés sur les talons éculés de leurs bottes
crottées, déclarent solennellement que l'intrigue est
morte. C'est parbleu bien naturel ! A moins d'être
accostés par leur blanchisseuse ou la petite bonne qui
les sert chez Porret, il me semble difficile qu'il leur
arrive quelque aventure galante. Il faut pour s'amuser
à l'Opéra connaître beaucoup de monde et être très-
connu, hors de là, point de salut. J'ai toujours, au contraire, trouvé de charmants racontars, dans ces dialo-
gues murmurés de bouche à oreille par un mystérieux
domino qui se penche sur vous. Le cavalier est adossé
à la paroi du corridor. Les mains sont croisées autour
d'une taille cambrée qui ploie sous la pression. Les
bras de la femme vous entourent le cou en formant un
collier tiède et parfumé. Une légère odeur de *White
rose* vous monte aux narines, et pendant ce temps, se
haussant sur ses pointes pour arriver jusqu'à l'oreille
de son interlocuteur, elle chuchote des potins avec un
tas de petites façons réjouissantes.

Mais voyons la salle. Le coup d'œil du haut d'une loge
est étrange et singulier. Quel fouillis indescriptible,
quel tumulte de couleurs, d'accoutrements disparates
et de costumes insensés ! Du fond, l'orchestre, sur des

gradins immenses, des gradins de cirque romain, envoie en ondes sonores les mélodies enragées qui mettent
en branle tous ces fantoches affolés. D'un buisson de
fleurs et de plantes vertes émerge Arban qui conduit
l'orgie. A sa main, le bâton magique d'ivoire, indice du
commandement, déchaîne les tempêtes harmoniques.
Il faut le voir à la pastourelle d'un quadrille, le grand
moment. Le plancher tremble sous les trépignements
d'une multitude ivre de plaisir, les cris les plus discor-
dants retentissent, ceux de l'Indien qui a avalé un per-
roquet vert ou du zèbre qui a perdu son épouse favorite. Pendant ce temps Arban bat la mesure avec la
tête, les épaules, les pieds. L'orchestre s'emporte ;
il reprend à pleine voix les motifs endiablés du quadrille ; c'est un moment de folie indescriptible à faire
tourner les têtes les plus solides. Moi-même, accoudé
sur le rebord de velours de la loge, je ne peux me
défendre d'un frémissement quand la voix brutale des
cuivres, mêlée au grincement des violons, m'apporte
un motif populaire dansant et bien rhythmé.

L'heure s'avance, il est temps de songer au souper.
Déjà les escaliers, couverts de tapis rouges, disparaissent sous le flot des dominos qui se retirent. Les
pelisses de fourrures sont en majorité. Les hommes
passent leurs paletots. Quelques mots d'esprit, fusées
attardées qui partent après le feu d'artifice, éclatent
encore de ci de là. Une blonde démasquée, goguenarde
et hautaine, escarmouche avec une brune piquante qui
s'en va entourée d'un groupe de cravates blanches.
Toujours la même quantité d'habits noirs qui partent

seuls mélancoliquement. Et, tout en faisant comme eux, il me revient à la mémoire un mot de Gavarni, le plus profond peut-être de tous :

« Y en a-t-il des femmes, y en a-t-il! Et dire que tout cela mange tous les jours que le bon Dieu fait! C'est cela qui donne une crâne idée de l'homme! »

*
* *

Samedi, 21 décembre.

Voilà ce pauvre petit Corringham mort de la poitrine à vingt-deux ans. Pauvre petit diable! Il avait de l'avenir, et bien des gens suivaient sa chance. Il ne montera plus dès l'aurore les *craks* de l'écurie Jennings dans les allées ombreuses de la forêt de Compiègne. Sa silhouette grêle, penchée sur l'encolure du cheval, ne se dessinera plus, vague et estompée, dans les humides brouillards du matin. On n'entendra plus sa petite voix encourager l'animal qui s'étend et gagne à chaque foulée. Enfin on ne verra plus son profil émerger des vapeurs que les chevaux dégagent en les jetant par les naseaux comme les monstres marins qu'on voit dans les sculptures de la Renaissance, et au milieu desquelles sa tête apparaissait entourée d'un nuage comme les petits anges bouffis qu'on voit dans les tableaux d'église.

C'est une singulière existence que celle de ces petits bonshommes, que l'on reconnaît au costume étriqué, au veston court, au pantalon marron clair, archi-collant et plissé sur le cou-de-pied, et surtout à leurs énormes *capes de Christy* qui sont monumentales. Là-dessous ils ont l'air de Lilliputiens coiffés de la marmite de Gulliver. Que de fois, sur la pelouse de Chantilly, je les ai rencontrés menant à la promenade les canards enveloppés de couvertures ! Ils se suivent à la file, graves, sérieux, avec des mines de gens qui exercent un sacerdoce. En pareil cas, des Français blaguent, rient tout haut, disent des obscénités ou des bêtises. Eux sont réservés, froids, carrément à cheval, tout à leur bête qu'ils montent et qu'ils surveillent avec une attention constante. L'après-midi venue, les chevaux rentrés dans leurs boxes, les *lads* et les *boys* vont s'ébattre dans les rues de Chantilly.

Ils vont par trois ou quatre, fumant silencieusement leur pipe, échangeant de temps à autre un monosyllabe bref, *yes*, *no*, ou quelques phrases courtes. Les plus riches vont jouer au billard dans un café tenu par un Anglais, ou aux dominos chez la charmante et accorte petite madame Johnson. Là ils trouvent quelques fanatiques de courses ; Charles Pratt, le gros seigneur de la Morlaye, y vient parfois escorté du légendaire Cornillier, dit l'homme cheval. Cornillier est comme le Solitaire, il sait tout, voit tout et ne dit rien.

Il est partout : on le croit à Chantilly, il est à Boulogne, le surlendemain à Marseille. Il sait ce qui se passe à la Morlaye, chez le Major, au bac de la Croix chez Jennings, à Dangu chez M. de Lagrange, dans l'écurie de Middleham et chez le plus modeste *public trainer* du Royaume-Uni.

Dans ce petit salon exclusivement réservé aux *hor-semen*, on lit le *Times*, le *Bells life*, le *Sporting life* et on discute les pronostics d'Augur en buvant la blonde bière et l'ale parfumé qui reluit dans les verres avec des reflets dorés.

Alas! poor Corringham, tu ne verras plus sur le splendide hippodrome de Longchamps, aux jours enfiévrés du *Grand Prix de Paris*, une population tout entière émue, nerveuse, frémissante, entassée dans la tribune et autour de la piste comme sur les gradins d'un cirque immense et grandiose, dont le pourtour est formé par les masses du Bois, les coteaux de Saint-Cloud, l'aqueduc de Marly et la Seine majestueuse roulant ses flots jaunâtres.

Tu n'entendras plus, au moment où les chevaux épuisés, roulés, vannés, passent devant le disque, cette immense clameur formée de cent mille cris qui salue le nom du vainqueur. Souvent, après des courses plus humbles, mais non moins glorieusement gagnées, tu as entendu, en rentrant au pesage, entre une double haie de spectateurs, la douce musique des applaudissements et des bravos, mêlés aux hourras retentissants de M. Gédéon et des parieurs d'outre-Manche. Aujourd'hui, tu reposes tranquillement dans l'humble et verdoyant cimetière de Chantilly, et il ne reste de ta gloire passée qu'une humble pierre :

> Sacred to the memory
> Of Arthur Corringham

Mardi, 31 décembre.

Encore une année qui ne nous aura pas ! Va-t'en, année finie, va-t'en rejoindre tes aînées dans le magasin céleste des accessoires, où le grand machiniste serre les vieilles lunes et les neiges d'antan.

Tu ne nous a pas emmenés dans le trou avec le lot d'écrivains, de poëtes, d'artistes et de jolies femmes qui ont glissé depuis douze mois et disparu derrière les sombres voiles de crêpe de la mort. Va donc retrouver tes devancières ; si tu vaux mieux que 1870, la défaite, et que 1871, la guerre civile, tu n'as pas non plus grand'chose à ton actif.

Année pâle, négative, teintée de gris, transition entre la crise qui vient de se passer et le réveil de l'aurore qui paraît là-bas à l'horizon, et dont les premières lueurs commencent à dorer les cimes des montagnes qui nous environnent. Pour ma part, si je n'ai pas de rancune contre toi, je n'ai non plus pas d'actions de grâces à t'adresser. Tes trois cent soixante-cinq jours se sont écoulés tranquillement, bêtement, sans une aventure héroïque ou galante, bourgeoisement, en un mot. Au rebours de certaines années de ma jeunesse qui brillent dans le livre de ma vie comme ces clous d'or semés dans la muraille dont parle Bossuet, rien de saillant ne se détache dans ces feuillets au jour le jour, sur lesquels je jette chaque soir en notes brèves les impressions fugitives de la journée. Peut-être est-ce ma faute à moi plutôt que celle de l'année ?

Avec l'âge est venue l'expérience et la sagesse... relative, mesdames, relative.

Comme un voyageur revenu des pays les plus étranges et qui écoute d'un air désintéressé les récits les plus fantastiques, je m'assieds au bord du chemin et j'assiste, spectateur impassible, à la comédie humaine qui déroule devant mes yeux ses féeriques tableaux, si divers, si variés et au fond toujours les mêmes. Les amours, les duels, les suicides, les gens trompés, les trompeuses, les chagrins de cœur et d'argent me laissent froid ; j'en ai vu bien d'autres ! Et ce sont précisément ces impressions à jamais envolées et disparues que je regrette. Quelque-unes de ces années de jadis exhalent encore un parfum affaibli qui me monte à la tête et me fait battre le cœur quand je fouille dans certains tiroirs. Les vieilles dentelles rousses de point de Gênes, quand on ouvre les armoires de bois de rose du siècle dernier, sentent encore la bergamote et la poudre à la maréchale de nos grand'mères, qui ne les ont quittées que pour monter à l'échafaud. De même certains paquets de lettres, une écriture fine et menue, un masque, une dentelle déchirée, des fleurs fanées ou un portrait dans son écrin de velours me rejettent en plein courant des folles journées de jadis, des nuits plus folles encore. Faut-il après cela remercier l'expérience qui, gaulant une à une les illusions dont j'étais pétri, m'a donné cette indifférence clairvoyante qui laisse la tête et le cœur libres ?

Une désabusée de Gavarni, qui avait beaucoup vu et beaucoup retenu sans doute, disait un jour : « A pré-

,ent, l'homme qui me rendra rêveuse pourra se vanter
l'être un rude lapin ! » Je pourrais, en la retournant,
n'appliquer la parabole. Est-ce un bien ou un mal ? et
e suis là dans le doute comme Hamlet, perché sur un
)ied comme les symboliques oiseaux d'Égypte qui
)ersonnifient la philosophie.

A ton tour que seras-tu, toi, l'année nouvelle ? Qu'ap-
portes-tu dans les plis de ta robe blanche qui, à l'heure
nocturne où j'écris, cache encore ton visage et me dé-
robe tes traits ? Quels événements gais ou tristes,
bouffons ou tragiques traînes-tu à ta suite ? On dit
que si les humains savaient leur destin, beaucoup
d'entre eux, affolés par la terreur de l'avenir, se tue-
raient avant l'heure fixée par le doigt implacable du
destin. Moi je n'ai point peur et je te regarde sans
crainte en face. Que feras-tu de moi ? Trouverai-je en
l'espace de tes longues journées les femmes plus
charmantes, les amis plus dévoués, les chevaux plus
vigoureux et les marchands d'argent plus traitables ?
Lesquels de nous s'en iront devant, nommés par la
voix invisible qui fait l'appel là-haut ? Lesquelles de
celles qui, insoucieuses et élégantes, mordillent des
violettes, couchées sur leur canapé de satin, s'en iront
au cimetière ou à l'hôpital par une sombre et pluvieuse
matinée d'hiver, avec un cortége derrière le corbillard,
composé du portier, de la marchande à la toilette et
des fournisseurs du quartier ? Réponds !

Mais tu ne répondras pas, l'avenir garde son secret.
Dans une année, que de choses ! Les superstitieux

craignent le chiffre treize qui termine le millésime de
l'an où nous entrons, et il y a dans le siècle dernier un
précédent fâcheux. Qu'importe après tout ! Ce qui
doit arriver arrive. Si c'est cette fois-ci que nous devons danser le quadrille des otages, si nous devons
périr bêtement au coin d'un mur, assommés ou égorgés par la racaille, nous le verrons bien. Il en est
parmi nous qui, après avoir su vivre, sauront mourir
avec grâce comme les gladiateurs antiques. Eux au
moins avaient la consolation de saluer César, et nous
ne vous saluerons pas, citoyens !

*
* *

Dimanche, 5 janvier 1873.

Quelqu'un qui passait dernièrement par Moulins y a
rencontré Gabichet exerçant les humbles fonctions de
principal clerc chez un notaire de la ville. Feu Gabichet, car il est absolument mort à la vie parisienne, a
cependant été pendant six mois un des météores aussi
brillants que dorés qui ont resplendi dans le firmament
du Café Anglais et dans le ciel-de-lit des cocottes les
mieux achalandées.

Comme ce légendaire prince : *Qu'est-ce que tu veux
que je t'offre*, auquel il n'est resté de ses splendeurs
fugitives et de ses prospérités ou réelles ou fausses
que beaucoup de philosophie, Gabichet a eu son
heure.

Anna Descerfs l'a eu pour intendant général pendant
quelque temps, et quand il l'accompagnait à Bade ou à
Trouville, il montait modestement dans un autre com-

partiment que celui habité par la divinité de son cœur,
prenait soin des malles et se tenait dans une réserve
modeste. Il se rendait justice et savait parfaitement
que les écus paternels ne pouvaient ni le décrasser
ni lui enlever sa tournure vulgaire ; aussi, tout en
donnant 10,000 francs par mois à Bébé Violette, il
n'osait pas se montrer aux Italiens dans la même loge
qu'elle ; il la faisait accompagner par des amis décavés
et nécessiteux, mais marquant bien et posés dans le
demi.

Un trait le peindra. Quand il arriva de sa province à
Paris, il avait tout par douze douzaines, notamment
des chemises de forte toile ouvrées par sa respectable
mère. On n'a jamais pu, malgré les instances les
plus pressantes, le décider à en acheter d'autres plus
à la mode. « A quoi bon ? disait-il, j'en ai une provision ! » Il a mangé un million, mais il lui restait encore
des chemises au moment du coup du lapin. Inusable,
le linge de famille !

En ce temps-là, c'était la fureur de monter en poste.
Gaston L... et Maurice V... avaient mis ce sport à la
mode, et pendant six mois on ne vit que fils de famille
déguisés en postillons, avec les bottes fortes, la peau
de bique, la perruque poudrée sous le chapeau verni et
les anneaux d'or aux oreilles.

Comme feu Romieu, qui prenait deux postards pour
aller à l'Odéon, Gabichet allait partout en poste,
jusque chez les usuriers. En revenant des courses,
il invitait les gens à dîner et disait négligemment :
Chez la duchesse ma mère ! On arrivait, on montait au

troisième, au fond de la cour : il y avait la soupe et le bœuf.

La plus célèbre de ses aventures fut celle de Vincennes. Une très-jolie actrice, aujourd'hui mariée, la Finalis, avait accepté Gabichet comme postillon pour la conduire aux courses. A l'aller, tout marcha bien. Au retour, pris dans un embarras de voitures, l'amateur lâche la main à son sous-verge qui s'abat. Le porteur en fait autant. Patatras ! Gabichet roule dans la boue. La Finalis riait à se tordre. Les bons voyous, qui, massés en espaliers le long des trottoirs, boulevard du Prince-Eugène, regardaient passer leurs sœurs qui *font lorette*, comme on dit à Bruxelles, les bons voyous, croyant que c'était un vrai postillon, s'indignent. On laisse écraser le peuple ! braillent-ils. Nous avons eu toutes les peines du monde à tirer de leurs mains la Finalis. Quant à Gabichet, ravi d'avoir été pris pour un vrai postillon, émule du père Picard, il a payé aux voyous précités un nombre incalculable de tournées sur le zinc.

Mais tout ceci n'est rien auprès de la pendaison de crémaillère chez Gabichet. Elle était belle fête, messeigneurs. Quel dîner, et quelles suites ! A minuit on déracinait les arbres du jardin, on y transportait le piano, au son duquel une farandole endiablée mit en branle les jambes des convives. Puis on cassa tout, une façon de mettre en ménage Gabichet qui était ravi. Il trouvait cela régence, Fronsac, œil-de-bœuf en diable ! Naturellement il était vêtu en postillon. Un tic, quoi ! Malheureusement il n'est pas de jolie fête sans que la police vienne la panacher par sa présence. Un magistrat paisible qui rentrait chez lui reçut en pleine figure une assiette que Lili Patapouf jetait par la fenêtre, histoire de savoir en combien de morceaux elle se casserait. Cris, tumulte, arrivée des agents. On prend les noms des assistants. Le beau Max et Adalbert s'esquivent et percent à travers l'escouade. Arrivés dans la rue, ils cherchent une voiture pour fuir au plus vite. Justement un coupé stationnait en face. Ils se jettent furieusement dedans : « Cocher, au Bois et au trot ! » Il était deux heures du matin. Soudain des cris épouvantables sortent du fond du coupé. Nos deux jolis viveurs s'étaient assis sur une pauvre femme qui dormait rencognée dans l'angle de la voiture.

— Aussi, madame, qu'est-ce que vous faites là ? dirent-ils d'un air de mauvaise humeur.

Et elle :

— Messieurs, j'attends que le médecin soit rentré pour l'emmener chez ma fille qui accouche.

Samedi, 25 janvier.

Pendant que les uns s'attristent, les autres s'amusent. Villa-Hermosa et Diaz Martinez sont allés se faire grec-quer l'autre nuit de la plus jolie façon. On les a plumés dans les grands prix, mais comment se défier d'une sirène plus attrayante que les maigres échalas de *la Coupe du roi de Thulé* ? C'est madame de Volnay, une

4

soi-disant baronne, qui les a fourrés dans cet aimable pétrin, qui se terminera à la sixième chambre.

C'était mardi. Ils arrivent en soirée dans une des rues neuves qui sont latérales au boulevard Males-herbes.

Une maison décente, où on loue de grands appartements meublés à l'usage des riches étrangers de passage à Paris. Les maîtres de la maison — ils étaient deux, un comte polonais de Gennevilliers, et un baron suédois de Poissy, ministre résident de la République désargentine, bardés de Nicham-Iftickar, d'éléphants verts, jaunes, rouges, et autres décorations aussi centre-Amérique qu'invraisemblables — leur font l'accueil flatteur réservé à des *pontes* aussi sérieux.

Pepe Martinez, qui est plus versé dans la topographie sous-marine des écueils parisiens, fait la mine en voyant la société mêlée qui garnissait le devant de la cheminée et les embrasures. Cependant, quelques figures connues d'écrivains et d'artistes le rassurent. D'ailleurs, pas une table de jeu; si, une seule. Un whist à un mort à vingt sous la fiche; un major retraité de Toulon, un vieux à lunettes, tête de notaire contumace, et un petit créole fraîchement débarqué de la Martinique ou de Marie-Galante.

Dans le salon, un horrible salon tendu de damas de laine blanc et bouton d'or, quelques couples tournoyaient aux sons d'un piano fêlé tenu par un musicien famélique à longs cheveux. Ce malheureux pianiste, qui jetait vers la salle du souper des regards chargés d'ardentes convoitises, tapotait mélancoliquement *les Roses* de Métra comme un écureuil qui fait tourner sa cage. A ces sons enchanteurs, une demi-douzaine de cabotines en disponibilité, accouplées à autant de gentilshommes à fortes chaînes d'or, valsaient en prenant un plaisir extrême.

Un murmure flatteur retentit. Entrée de la baronne de Volnay. Le comte polonais et le baron suédois s'empressent avec force courbettes et en faisant le dos rond. « Enfin, s'écrie l'un, nous allons nous amuser ! » Un quadrille s'organise. Les danseurs précités se mettent en place, le pianiste serre la boucle de son gilet, regarde l'heure et, plaquant quelques accords, entame l'*Evohé d'Orphée*.

Comme on se démenait ferme, des coups retentissent, frappés avec violence. Voilà Bérillon ! s'écrie le peintre Courtot, le roi des mystificateurs.

Le comte polonais pâlit et le baron suédois s'arrête un pied en l'air. Vaine terreur, c'est le voisin de dessous, un académicien en train de mourir, qui se plaint à coups de manche à balai. On recommence de plus belle. Puis on soupe.

Après boire, tout le monde un peu parti, on redanse. Le musicien, qui se gavait de foie gras fabriqué à Paris et de Gruau Larose issu des coteaux d'Argenteuil, est remplacé par des amateurs qui cassent toutes les cordes du piano. Devenu inutile, et déclaré gênant, on pousse le meuble sur le balcon ; puis quelqu'un, plus spirituel que les autres, propose de le jeter dans la rue. Cette invention charmante est très-goûtée ; l'instrument fait le saut et va se briser sur le pavé avec un fracas épouvantable. Réveillés en sursaut, les voisins se mettent aux fenêtres. Le portier monte et sonne : — Du coup, voici Bérillon ! s'exclame Courtot.

Pendant ce temps-là, on avait organisé un petit baccarat tournant de famille. Il est bon de s'amuser, mais il faut songer au sérieux ! Ce que les abattages de neuf se sont succédé alors, ç'a été étrange, inouï, fantastique. A quatre heures du matin Villa-Hermosa perdait dix-huit mille francs et Pepe vingt-sept. Il courait après son argent qui courait plus fort que lui, qui volait même. Enfin sur le coup de quatre heures un quart on frappa brusquement à la porte.

Le comte polonais et le baron suédois, qui savent de quoi il retourne et qui ont déjà vu le feu, étouffent prestement le tas d'or et de billets qui est devant eux.

— Enfin, voilà Bérillon, redit pour la centième fois Courtot.

Cette fois-ci, c'était vrai.

— Messieurs, dit courtoisement le commissaire de police, que personne ne sorte !

*
* *

Dimanche, 26 janvier.

CONCERT A LA SALLE HERZ. — Entré par hasard et je ne m'en repens pas. Ce que j'ai vu est essentiellement parisien, les artistes, le public, les petites intrigues amoureuses ou musicales, les toilettes, tout, jusqu'à cette heure singulière pour un concert, deux heures de l'après-midi, a une saveur à part que peut seul goûter un public spécial.

Le bénéficiaire est un Italien accompagnateur ou répétiteur de musique, maestro médiocre, sourd comme un pot, avec de grands cheveux de séminariste, un pince-nez et une redingote longue, de coupe ecclésiastique. Les artistes qui défrayent le programme sont bien connus ; il ont tous passé place Ventadour. Voici le ténor, joli, pommadé, ganté, musqué, paré, une gravure de mode, le *Bon ton*, journal des tailleurs. Jolie petite voix de salon, bonne pour soupirer la romance de *Don Pasquale* ou la cavatine du *Barbier*, *Sono Lindoro* ; mais quelle gaucherie de lycéen ! A cinquante ans, il aura encore l'air d'un débutant.

Le baryton est petit, sanglé dans une redingote étriquée qui lui étreint la taille. C'est un Espagnol, nerveux, sec, brun comme un cigare de la Havane, coiffé en arrière, sans raie, l'air rageur ; il doit être Catalan et avoir quelque peu joué de la navaja avec les douaniers de la frontière entre Figueras et Gerona. *Ole viva la gracia, adelante contrabandistas, upa minion alerte*, comme on dit sur les cahiers de papier à cigarettes.

En passant, pour terminer la revue des hommes, un regard sur la basse. Il ressemble d'une façon frappante au baron Jérôme David.

Arrivons à l'élément féminin. Le soprano, jolie, jolie fille. Des yeux noirs admirables, une bouche exquise et des dents ! taille fine. Toilette splendide, tunique crêpe de Chine blanc brodé au passé, tablier et volant en point de Venise, jupe en taffetas vert ruché à la vieille ; aux oreilles, des girandoles de soixante mille francs. Dame, nous avons été en Egypte, et le khédive

4.

aime les chanteuses, surtout quand elles sont jeunes
et jolies. Comme Cléopâtre, nous avons voulu nous
passer la fantaisie de croquer des perles, et pas si bar-
bare, ma foi, le vice-roi, s'y est prêté de bonne grâce.
Ce n'est du reste qu'un échantillon de l'écrin splendide
que possède la belle, et les initiés admis à contempler
ces merveilleux trésors disent que c'est une nouvelle
édition des contes des *Mille et une Nuits.*

Pour avoir quelques années de plus, le contralto
n'en est pas moins un morceau de roi. Il y a du sang
chez cette nature moitié israélite, moitié espagnole.
L'œil est vif, la bouche ardente et sensuelle, la taille
souple et voluptueuse. La voix chaude et vibrante
attaque l'oreille d'une manière crâne et hardie ; d'autres
parlent au cœur, celle-ci va aux sens. Signes particuliers : affectionne la chansonnette espagnole et nul
ne détaille comme elle les ravissantes œuvres de notre
regretté Yradier, depuis la trop célèbre Juanita, jusqu'à la *cancion* bohémienne, écho du quartier de Triana
de Séville, la *Noche de San José.*

Troisième chanteuse. Celle-ci, c'est une *amateuse.*
elle est belle, elle est riche, elle s'ennuyait, elle a voulu
chanter ; elle chante mal. Cela lui coûte leçons, costumes, partitions, répétitions, voyages, cinquante mille
francs par an, mais elle est heureuse et le grand Yankee
qui est son ami et qui a fait fortune dans le pétrole à
Oil-Creek est persuadé qu'il possède en magasin une
autre Patti. Elle est d'ailleurs fort belle fille, a des
yeux à faire sauter une poudrière, un embonpoint des
plus appétissants, et les méchantes langues assurent que

si elle est à la scène cantatrice médiocre, elle chante fort bien à la ville, en revanche, la chanson de l'amour.

Passons à la salle. Ceci vaut cela et le spectacle est bien autant dans les fauteuils que sur l'estrade.

De jolies femmes, des députés, des journalistes, des chanteuses et d'anciens préfets.

On parle brésilien dans un groupe à mes côtés. En voilà des diamants, des chemises à jabot, des favoris noirs à la Bergami et des dents blanches qui ont l'air de vouloir dévorer les épaules féminines. Ah! messieurs de Rio-Janeiro aiment la chair fraîche, mais ce sont des ogres de bonne compagnie ; quand ils montent en fiacre ils payent la course avec un saphir.

Comte Spinelli, je vous salue. Vous voilà flanqué d'un triste sire ; cet Américain du Sud, bavard, bruyant vaniteux, fanfaron, qui a eu le bonheur de tuer trois hommes au pistolet, me fait tout l'effet, malgré sa boutonnière multicolore, d'un chevalier de beaucoup d'ordres, mais aussi d'industrie. Ne le menez pas au bal chez nos grandes courtisanes dont vous ne manquez pas une fête, je suis assuré qu'il aurait trop de bonheur à l'écarté.

Bien amusant l'effet du public, des collégiens en tunique et de vieux dilettantes avec leurs lorgnettes à un seul tube ; des familles entières, depuis la petite fille en boucles blondes, nœuds bleus et robe blanche, jusqu'au Saint-Cyrien mal coiffé avec ses cheveux en brosse taillés à l'ordonnance ; quelques élèves du Conservatoire, fleurs des loges de concierges et qui admirent les diamants des chanteuses comme les cons-

crits regardent les maréchaux qui les passent en revue.
Ce que c'est que le talent ! semblent-elles se dire, et
moi aussi je... Pauvres petites ! mais la beauté n'est
rien sans un peu d'abandon.

Comme les peintres anciens, qui se réservaient
pour eux et leur famille un coin du tableau, j'ai gardé
pour la fin la description de la petite encoignure
discrète qui m'abritait. A côté d'une porte qui communique de la salle de concert au salon des artistes, près
d'une colonne, tapi dans une embrasure ; devant moi,
une ex-danseuse célèbre ; auprès d'elle une très-spirituelle duègne des Français.

On est ému dans ce petit monde, on chuchote, on
tremble au commencement des airs, on applaudit pendant, on respire après. Nous avons l'air des familles des
écuyers du cirque. Quelques bébés roses, venus pour
entendre chanter *maman* ou *tantante,* ouvrent des
yeux étonnés en grignotant des gâteaux.

Trois chanteurs italiens avec des têtes de Romains
du Transtévère applaudissent bruyamment et bissent
chaque morceau. Nous sommes presque dans les coulisses. Il ne manque que le pompier. Entre deux morceaux une jeune fille entr'ouvre la porte et, s'adressant à madame R... :

— Petite sœur, dit-elle tout haut, passe-moi donc
la poudre de riz de maman !

⁎
⁎ ⁎

Dimanche, 2 février.

Cette nuit bal à l'Opéra. Quelle inépuisable mine

observations curieuses pour le philosophe ! Que de
ouvailles pour celui qui veut se donner la peine de
lercher un peu, de creuser le tuf de cette joie gros-
ère et de se mêler, au moins moralement, à cette
resse folle de plaisir qui fait se trémousser ces fan-
ches multiples dans une sarabande endiablée !

Dans le corridor des premières il y avait de quoi
ire ; on y trouvait encore de quoi s'amuser, comme
sent les vieux gardes quand ils vous montrent un
illis fécond en lapins et en faisans. N'est-il pas vrai,
larmant domino noir qui avez intrigué pendant deux
eures un financier aussi joli garçon que riche ; deux
eaux jeunes gens, l'un brun, l'autre blond, deux héros
e la dernière guerre et qui figurent au premier rang
armi les casse-cœurs de Paris ; et enfin moi-même
qui vous avez mesuré d'une main avare les instants
op courts d'un entretien duquel vous avez promis
ne seconde édition ? Je l'attends encore, mais je t'ai
econnu, spirituel domino. Tes initiales sont J. M.,
'est-ce pas ?

C'est en espérant ton retour que j'étais accoté contre
s loges de foyer, quand Tréfleur a passé. Nelly, au-
rès de laquelle une demi-douzaine de cravates
lanches étaient en train de perdre leur temps et leurs
eines, quitta brusquement notre décaméron provi-
oire pour courir après lui.

— Faut-il qu'il soit riche pour qu'elle soit si em-
ressée auprès de lui ! murmura le plus philosophe de
a bande.

— Je suis bien heureuse de te voir, s'écria-t-elle en se suspendant à son bras avec toutes sortes de coquetteries félines et de tendresses provocantes. Il y a longtemps que je te cherche. A propos, il paraît que tu es en veine et que tu as fortement gagné au Club ces jours-ci ! mais tu ne m'embrasses pas.

Tréfleur, souriant malignement, l'embrasse à deux reprises en soulevant la dentelle de son masque qui découvrit les deux rangées éclatantes de ses jolies quenottes, outils à manger les héritages. Puis, quand il eut savouré son plaisir :

— C'est vrai, répondit-il, mais j'ai tout reperdu depuis.

— Ah ! fit-elle d'un air fâché, et elle lui lâcha le bras.

Souvré, qui est descendu avec moi dans la salle pour explorer les types de ces pays de Thulé, ne s'en est pas repenti. Quelle diversité de bonshommes ! Ici quatre hommes en domino noir, masqués, qui regardent impassibles les danseurs. Pourquoi? dans quel but ? Quel plaisir ont ces gens-là ? Mystère. Un petit bonhomme habillé de percaline jaune se promène à travers les groupes, sans parler, sans danser, sans dire un mot à personne. Voilà une heure que nous l'observons et qu'il continue son manége. L'a-t-on loué comme promeneur? A quoi peut penser ce petit homme vêtu de percaline jaune? Problème insoluble !

Mais voici le bouquet. L'orchestre venait de terminer un quadrille infernal sur des motifs populaires, *Joséphine, arrête la machine*, etc. Le plancher tremblait

core sous les pieds des danseurs. Tout à coup,
us apercevons une petite femme assise sur une ban_
.ette et qui pleurait à chaudes larmes. Vingt ans,
ûche et assez jolie. Le costume, un Amour. Maillot
soie, blouse courte de soie bleue, couronne de
ses, le carquois doré au dos et l'arc à la main.

— Qu'as-tu donc à pleurer, petite? dit Souvré à ce
npidon attristé.

— Ah ! monsieur, répond-elle entre deux sanglots,
vient de jouer l'air de *Joséphine,* que mon pauvre
ari chantait autrefois.

— Et il est mort, ton mari?

- - Non, monsieur, répondit l'Amour, il est sur les
ontons.

* *
*

Lundi, 17 février.

Aux alentours de la capitale de ce grand-duché de
érolstein, que la plume spirituelle de Meilhac a créé
n un jour de verve étincelante, il existe de nombreux
amps.

L'un d'eux abrite — c'est le terme consacré, sans
ela je ne m'en servirais pas — le 120e régiment de
ussards violets. Leur colonel, le baron Leraide, est
ne vieille culotte de peau, une héroïque *baderne* qui
'a connu en fait de maîtresses que l'absinthe et la pipe
t, parfois, quand il était-sous-lieutenant, la maîtresse
lu *Lion d'or* ou de *l'Écu de France* à Castres ou à
Saint-Mihiel.

Aussi ne lui parlez pas des cocottes, de l'amour, du

sentiment, il entre alors en colère et jure épouvanta-
blement. Ces heureuses dispositions de soudard misogyne sont exploitées par le capitaine commandant le
premier escadron, qui a une femme vieille, laide, re-
vêche, commune et hargneuse.

Le ciel a béni l'union du capitaine commandant et il
a onze enfants, juste autant que Vavasseur dans *le
Petit Faust !* La commandante, qui retourne les robes
que lui donne Stanis... une abréviation du doux nom
de Stanislas que porte son mari, la commandante
exècre naturellement les femmes jeunes, jolies et bien
mises surtout. Aussi fut-on unanime à l'accuser quand
il y a un mois on lut à l'ordre du jour un avis du colonel prohibant formellement l'entrée du camp et des
baraques aux femmes *irrégulières*. On murmura un
peu tout bas, mais comme un mois d'arrêt c'est raide
et malsain pour la santé, on courba la tête et on se
soumit.

L'autre soir, cependant, deux fins officiers, Varades
et Lambesc, mis en pékin, qui avaient bien dîné et
fini leur soirée aux Folies-Espagnoles, rentrèrent au
camp par le train de minuit et demi, avec un charge-
ment soies et dentelles assez coquet. On se glissa
avec précaution dans les baraques qui bordent le parc
de Sainte-Marceline et on alluma un punch corrosif et
stimulant.

Le matin venu, le colonel, averti par une sentinelle,
s'habilla à la hâte en jurant. Cinq minutes se passèrent, et les sonneries des trompettes, éclatant en fan-
ares bruyantes, vinrent éveiller brusquement le ré-

giment, qui sursauta aux sons du boute-selle. En un clin d'œil, on fut à cheval, et le colonel, le front soucieux, tirant sa moustache, passa lentement devant le front de bandière des troupes, assez étonnées d'être inspectées à cette heure matinale.

Nos deux beautés, surprises et averties par l'ordonnance de Varades, s'esquivaient par les derrières, lorsqu'une vedette les aperçut.

— Halte-là ! on ne passe pas.

Les pauvrettes se rabattirent vers une autre allée. Autre vedette ! Traquées, cernées, elle revinrent l'oreille basse vers le camp. Du plus loin qu'il les aperçut :

— Nom de nom ! de nom ! dit en sacrant le colonel. Je savais bien qu'il y avait des donzelles ! Avancez à l'ordre, fit-il, et dites de bonne grâce quels sont les coupables qui déshonorent le régiment. Nommez-les ou je...

Les malheureuses, perdant la tête, fondirent en larmes pour toute réponse.

— C'est bien, reprit le colonel. Pied à terre les officiers, et formez le cercle.

Le cercle formé :

— Regardez maintenant, dit-il, et désignez-moi ceux qui ont osé vous introduire dans le campement du 120ᵉ hussards.

Plus mortes que vives, les infortunées firent le tour de la société comme les chiens cherchant la personne la plus amoureuse, mais en vain. La veille au soir, elles avaient accepté le bras de deux bourgeois en

5

redingote et en chapeau haut de forme, cette fois
elles se trouvaient en face d'un lot considérable de
beaux gars, tous en uniforme, ce qui les déroutait
considérablement. Elles ne se souvenaient clairement
que d'une chose, c'est que leurs amoureux d'une
heure avaient des moustaches, et encore ne se rappe-
laient-elles pas bien clairement si ces moustaches
étaient brunes ou blondes. Et puis, au régiment, il y a
tant de moustaches dans un corps d'officiers ! Bref,
elles firent le tour, revinrent, recommencèrent : impossible de satisfaire le colonel. Alors, l'une d'elles
d'un ton lamentable :

— Mais, mon colonel, nous ne les reconnaissons
pas ! Ils se ressemblent tous !

— Oui, reprit l'autre plus futée, ils se ressemblent
tous parce qu'ils sont tous beaux !

Ce mot calma le colonel qui allait éclater.

— Allez, dit-il aux deux dames en leur faisant signe
qu'elles étaient libres, allez et ne péchez plus... dans
mon régiment !

— Et maintenant, dit-il en se retournant vers les
jeunes officiers qui avaient peine à contenir leur
envie de rire, allez travailler, messieurs.

Mercredi, 26 février.

Alerte et pimpante, fringante et bien prise, armée
pour la guerre ou la course, la Parisienne retrousse
sa robe, montre un bas de jambe plein de promesses,
une bottine Louis XV mordorée à hauts talons, un

bas de soie bleu foncé, et elle enjambe le ruisseau.

Le roi des gommeux, le vicomte de Saint-Potey, passe revêtu d'un charmant complet, coiffé d'un chapeau haut à rebords plats, dans lequel un monocle est vissé à l'instar de feu Béthune et de Mackenzie-Grieves, la boutonnière ornée d'un bouquet et le foulard maïs à bordure de couleur dépassant légèrement le rebord de la poche de poitrine. Saint-Potey aperçoit la Parisienne et il s'arrête net sur place, puis il se met lentement en route et suit l'inconnue.

Tout en marchant à quinze pas derrière elle, le *gommeux* réfléchit et monologue : Voyons, je connais cette femme-là, ou du moins je dois la connaître ! Sur quelles épaules ai-je vu cette tête brune ? Est-ce une femme du monde, une femme de théâtre, une cocotte ou simplement une coquette ? Détaillons-la. Un joli costume simple et de bon goût. Vigogne mastic, brodé à plat de grappes de raisin marron foncé, bordure de renard bleu, pardessus pareil; chapeau dentelle noire et jais, gants de Saxe, le petit en-tout-cas pendu en sabre à la hanche. Nul indice. Ah ! si, deux bouquets de violettes, un au corsage, l'autre planté de côté dans de beaux cheveux noirs crânement tordus. Des violettes. Il y a un amant ou un amoureux. Les femmes ne s'achètent pas de violettes, et passé les six premiers mois de mariage les maris n'en donnent plus... qu'à leurs maîtresses ! Et celle-ci est mariée depuis trois ans au moins. Cela se voit à sa démarche peu gênée, elle pose fièrement le pied sur le trottoir comme sur une terre conquise. Les jeunes mariées rasent les maisons ou marchent trop lentement, en canes, penchées en arrière... Elle traverse la rue Auber et prend le boulevard Haussmann. Hum ! il y a des chances pour qu'elle soit femme honnête. Cependant elle s'est arrêtée tout à l'heure devant une vitrine de bijoutier rue de la Paix et en m'approchant j'ai vu qu'elle guignait une poire en perles entourée de brillants, dans les grands prix, quelque chose dans les quarante mille. Bien cher ce bijou-là pour un seul homme. Ah ! un monsieur qui passe en coupé la salue respectueusement. Elle est mariée. Il se penche pour la revoir, elle se retourne et lui envoie un sourire, c'est une actrice !

Diable de femme ! Bon, voilà Nouvion.

— Tu vas bien ?

— Oui, pas mal, un peu pressé. Au revoir.

Il me quitte avec un sourire gouailleur. Il a compris. Je dois avoir l'air bête.

Elle enfile le boulevard Malesherbes. Je respire. De quelque monde qu'elle soit, c'est une femme chic. Voyons, ai-je des cartes de visite ; oui, voici mon portefeuille ; il y a même deux billets de mille. On ne sait pas ce qui peut arriver.

Sous son voile de dentelle à pois, la Parisienne, maligne comme un singe, a parfaitement vu le manége du gommeux. Cela l'amuse, c'est dans son sang. J'en ai connu une qui faisait l'œil aux gars en blouse et qui était ravie quand ils lâchaient tout haut quelque mot brutal témoignant leur admiration. Elle laisse

arriver le vicomte et brusquement elle entre sous une
porte cochère.

Saint-Potey, qui approchait gracieusement la bouche
en cœur en se tirant la moustache, reste planté sur
ses jambes et sot comme un panier. Il se promène
philosophiquement devant la porte, attendant qu'elle
ressorte. Quelques gouttes d'eau tombent. Il se réfugie
en face et inspecte la maison ; au quatrième, une tête
de femme. Saint-Potey, qui est myope en diable, envoie des baisers à tout hasard à une vieille demoiselle
en douillette puce, qui prend l'air sur son balcon, entre
son chat et ses perruches. Elle se retire indignée.

— C'est un fou ! dit-elle.

La nuit arrive, l'inconnue ne ressort pas. Saint-Potey
abandonne la partie et rentre au cercle un peu déconfit.
N'importe, demain il recommencera.

Samedi, 8 mars.

Voilà le soleil. Les premières victorias ont fait leur
apparition. C'est le second symptôme du printemps :
les violettes sont le premier. Autour des cafés élégants
et des restaurants à la mode, les voitures découvertes,
ces hirondelles du macadam, s'allongent en longues
files qui obstruent la circulation. Pour la plupart, elles
ne sont ni tout à fait voitures de maître ni tout à fait
fiacres. C'est un mêli-mêlo qui tient de l'un et de l'autre ;
un *half and half* baptisé du nom absolument incompré-
hensible de grande remise. Les cochers de maître, qui
traitent de *Collignons* les employés du petit père

Ducoux, appellent les autres des maraudeurs. L'expression est juste ; mais ceux-ci s'en fâchent, et ils ripostent par l'épithète de videurs de cuvette, faisant ainsi allusion au cumul que les petits bourgeois à demi-fortunes font exercer à leurs cochers, devenus valets de chambre à certaines heures.

C'est du reste un type à part que celui de ces automédons. Leurs voitures sont bien tenues, les cuivres sont faits, les harnais astiqués ; le cheval, un vieux canard, reste de pur sang, réformé d'une grande écurie, est parti sur son devant couronné. Il a des jardons, les boulets sont engorgés et les zébrures verticales du feu sillonnent ses pauvres jarrets gonflés. Néanmoins il a encore l'air fier, il porte haut la tête et tire à la main. Rien de ces mines piteuses et résignées des chevaux de fiacre, humbles petits lafayettes blancs à l'aspect d'oursons mal léchés, qui secouent mélancoliquement leur musette vide et traînent d'un air ennuyé la guimbarde marron à galerie doublée de drap bleu qui sent l'humidité.

Le vieux pur sang, lui, mange ses quatorze litres d'avoine par jour ; et quand le cocher, lui rendant la main, le laisse filer grand train, il monte en trois minutes son avenue des Champs-Elysées. Les chevaux et les femmes de race ne sont jamais hors d'âge : on peut toujours en tirer quelque chose à un moment donné.

Le maître après Dieu, pour parler comme les connaissements de navire, de ces victorias est généralement un gars de vingt-cinq ans, imberbe, chétif, à l'œil émerillonné et insolent, au teint plombé et à la voix rogommeuse. Deux mèches plaquées aux tempes et l'air faraud. On a son succès le dimanche à la Reine-Blanche ou à la Boule-Noire, avec un pantalon collant couleur marron à filet blanc, une jaquette pointillée et une cape noire. Ce produit du fumier parisien, une fleur du pavé, sait tout. A l'étranger, il nommera les femmes à la mode avec détails et prix en regard. C'est l'indicateur des grues de Paris ; et, s'il mène une femme qui ne doit le payer qu'après succès, comme il sait ralentir l'allure de son cheval, le mettre au pas et tourner au moment précis, s'il voit des m'sieurs très bien s'allumer sur sa pratique ! Ah ! il connaît le cœur humain, allez ! Ne vous étonnez donc pas si parfois il est un peu familier avec ses bourgeoises, et si, celle-ci lui disant :

— Edouard, remontez encore une fois le long du lac,

Il répond :

— Comme tu voudras ; moi, ça m'est égal.

C'est avec une de ces victorias réservées au demi-monde qu'est arrivée jadis une bonne aventure à Souvigny. A tort ou à raison, à tort assurément, il suspectait la fidélité de Ketty-Bijou. Voulant se rendre un compte exact de la situation, voici ce qu'il fit. Une nuit que Ketty soupait au café Anglais et qu'elle avait renvoyé sa voiture, il loua pour cinq louis à un maraudeur sa défroque et sa voiture. Puis, ainsi accoutré, il vint se mettre à la file rue Marivaux. Luchonnet, le chasseur, prévenu, devait, quand Ketty sortirait,

faire avancer le pseudo-cocher, qui, conduisant Ketty
at home, pourrait s'assurer si elle rentrait seule ou
accompagnée. C'était parfait.

Ketty paraît. Luchonnet fait un signe. Souvigny
avance. « Non : il fait trop frais, dit-elle : un coupé ! »
Et elle monte en voiture fermée avec un des trois Satur-
nin. Souvigny, furieux, veut filer. De Voulet, qui sortait
parfaitement gris, le hèle : « Hé! cocher! » L'autre fait
la sourde oreille. De Voulet saute dans la voiture et
l'apostrophe :

— Animal, marche donc ! suis ce coupé !

Souvigny obéit. Arrivé rue des Bassins, on se poste
en observation. Les deux amoureux rentrent ensemble
et la porte se ferme derrière eux.

— Non de nom ! s'écrie de Voulet, elle me trompe !

Alors Souvigny, se tournant vers son client :

— Comment ! toi aussi, mon garçon ! Alors nous
étions trois !

Vendredi, 14 mars.

Quand Nouvion sortit du restaurant Ledoyen bras
dessus bras dessous avec la vicomtesse Micheline, le
treizième jour du mois de mars 1869, il faisait un joli
froid sec et vif qui invitait à la promenade. Dix heures
sonnaient à peine. Ils avaient jusqu'à minuit devant
eux avant de se séparer. C'était le moment de remonter à pied les Champs-Élysées déserts, et la même
idée leur vint à tous deux. Quel plaisir ineffable d'ailleurs, pour deux êtres jeunes, ardents, dont le sang

est fouetté par le chateau-palmer du dîner, par la chaleur du cabinet bien clos et par le tête-à-tête, quel
plaisir de se presser l'un contre l'autre en se sentant palpiter tous deux ! D'un pas léger, de ce pas des
amoureux qui glissent en effleurant la terre, ils s'éloignèrent vers l'Arc de Triomphe. De temps à autre
Nouvion se penchait vers sa compagne et leurs lèvres
se rencontraient. C'était divin, un moment de félicité
exquise : tous deux étaient arrivés au même point
d'amour, cette conjonction si rare et si précieuse.

Comme c'étaient tous deux des gourmets en matière
amoureuse, ils le sentaient bien.

— Rien ne doit être banal entre nous, dit Micheline. Trop se voir engendre la satiété. Je vous quitterai
à minuit, mon ami, et vous ne me reverrez chez vous
que l'an prochain à pareille date.

— J'accepte, fit-il.

La vicomtesse tint sa promesse. En 1870, elle fut
exacte au rendez-vous. L'année suivante, Nouvion, qui,
blessé dans la campagne de l'Est, était à l'ambulance
à Genève, fit des prodiges pour revenir à Paris à la
date fixée. En 1872, il faisait beau. Tous deux dînèrent
à Versailles après une journée adorable passée à se
promener dans le parc et dans les bois. Le printemps
faisait éclater les bourgeons, les premières odeurs
qu'exhale la terre au renouveau sous les baisers ardents
du soleil montaient à la tête de nos amoureux. Tout
autour d'eux chantait la chanson de la jeunesse, de la
vie, de l'espérance. Ah ! les bains de Diane en entendi-
rent de belles, et les grands yeux de la vicomtesse se

fermèrent plus d'une fois à demi dans l'extase qui
l'enveloppait tout entière.

Cette année, la veille du treize, Nouvion reçut au
saut du lit une de ces petites lettres bleues qui lui
font tant battre le cœur et qui lui causent une si grande
joie. Il commençait à être inquiet : la lettre était en
retard. Et cependant lui avait religieusement gardé
cette soirée libre de tout engagement, de tout engagement féminin surtout. Celle qu'il espérait voir ce soir-
là, il la mettait au-dessus de toutes les autres, caprices
passagers ou entraînement des sens. Pourquoi ? à cause
peut-être de la supériorité de la vicomtesse ? peut-être
aussi que la satiété n'avait pas eu le temps de venir
avec ses affadissements et ses satisfactions quoti-
diennes ? Il compta les heures. Le soir vint enfin, et il
se dirigea vers le lieu du rendez-vous.

Au coin de l'avenue de Messine, à l'entrée du parc
Monceaux, un coupé à glace baissée attendait Nouvion.
Il ouvrit la portière, et, au lieu de la vicomtesse, il
trouva sur les coussins un billet plié triangulaire-
ment.

Il s'en saisit avec un battement de cœur, l'ouvrit,
et, à la lueur des lanternes de la voiture, il lut ces
simples lignes :

« Depuis ce matin, j'ai réfléchi. Quatre ans de fidélité de ma part, c'est bien long. Vous qui n'êtes pas aussi exclusif, cela vous est égal. Restons amis et rien de plus. »

— C'est bien, dit-il au cocher.

Et la voiture s'éloigna, pendant que Nouvion, très-dépité, murmurait tous bas :

— Au fait, je devais m'y attendre. Il est même étonnant qu'elle soit revenue la seconde année.

Jeudi, 27 mars.

Le beau temps ! Quel radieux soleil, quelle douce brise de printemps, apportant sur ses ailes le parfum des premières fleurs ! Il fait frais à l'ombre ; une délicieuse sensation vous pénètre ; dans le fond des coupés, des couples passent se parlant tout bas, et les couleurs printanières éclatent dans les toilettes féminines en nuances gaies et chantantes. C'est une symphonie en rose majeur.

Passé la journée au Jardin d'acclimatation. Que de joli monde, de petit monde, surtout ! une armée de *babys* blonds, roses, frisottés, ébouriffés, depuis le poupon de lait échappé de la *nursery* jusqu'aux fillettes déjà grandelettes qui se tortillent en jouant à la madame.

— Et votre mari, que fait-il ? demande une de ces graines de cocodette à ses compagnes.

— Le mien est notaire.

— Le mien agent de change.

Et ma petite fiancée Nini, agée de quatre ans, répond gravement :

— Moi, les miens, ils sont beaux et ils ont des moustaches !

La collection d'oiseaux est remarquable.

Les fauvettes du Japon, les diamantés d'Australie, les tisserins et les ventre-orange sont là par milliers ! Bien amusants les toucans avec leurs grands nez : ils ressemblent à des gens que l'on rencontre tous les jours. Au demeurant, c'est là une de mes théories, que les animaux qui vivent dans un certain milieu ont de grands points de similitude avec les peuplades qui l'habitent. Est-ce le type humain qui arrive par des dégradations lentes et successives à se rapprocher du type animal ? est-ce le contraire ? toujours est-il que ce fait est patent. Il confirme des observations faites jadis par moi aux *Thier-Gartens* de Dresde et de Hambourg, les deux plus beaux de l'Allemagne, au *Zoological* de Londres et au jardin d'Anvers, si curieux et si pittoresquement dessiné.

Lady Sweetheart, qui m'accompagne, est absolument de mon avis. Et nous voilà partis à chercher des ressemblances. L'autruche, c'est madame T..., avec son profil désagréable et ses pommettes couperosées qui ont toujours l'air d'être fraîchement débarbouillées avec du savon noir. Un échassier, qu'on appelle le secrétaire et qui dispute à M⁰ X... la spécialité d'avaler philosophiquement des couleuvres, c'est tout à fait

:ette grande dégingandée de L..., la chanteuse excen-
.rique. Voici de délicieuses poules de Padoue, citro-
iées, coiffées à la Louis XV, qu'on prendrait pour
a marquise de G... ou la jolie V..., dite *petit George !*
Ces chameaux, au profil judaïque et biblique, res-
semblent-ils assez aux marchands d'argent du quar-
lier Notre-Dame-de-Nazareth? C'est frappant, c'est à
leur proposer un effet à trois signatures, dont une
bonne! Et les singes! J'ai connu un huissier, c'est-
à-dire que je les ai connus tous, mais celui-là plus par-
liculièrement, qui était le protêt ou le portrait vivant
de cet individu simiesque qui se gratte irrévérencieusement en nous regardant d'un air narquois. Il est assis
sur son séant comme M⁰ Tirasoi était assis sur le
fauteuil en satin violet de la chambre de Totoche, un
matin que je les ai surpris déjeunant ensemble. Il était
venu si souvent jadis chez elle, que ce n'était plus pour
la folle créature un officier ministériel : c'était un ami
de la maison, presque un second père! Et le singe fait
la même grimace quand on lui donne de la brioche que
feu Tirasoi quand il empochait les billets de banque.
Allons-nous-en! j'ai envie de lui donner des coups de
canne.

Pendant que lady Sweetheart se livrait froidement à
un achat copieux de crève-cœur, dorking, houdan, de
poules négresses et autres pigeons du Japon, j'ai été
voir les bêtes étranges, celles que j'aime et qui m'a-
musent : agoutis minuscules, kanguroos à la démarche
sautillante, aux pattes croisées sur le ventre comme

un lecteur du *Bien Public* qui vient de finir son journal et qui, Pangloss moderne, trouve que tout va le mieux du monde dans sa république kangurootesque. Le porc-épic bizarre, ce marchand de porte-plumes, m'a aussi arrêté quelques instants, et j'ai bien ri de voir la grotesque figure que font les employés de *Pygmalion* en rupture de comptoir, perchés, en redingotes et chapeaux hauts, sur le dos de l'éléphant.

Mais j'ai surtout admiré les beaux flamants roses, à l'air mélancolique, que l'on voit dans les paysages égyptiens, rangés en file sur une patte le long du Nil, à l'heure où se couche le soleil rougeâtre au fond de l'horizon du désert. J'ai demandé à l'ibis, à l'ibis sacré des fils de Rhamsès et de Sésostris, s'il pouvait me donner la clef des mystérieux caractères qui brillent, énigme provocante, sur les flancs polis des sphinx, et s'il voulait me donner à moi, arrêté devant une porte fermée aux mortels profanes, le « Sésame, ouvre-toi » qui la ferait tourner sur ses gonds enchantés et me permettrait de pénétrer dans le sanctuaire rempli de richesses : je le lui ai demandé, et l'ibis n'a pas répondu.

LE BAL DES ARTISTES DRAMATIQUES

Car, il n'y a pas à dire non, cette fois, ça y est. Grâce à la publicité, la vogue s'y est mise. Le bal

l'hier était splendide. Les jolies, les spirituelles, les
ringantes comédiennes sont accourues en foule, les
unes en brillantes toilettes de bal, les autres en cos-
umes excentriques, pittoresques, propres à leur genre
le beauté et rappelant les plus jolis rôles de leur ré-
)ertoire. C'est bien, cela, mesdames ! L'association
jui soulage tant de misères cachées et d'infortunes
ntéressantes vous saura gré de ne pas vous être bor-
iées, comme au temps jadis, à placer le plus de billets
)ossible parmi vos connaissances, vos amis et les
imis de vos amis. Cette fois, vous avez payé de vos
)ersonnes. Merci pour vos camarades et pour ceux
i qui vous avez procuré ces heures charmantes !
Maintenant que le branle est donné, l'an prochain,
;'il plaît au ciel et à Rabagas, sauf révolution ou Commune, nous retrouverons cette nuit féerique, et l'on
viendra de Londres, de Constantinople et de Saint-
Pétersbourg pour en savourer les délices. Comme à
Rome, tout chemin y mène.

Le comité de l'Association des artistes dramatiques
a trouvé, pour la circonstance, non-seulement dans
la presse, mais encore dans l'administration, le concours le plus intelligent et le plus empressé. Les
journaux ont fourni leur publicité dans la plus
large mesure. La ville de Paris, désireuse de ne pas
être en reste, s'était chargée de la partie décorative.
Les serres municipales avaient été mises au pillage,
comme aux grands jours de splendeurs impériales,

et le péristyle de l'Opéra, avec sa double tapisserie
de feuillage, continuait dès le seuil ces illusions printanières que la température extra-clémente nous
donne depuis quelques jours. C'est sur un tapis de
fleurs, entre deux haies d'arbustes luxuriants, dans
une atmosphère de parfums asiatiques, que les divines bayadères montaient, avec un froufrou de gaze
et de satin, vers le foyer, transformé comme par ma-
gie en un Eden de verdure où s'épanouissait toute la
végétation tropicale. Très-pittoresque, ce foyer, et
tranchant, par un air de belle tenue et de réserve
correcte, sur la physionomie débraillée et les allures
tumultueuses des autres bals de l'Opéra. On eût dit
une sorte de salon de conversation où les élégants
danseurs et les folles danseuses venaient reprendre
haleine entre deux valses ou deux quadrilles, et se
reposer de la musique endiablée d'Arban et de son
orchestre par une causerie discrète, lardée de fines
épigrammes et de piquants madrigaux.

Ici, rien de bruyant ni de tapageur ; la joie, avec
toutes ses exubérances, est dans la fournaise où les
plus jolies comédiennes de Paris, renonçant à jouer
un rôle platonique, valsent, polkent, mazurkent et
quadrillent avec un entrain vertigineux. Un bout de
critique, cependant. Chères belles, ne soyez pas
femmes en cette nuit consacrée à la charité ; restez
actrices, c'est-à-dire tout au public, et laissez au vestiaire cette collection de maris de la main droite ou
de la main gauche qui sont importuns et qui roulent
des yeux furibonds aussitôt qu'un pauvre diable, que

otre présence met aux anges, rôde autour de vous,
ous frôle et s'oublie à vous contempler. Je ne dis
as cela pour les vrais Parisiens : ils ont mille occa-
ions de vous voir et de vous dire tout le bien qu'ils
ensent de vous, pour peu qu'ils soient jeunes, beaux,
pirituels et entreprenants... ou riches et bien posés.
Von. Mais jetez un regard pitoyable sur cette *turba* de
nobs en habits noirs mouchetés de taches de bou-
ies, en cravates tortillées, qui sont tout chauds dé-
arqués de leur province : de Lyon, de Lille, de Va-
enciennes, et même de plus loin, du quartier Latin
u du Marais, pour marcher un instant dans le sillage
arfumé que vous tracez au milieu de l'océan mascu-
in. Ces infortunés, perchés sur une patte, reçoivent
orce coups de coude dans les flancs, le nez en l'air,
pour plonger dans les loges, attrapant d'horribles
torticolis pour vous voir de loin... de très-loin.

— Et à côté, qui est-ce ? demandent-ils avec une
anxiété toute provinciale.

— Son mari ou... son ami !

Quelle douche ! Voyons, il faut être plus acces-
sibles, toutes à tous, comme dit le père Saint-Simon ;
il faut vous sacrifier, accorder à ces souffreteux une
minute d'entretien, de la valse au quadrille, pour que,
rentrés chez eux, ils puissent dire avec orgueil, au
cercle de Brioude ou de Carcassonne :

— Et moi aussi, j'ai fait danser Desclée !

Et, puisque le nom de Froufrou m'est venu sous la

plume, c'est par elle et par son amie, la belle Alhaiza—
qui ressemble à Brigitte Aubry comme se ressemblent
deux perles noires—que je commencerai cette revue.

Donc Aimée Desclée, en robe de satin blanc;
Alhaiza, en Colombine; Galli-Marié, Ducasse, Priola,
Zulma-Bouffard et madame Vizentini, en toilette de
ville, ainsi que Gabrielle Moisset, Marie Colombier et
Jane Esler; quatre poissardes Angot : Desclauzas,
Périga, Caroline Julien et Toudouze; deux piquantes
créoles à madras bleu, noués sur la nuque, en robe
courte rayée jaune et noir : mesdemoiselles Keuclair
et Miette du Palais-Royal.

Puis, à l'aventure, Marie Cabel, Clotilde Collas et
Mariani, poudrées; Gabrielle Gravier, Speliers et de
Géraudon, en mariées; Cécile Lemaître et Marie Laurent, en mauresques; Judic et Massart, dans leurs costumes originaux de *la Rosière d'ici;* de Fresne et
Despretz, du Vaudeville; Lerminie, Gouvion, Henriette Drouard, délicieusement jolie, et sa sœur; Delphine de Lizy; Marie Leroux et la belle Régine Blon-
deau, en paysannes; Rose-Marie, Helmont; Linda —
rien de Chamounix ni des glaciers — en Andalouse;
la brune Singelée, perdue dans un flot de gaze rose;
Jeanne Bernhardt, qui tourne à la Sarah; l'imposante
Prioleau et la jeune mademoiselle Derval, que son père
promène fièrement à son bras... Et, pour nous résu-
mer, toutes, toutes, toutes... sauf toutefois ces dames
de la Comédie-Française et de l'Académie de musique,
qui sans doute ont trouvé cette réunion indigne de
leurs quatorze quartiers !

L'admirable trio que j'aperçois à droite dans une
remière loge! Beaugrand, Marquet et Montaubry,
es trois reines du corps de ballet! Le croiriez-vous?
À toutes les invitations qui leur sont faites, ces dames,
qui cependant sont la grâce et l'amabilité mêmes,
épondent invariablement :

— Hélas! monsieur, *je ne sais* pas danser!

Et ce n'est pas une banale fin de non-recevoir. Il
paraît qu'il n'y a rien de commun entre l'art choré-
graphique, tel qu'on l'enseigne rue Le Pelletier, et la
danse dite des salons.

Mais elles y ont mis une bonne volonté si parfaite ;
elles ont pris, la nuit dernière, tant et de si excellentes
leçons, que l'année prochaine elles en remontreront
aux plus expérimentées.

A quelques loges de là, sous les avant-scènes, il se
passe une petite scène charmante.

Judic, penchée sur le velours de la balustrade, regarde avec ses grands yeux ingénus le quadrille qui
se démène à ses pieds. Desclée, qui faisait à ce moment le tour du bal et qui ne connaissait Molda que de
réputation, grimpe sur la banquette et dit à la rosière,
un peu étonnée, quelques gracieuses paroles accom-
pagnées d'un énergique et chaleureux *shakehands*.
A ces éloges spontanés de la grande artiste, la jeune
chanteuse, interloquée, sourit et rougit avec une
grâce et une naïveté délicieuses. Il lui manquait ce
baptême : elle l'a.

*
* *

Mercredi, 2 avril.

Quelle salle aux Français hier soir ! Il est vrai que c'était le jour des mardistes et qu'on jouait *Dalila !* Que de toilettes ! que d'élégances ! que de beautés !

C'est une excellente idée que celle des mardis et M. Perrin était bien l'homme le plus capable de la comprendre et de la réaliser. En effet, quoi de plus exquis que cette réunion de jolies et élégantes femmes écoutant souvent de belles choses et pouvant se croire dans le bon temps !

Pas question là des noms nouveaux ou parvenus. Toute une société du même monde. Quelques bourgeoises cependant dans les loges de côté, au premier étage, mais là seulement, pour faire contraste avec la vraie élégance, celle qui a envahi les loges de foyer, les avant-scènes et le rez-de-chaussée.

Toute la *Gomme* est là au complet. Elle ne s'y amuse pas toujours, par exemple, mais elle s'y montre. Les couloirs, pendant les entr'actes, sont curieux à observer, et que de choses on y entend !

Chuchotements, potins, médisances, comédies de paravent et d'alcôve, proverbes en actions; pas de drame, par exemple.

Il n'en faut pas. La société actuelle n'admet pas le drame, parce que c'est de mauvais goût d'abord ; et puis les facultés physiques et morales de ces messieurs et de ces belles dames n'ont pas l'ampleur voulue pour se permettre le drame intime — donc pas

le drame — mais la comédie, la vraie comédie, dans
e foyer et dans la salle. J'aime trop la bonne compagnie pour rien vous dire qui soit attribué à un méchant sentiment; mais en vérité, bien inaperçu dans
une baignoire, j'ai vu et entendu de quoi suffire au
bonheur de tous les chroniqueurs de Paris.

Mais regardons la scène. L'œuvre d'Octave Feuillet
n'a pas vieilli d'une heure, que dis-je? d'une minute
depuis sa création au Vaudeville. J'ai retrouvé les
sensations troublantes et poignantes qui m'avaient, à
cette époque, secoué le cœur et les nerfs. C'est vrai,
c'est vécu, c'est beau, grand, charmant et poétique.
L'acte de la loge est fait de main de maître, avec une
habileté incomparable, un tact et une finesse hors
ligne. Quant au quatrième, celui de la séduction, c'est
tout simplement une merveille. Dans le salon d'été de
ce palais princier, sobrement éclairé et meublé roya-
lement par une femme riche, belle, passionnée et artiste, le compositeur acclamé, reçu brutalement
d'abord, voit se calmer peu à peu la courtisane titrée,
l'Impéria alliée aux Doria de Gênes. Tandis que sur
l'orgue aux accents puissants et graves il lui joue le
chant de Boadbil, la princesse, dans sa robe dorée,
qui traîne derrière elle comme les anneaux d'un rep-
tile, va, vient, tourne, retourne, glisse sur les parquets
avec les mouvements onduleux d'une couleuvre.

Sa tête vipérine est encadrée dans sa fraise Médicis,
et ses yeux fixes dardent sur l'artiste les regards ardents de la fascination amoureuse et sensuelle. Puis,
sous le feu du désir qui la brûle, elle se traîne jus-

qu'au jardin, en regardant derrière elle sa proie qu'elle ne perd pas des yeux. Elle vague dans ce jardin fantastique, plein de colonnades, de statues blanches, éclairées par le pâle reflet de Phœbé, la complice amoureuse ; elle disparaît derrière ces colonnes babyloniennes qui évoquent les souvenirs de Sémiramis ou de la reine de Saba, et si elle s'arrête, c'est pour respirer quelques-unes de ces fleurs aux parfums violents et aphrodisiaques qui troublent le cœur et égarent les sens. A pareille scène, quelle suite possible, si ce n'est le baiser final et le choc électrique de ces deux créatures affolées de passion ? Rien n'est beau comme cela ; j'en appelle à vous toutes, mesdames : car laquelle de vous n'a pas eu dans sa vie une heure comme celle-là ?

Sarah Bernhardt a bien joué le trois, surtout le quatre, dans la scène des aveux. Il y a progrès. Croizette, jolie, est un peu trop *fille savante* pour une Gretchen qui cultive des *vergiss mein nicht* à Naples ; Febvre est bien, et M. Bressant, empâté, cotonneux, mis comme un valet de chambre de bonne maison, avec des chapeaux 1840, des pantalons à carreaux qui méritent la mort et une barbe de député radical, a tout à fait l'air de s'être trompé de théâtre. Il serait pour les Menus-Plaisirs un parfait *Marié de la rue Saint-Denis*.

Mercredi, 9 avril.

Les premières chaleurs, qui approchent en dépit du

mauvais temps de ces derniers jours, vont faire rentrer les meutes au chenil et les *hunters* à l'écurie. La chasse à courre va être fermée partout, et à moins de vouloir absolument faire claquer ses pauvres chevaux sous les brûlants rayons du soleil d'avril qui chauffe à blanc le désert d'Ermenonville, il faut renoncer au doux passe-temps de la vénerie. La semaine dernière, Brichecourt avait réuni une dernière fois quelques amis pour courre le cerf. Une douzaine de solides cavaliers avaient répondu à son appel, et la fête avait marché sur des roulettes. Le soir venu, le château de Pont-d'Avesnes réunissait dans sa salle à manger les veneurs affamés, et, grâce au musigny du comte alternant avec le latour-blanche parfumé et doré, tous les jolis seigneurs étaient assez corsés sur le coup de dix heures.

Seul parmi eux le pauvre Jehan de Maillebois, marié depuis six mois, amoureux de sa femme, observant exactement la fidélité conjugale et, pour ce, surnommé au club le Rosier d'ici, gardait un silence morne. Au fond, il regrettait amèrement d'avoir cédé à sa passion pour la chasse et d'avoir abandonné le nid coquet, capitonné, ouaté et plein de douces odeurs où s'abritaient ses amours. Les bons camarades enrageaient et se poussaient le coude en se montrant le mélancolique Jehan, qui, myope comme on ne l'est plus, ne voyait rien de cette comédie et mangeait le nez dans son assiette. Fatale insouciance ! « —Il faut jouer un tour à Maillebois, » chuchota le grand Guy à l'oreille de Brichecourt ; et Brichecourt, oubliant ses devoirs de maître de maison, heureux de faire une niche à un mari, lui le vieux

garçon par système, acquiesça de tout cœur. On sortit
de table, et pendant qu'on entraînait la victime au
fumoir où un baccarat séduisant le retenait immobile,
les enragés dressèrent leur traquenard.

Il y avait au château une jolie petite femme de chambre, jadis au service de la marquise Sylvine, une voisine de campagne, et mariée au brigadier des gardes
de Brichecourt. C'est elle qui l'hiver est lingère, surin-
tendante du château, et qui dirige tous les détails des
réceptions de chasse de Pont-d'Avesnes. Coquette avec
cela, l'œil émerillonné, taille souple, oreille bien roulée,
bref, assez séduisante pour occuper agréablement un
soir de chasse.

En deux mots elle fut au courant de son rôle; elle
s'occupa de la mise en scène, et à minuit chacun rentra dans sa chambre.

Jehan comme les autres. A peine sa porte refermée,
il s'assied, écrit à sa femme et se prépare à se coucher.
Puis il se déshabille et s'avance vers le lit. Horreur!
le lit est défait; à côté, des jupes de femme gisent à
terre, et sur l'oreiller une brune chevelure dénouée
flotte en longs anneaux. Il recule!

— Madame! dit-il tout bas. — Pas de réponse. —
Madame! vous vous trompez de chambre. — Silence
complet. — Madame! si vous persistez à vous taire, je
sors!

Il y avait de bonnes raisons pour que le traversin,
emmaillotté en forme de mannequin et orné des faux
cheveux de la camériste, ne répondît pas!

Désespéré, Maillebois court à la porte : on l'a fermée

en dehors. Il la secoue, appelle. Au bruit on accourt, et non-seulement du corridor, mais encore de la chambre latérale qui communique chez Jehan et par la porte de laquelle la soubrette, en jupon court et cornette de nuit, s'introduit furtivement pendant que Maillebois parlemente avec les arrivants, qui envahissent la chambre comme un torrent.

— Qu'est ceci ? dit gravement Brichecourt, qui va au lit tout droit. Quoi! c'est Marinette!

Et la camériste, les mains sur ses yeux et feignant d'hypocrites larmes, apparaît confuse au milieu des hurrahs de l'assistance.

— Oui, messieurs, c'est moi!

Brichecourt se tourne alors vers Maillebois stupéfait :

— Et bien! fait-il, pourquoi donc crier si fort, Maillebois? est-ce que vous aviez besoin d'aide?

— Oh! monsieur, c'est bien mal, reprend Marinette en sanglotant : me compromettre ainsi ! je suis perdue!

— Mais je vous jure qu'il ne s'est rien passé! balbutie Maillebois.

— S'il est ainsi, nous vous plaignons, reprit Brichecourt. Messieurs, le silence sur cette affaire, n'est-ce pas? notre ami est marié, ne l'oublions pas. Mais, qui diable aurait cru cela de lui?

Et le pauvre Jehan, consterné, tomba assis sur un fauteuil en murmurant :

— Parbleu! je ne l'aurais pas cru moi-même!

6

Lundi, 21 avril.

Une course d'affaires m'a conduit aujourd'hui dans le quartier du canal. J'ai traversé la rue du Chemin-Vert, et je me suis rappelé une après-midi passée tout entière à une singulière occupation.

Il y a une vingtaine d'années, un dimanche d'été, je flânais, je ne sais pourquoi, dans ces quartiers excentriques. J'étais rendu de fatigue ; pas de voiture à l'horizon ; et, autour de moi, des cafés borgnes ou des mastroquets de dernier ordre. Il me fallait m'asseoir pourtant. A ce moment, j'aperçois ouverte une petite porte, donnant dans un vaste hangar couvert, à l'abri des rayons du soleil. J'y pénètre, et j'y trouve enfin un bienheureux siége, une vieille chaise de paille à trois pattes, toute dépaillée, et dont les nattes détordues pendaient de toutes parts, comme les cheveux d'une femme coiffée pour la nuit.

Aux premiers moments je ne vis rien ; la transition des reflets aveuglants du dehors avec la quasi obscurité du dedans était brusque. Cependant, je me remis ; une fraîcheur délicieuse régnait sous les immenses charpentes de bois aussi hautes que celles d'un théâtre ou d'une église. Silence complet d'ailleurs : la rue déserte n'envoyait pas un bruit ; les fabriques voisines, livrées au repos dominical, se taisaient ; point de sifflements aigus de la vapeur s'échappant des tuyaux de dégagement, point de coups de piston des machines ni de ronflement sourd des roues gigantesques qui tournent dans les usines sur leurs larges courroies, rien! Et cependant ce hangar n'était pas vide. Quand mes yeux se furent habitués au demi-jour qui y régnait, j'aperçus d'étranges choses. Il y avait là, rangées, alignées, je ne sais combien de vieilles voitures hors de service, cinq cents, peut-être plus, car ces hangars n'avaient point de fin. Là-bas, dans l'obscurité profonde, ils se prolongeaient sans fin, et toujours des roues, des brancards, des caisses éventrées, sans portières, sans vasistas.

Les doublures usées, déchirées, laissaient s'échapper le crin et l'étoupe dont elles étaient bourrées. Les galons étaient arrachés, les draps des coussins mangés aux vers. Tout cela avait un aspect funeste et lamentable. Sombres et muettes, ces vieilles voitures de tout sexe, de tout genre et de tout âge, semblaient attendre quoi? Leurs voyageuses pimpantes et leurs heureux propriétaires d'autrefois. Ils étaient loin, ceux-là, bien loin, car il y avait là jusqu'à l'horrible voiture cellulaire, que le peuple appelle, dans son langage pittoresque et imagé : *panier à salade*, et qui servait jadis à conduire les condamnés à l'échafaud. A côté du grand break de chasse à six banquettes, provenant de la vénerie de Louis-Philippe et devenu plus tard omnibus de Vincennes, je voyais l'horrible fiacre antique, la lutécienne ou l'urbaine. Celui-là avait l'air sinistre avec son gros numéro. Il avait sans doute promené les demoiselles de barrière avec leurs amis à accroche-cœurs graisseux de cabaret en cabaret suburbain, et, qui sait? peut-être même, le coup fait, avait-il servi à emporter un cada-

vre. En y regardant de près, il y avait des taches rougeâtres sur les vieux coussins de drap.

Puis venait l'antique diligence, si chère aux romanciers de l'époque, qui y plaçaient leurs scènes de
roman ; le coupé de maître usé, éreinté, vingt fois
repeint, reverni et finalement tué à un retour de la
Croix-de-Berny ; la chaise de poste si pittoresque,
évoquant le souvenir des exquis voyages à deux, les
postillons poudrés faisant retentir les airs de leurs
batteries sonores, les auberges à linge blanc qui donne
faim, la brochée immense de volailles qui rôtit en tournant dans la vaste cheminée sous la garde d'un grand
chien, et la chambrette à alcôve discrète, abritée par
une vieille cretonne à personnages, imprimée par
Oberkampf et représentant l'Enfant prodigue, une histoire que je n'ai pas assez lue ! Tout y était, tout :
calèches, milords, antiques cabriolets où mon père
s'asseyait à côté du cocher en me tenant sur ses genoux,
et qui vous secouait... je le sens encore. Et les gon-
doles de Saint-Cloud qui s'appelaient Eugénie, Laurence ou Adolphine ; et le coucou obstiné de la Porte-
Saint-Denis : Encore un pour Sceaux ! Ah ! il en avait
tenu dans ces flancs éventrés et béants des amours,
des passions, des haines, des espérances et des décep-
tions, des douleurs surtout ! Tout en marchant au milieu
de ces rangées muettes, j'allai jusqu'au fond, puis je
revins sur mes pas, toujours réfléchissant, et quand je
fus près de la porte, je m'aperçus que le soleil avait
tellement baissé à l'horizon qu'il faisait presque nuit !
Et une voix, celle du gardien de cette nécropole

qui venait la fermer, me fit tressaillir en me disant :
— Comment diable monsieur est-il entré?

Lundi, 12 mai.

En revenant des courses hier, j'ai été dîner à Ville-d'Avray. C'est tout un voyage : mais je n'ai pas perdu mon temps. En quittant le champ des courses on se jette dans une petite allée sablée, solitaire et ombragée, qui longe la Seine aux eaux clapotantes. Il court, le petit chemin, entre deux berges de gazon semées de marguerites et de boutons d'or. Il est plein de lilas en fleur, et de ces jolis arbres à grappes tombantes que les poëtes appellent les cytises et que les paysans, plus poëtes encore, ont baptisé « des pluies d'or. »

Au bout du sentier, le pont de bateaux qui mène à Suresnes. L'ancien, le pont de fer dont le tablier a sauté, offre encore à l'œil sa carcasse désolée. Les piles debout, au milieu du remous des flots frémissants, soutiennent encore les câbles, et toute l'armature aérienne pend dans le vide avec des aspects sinistres et désolés.

A l'entrée de la passerelle établie par le génie militaire, un poste des gendarmes et des gardiens du bois. Ceux-ci, en sentinelle, confisquent impitoyablement les lilas cueillis en fraude et les arrachent des mains coupables de ce larcin. Les uns en rient; d'autres rendent philosophiquement leur butin, résignés, en vaincus qui subissent la loi; les femmes, enragées,

6.

préfèrent jeter à l'eau leurs touffes odorantes plutôt
que de les rendre. Le sang des Gauloises de Brennus,
toujours indomptées. J'ai pensé à quelqu'un en voyant
ces révoltes audacieuses, et je lui ai trouvé une devise : *Je veux!*

Les blousiers sont féroces. Ils luttent et, l'insulte à
la bouche, la bave aux lèvres, ils accablent d'injures
les gardiens. La Commune n'est pas loin, on s'en souvient encore et on l'espère. Peuple français, peuple
de braves, combien parmi ces voleurs de lilas pensent
au grand baron Haussmann qui les a plantés !

Sur le pont, la foule fait osciller sous ses pas les
planches ; les câbles se tendent avec un grincement
aigu. On vacille, on titube comme des gens ivres.
C'est fini. Voici Suresnes et la rue du Roi-de-Suède.
Pourquoi ? Parce qu'un descendant de Bernadotte, cet
officier de fortune devenu roi, y possède une teintu-
rerie magnifique et un joli pavillon coquet y at-
tenant.

Foule dans le village ; les cafés pleins. Devant l'un
d'eux un couple de musiciens ambulants racle *le Trovatore* sur deux violons.

L'homme, mèches plaquées, pantalon collant, casquette de soie à coiffe ballonnée. La femme, en
waterproof, cheveux enfermés dans une résille, teint
jauni et bistré par les lueurs du gaz et les milieux délétères du caboulot et du bal public. Les deux font la
paire. Où es-tu, Gavarni ?

Devant les cabarets, des tables, des tables, des
tables, et encore des tables. Le vin aigrelet de Su-

resnes, avec son teint pelure d'oignon, brille dans les
verres et coule des petites cruches vernies de grès
brunâtre, égueulées pour la plupart. Des familles
entières le savourent paisiblement en attendant le
lapin sauté de tout à l'heure.

Montons vers la station. Que de soldats, que de
pantalons rouges ! On dirait un champ de coquelicots.
Aspect de province ici. La directrice des postes est
sur le seuil de sa porte à regarder passer le monde,
et les officiers en garnison fument une pipe à leurs
fenêtres en manches de chemise. Voici la gare. Le
train pour Paris arrive : cris, bousculades, prise d'assaut des wagons. Ce peuple-ci ne sait rien faire tranquillement. Une voix sur une impériale glapit :

— Par ici, la consolation !

Et les malheureux au jeu achèvent de se faire
décaver à cette espèce de poule sans chevaux. Coup
de sifflet : le train part, et la *consolation* alterne avec
le chœur de *Joséphine, arrête la machine,* entonné à
pleine voix par les habitants du dernier wagon.

Amusez-vous aujourd'hui, pauvres diables; vous
travaillerez demain !

Mardi, 13 mai.

En attendant que je donne mon dîner d'adieu à tous
mes frères en vie à outrance, Croixans, qui s'en va
passer trois mois en Angleterre, n'a pas voulu partir
sans choquer encore une fois avec moi et en petit

comité les coupes de champagne. Ce n'est pas dans son *home* artistique qu'il nous a reçus, encombré de tableaux, résonnant sans cesse des accords de Schumann et de Beethoven, transformé le jour en bureau d'esprit, et où les gens les plus spirituels de Paris viennent écrire au courant de la plume une chronique, un chapitre de roman ou un feuilleton de musique ; sa *garçonnière* était trop sévère et trop sérieuse pour cette petite fête. Il a préféré ce qu'il appelle sa « représentation extérieure », et c'est chez la mordante Émilie Fitz-Gerald, sous le plafond à poutrelles de sa célèbre salle à manger, que s'est passée la chose.

Pas de femmes naturellement ! une délicatesse de l'amphitryon. Seule la maîtresse de la maison, vêtue, est-ce bien vêtue qu'il faut dire ? — d'une robe noire décolletée, qui découvrait audacieusement les épaules, les bras et le reste. La coiffure, une touffe de roses signée Félix ; pas un bijou, sauf aux oreilles deux perles énormes enchâssées de diamants, et au bras un énorme cercle d'or, comme ceux que portent les courtisanes vénitiennes du Titien, ayant au centre une grosse émeraude.

Les convives : Montescourt, l'aide de camp du maréchal Bois-Robert ; Edmond de Lavignéville, le plus homme du monde des chroniqueurs et le plus chroniqueur des hommes du monde ; Raynald de Saint-Pouange, la commère la plus piquante qu'on puisse rêver ; puis deux marquis issus du Club et deux romanciers qui seront célèbres..... si l'ami Ranc leur en laisse le temps.

Etincelante la conversation. Tout Paris a été passé
au fil de ces langues perfides, nul n'a trouvé grâce,
quelle que fût sa richesse, s'il était bête ou de mauvais
ton ; nulle n'a été épargnée, malgré sa laideur, ses
chevrons et ses diamants, si elle était mauvaise
camarade, poseuse ou bégueule. Celui qui, blotti
derrière les splendides tapisseries qui cachent les
murailles et servent de portières, aurait entendu ce
casse-langue, n'aurait pas perdu son temps.

Tout en écoutant ce feu d'artifice, je pensais à part
moi que c'est un étrange peuple que ces Parisiens,
doués de toutes les vertus et capables de tous les
vices, les excusant tous, les comprenant tous au besoin.
La fleur de l'esprit, de la naissance, de la bravoure et
de la fortune était là autour de cette table de dix
personnes, et la langue qu'on parlait devenait inintelli-
gible à vingt lieues de Paris. Les aventures scan-
daleuses qu'on narrait n'avaient de sel que pour le
cercle étroit d'intimité où elles se produisaient. En
revanche, chaque mot portait, chaque inflexion de voix
du conteur était soulignée et, arrivant droit au but,
excitait des tempêtes de rire et des interruptions qui
coupaient comme de l'acier. C'était exquis. Il me
semblait que je faisais des armes avec des tireurs de
première force.

. . . .
. . . .

Dimanche, 18 mai.

Pendant que Desclée triomphe aux bords de la Tamise et que les Anglais ont eu le temps de « s'accoutumer à son museau », comme l'a dit elle-même la spirituelle comédienne, la Russie nous rend la Pasca. Elle est arrivée l'autre matin. Encore une qui a du talent, celle-là ; et quand elle nous quittera, en septembre, pour retourner là-bas, ce ne sera plus que pour trois ou quatre mois. Elle est assoiffée de repos, la grande comédienne, elle est avide de bravos français, d'un public intelligent qui la comprenne et l'apprécie à sa valeur. Elle ne fera donc qu'une demi-saison et nous reviendra. J'en suis désolé pour les comédiennes chevronnées de la rue de Richelieu, mais c'est comme cela. Un de ces jours, il va falloir compter avec le vrai talent de la Pasca, et ce jour-là les vieilles lunes qui devraient s'en être allées depuis longtemps et les pseudo-comédiennes qui arrivent par la pantomime de boudoir et les roueries de canapé seront remises à leur véritable place, c'est-à-dire bien loin.

Croit-on, par exemple, que si le grand Balzac revenait au monde il choisirait une autre femme que la Pasca pour jouer cette colossale fille de son génie qu'on appelle *la Cousine Bette ?*

Pensez donc aux actrices des Français pour rendre ce rôle-là à la scène. Rien que l'idée en est grotesque. Voit-on mademoiselle Favart en *Femme de Claude ?* Et cependant il est un clan de classiques même parmi les

jeunes gens, l'école Pailleron, qui admire avec fracas
ces académiciennes de la Comédie. Au Gymnase, ils
font des mines pincées et secouent la tête d'un petit
air doctoral. Mais aux Français tout est bien, parfait.

La convention est respectée ; point d'éclairs de
passion, point d'élans de jeunesse, d'ardeurs qui
éclatent et jettent la comédienne, au sortir de la scène,
pâmée sur les divans de sa loge. Non, le tout est
froid, correct, étudié selon les règles, et tout jusqu'à
« Je vous hais ! » s'y dit conformément à la tradition.

Ah ! trinité sainte, l'Académie, la Comédie-Française,
la *Revue des Deux-Mondes,* étouffoirs de tous les
talents, boîtes fermées à tous les génies qui écrasent
les médiocrités régnant dans votre sein, quelle terrible
influence vous exercez sur la littérature française ! Là-
bas, au bout du pont, l'école d'opposition taquine aux
Césars et aux vrais rois, ceux qui montent à cheval ;
on élit Childebrand, de Viel-Castel, et Goncourt,
Barbey, Flaubert, dix autres sont à la porte. On fait de
la politique orléano-républicaine ; c'est plus important,
n'est-ce pas, que de devenir, par l'adjonction des grands
talents modernes, la première compagnie littéraire de
l'Europe. Vienne un Henri IV, ils l'appelleront tyran !

Rue de Richelieu on joue tous les impuissants, tous
les demi-talents, les clairs de lune, les châtrés d'esprit. Portez-leur un *Cromwell* ou un *Lorenzaccio,* un
Père Goriot, et vous verrez ! Nous jouons *Hélène*
ou la cuisinière bourgeoise mise en vers d'antichambre,
et autres œuvres de génie. Quand nous donnons du
Feuillet, nous nous trompons !

Enfin, le recueil sénile à couverture orangée ne manque pas une occasion de reproduire ce qu'il y a de plus terne dans la littérature étrangère, et de publier les chinoiseries parisiennes des écrivains fourbus qui n'ont plus de talent. Je suis étonné qu'ils aient laissé échapper les *Impressions et Souvenirs*, le nouveau volume de madame Sand, parus jadis dans *le Temps* et où l'auteur de *Mauprat* faisait concurrence à Favarger, avec un cours d'écriture en vingt leçons.

Quel bonheur de n'avoir pas affaire à tous ces gens-là, de pouvoir se passer d'eux et de se reposer de toutes ces mesquineries politiques et littéraires en demandant à Desclée de rejouer *Froufrou* et *la Princesse Georges*, à la Pasca des scènes de *Fanny Lear*, une œuvre admirable méconnue, ou le dernier acte d'*Adrienne Lecouvreur*!

II

LETTRES FANTAISISTES

Paris, 8 juin 1873.

C'est moi qui me suis chargé de t'écrire cette semaine, cher et heureux ami. Ainsi ferons-nous tour à
tour et te tiendrons-nous au courant de ce qui se passe
dans ce grand Paris que tu viens de quitter. Quand
tu liras ces lignes, tu seras à Gênes, où je te les
adresse poste restante. Puissent-elles t'amuser et te
faire pour un instant revivre parmi nous qui t'aimons
de tout cœur et à qui tu vas bien manquer pendant
ta longue absence.

Pas de chance avec la pluie. Cette jolie semaine du
grand prix, si fleurie, si parfumée, si amusante et si
animée a été un déluge continuel. Dimanche et jeudi,
jours de courses au Bois, il a plu; samedi, le temps
était frisquet, et ces *meetings* intimes sur la pelouse de
Longchamps ont été complétement ratés cette année.

D'ordinaire, c'est charmant, ces courses en semaine.
Le gros public y est rare, la piste n'est point encombrée. Les gens d'affaires et les boursiers eux-mêmes
sont à leurs bureaux. Il n'y a dans le pesage que la
fleur, la crème de la société parisienne. Tout le monde
se connaît, on s'y tutoie presque et, pour un rien, on

s'appellerait par son petit nom, comme dans les cercles aristocratiques de Vienne. Les toilettes, ou plutôt les demi-toilettes, sont exquises de goût et de sobriété, avec une petite pointe de négligé, comme pour indiquer que l'on est en famille. Pas de ces tenues tapageuses, éclatantes, que les étrangères, les Espagnoles et les Américaines surtout, croient devoir arborer aux jours de grande solennité, tout comme les paysans mettent leurs habits à manger du rôti, et qui les font ressembler à des bouquets composés de couleurs criardes. Tout en ce jour délicieux, jadis favorisé d'un gai soleil et d'une brise légère, avait un caractère à part et un cachet d'élégance correcte et intime.

Il a donc plu sur tout cela comme il a plu le jour de l'enterrement de la pauvre Pépita Sanchez. Les journaux — si tu les lis, ce dont je doute, car tu dois être fort occupé — ont dû t'apprendre la fin de la pauvre fille, qui s'est tuée accidentellement en tombant de son balcon. Rien chez ces infortunées créatures ne se fait comme chez les autres, et c'est en glissant sur des fleurs — les fleurs qu'elle a tant aimées — que le pied lui a manqué, qu'elle est tombée, précipitée dans l'abîme, et s'est fracassé le crâne sur le pavé au sortir d'un gai souper. Si la vie est un bal pour les courtisanes, comme disent les pères de famille, il faut convenir que bien souvent c'est la mort qu'elles trouvent au vestiaire, quand au milieu de la fête, aux sons de l'orchestre dont les accents retentissent encore, elles viennent chercher leurs manteaux brodés d'or ou garnis de fourrures.

On l'a enterrée à Saint-Philippe. Il y avait beaucoup
de ses amies, dont Esther Guimond, qui avait tout
réglé ; Ernest, du café Anglais ; Monaco, le coiffeur, et
quelques hommes qui se tenaient timidement, à de rares
exceptions près, au fond de l'église. On l'a enterrée,
les journaux lui ont fait quelques articles, et on n'en
parle déjà plus.

La politique occupe toujours beaucoup les esprits.
Hier soir, au Club, Boisleroy nous a raconté une histoire assez drôle.

Un ex-procureur général de l'Empire, demeuré
bonapartiste fervent, habite, boulevard des Capucines,
dans la même maison qu'un député radical. Les cuisi-
nières voisinent, potinent et tout naturellement se
racontent mutuellement tous les événements grands
et petits qui se passent dans leurs intérieurs respectifs.

L'autre semaine, c'est-à-dire quelques jours à peine
après la chute de M. Thiers et l'avénement du maréchal,
la cuisinière du magistrat était en train de faire son
dîner, quand elle aperçoit une carotte pendue au bout
d'une ficelle et se balançant devant sa fenêtre qui donne
sur une cour intérieure.

A ce légume était attachée une feuille de papier sur
laquelle étaient tracés ces mots :

« Gambetta et Challemel-Lacour dînent chez nous. »
Le cordon bleu déchiffre la dépêche carottique et, en
apportant le potage à son maître, elle lui fait part de
l'événement.

— Tiens, fait celui-ci, je voudrais bien savoir ce qu'ils disent.

La servante dévouée prend un crayon et transmet, toujours par la même voie, la demande de son maître à l'étage supérieur.

Cinq minutes se passent. Arrivée de la réponse. C'est le procureur général qui en a eu la primeur. Il déplie le billet et trouve cette simple ligne :

« Challemel vient de dire : « Nous sommes f... »

Jeudi soir, il y a eu chez le maréchal une réception extra-brillante. Tout le monde y a été et on en a fait une sorte de manifestation politique qui a dû bien faire rager les anciens familiers de la Présidence, qui étaient tout au plus une centaine, et encore. Là-dessus il y avait au moins cinquante radicaux. J'avais dû sacrifier mon désir d'y aller à une promesse antérieure faite à l'ami d'Osmond, mais j'ai eu des nouvelles de Versailles par Charles de Fitz-James, qui en venait. Il est arrivé sur les minuit toute une jolie bande : mesdames de Pourtalès, Gustave de Rothschild, la comtesse d'Haussonville, la duchesse de Bisaccia, qui ont raconté l'affabilité de la maréchale et l'ovation faite au duc de Magenta.

Nous étions déjà pas mal dans le petit salon doré du boulevard Maillot. Les baronnes Finot, Decazes, de Poilly, de Colobria, mesdames de Lareinty, André, de Grandval, de Moltke, la marquise d'Aoust, formaient une corbeille charmante autour de laquelle se mouvaient de La Bourdonnaye, les O'Conor, de Breteuil,

Borda, Troubetskoï, Rothschild, André, Offenbach, Cabrol, Detaille, Marcelin, Béchard, Rolle, Joncières, Duprez, Royer et les musiciens applaudis Costé, de Boisdeffre et Edmond de Polignac.

On a joué et chanté une merveille de ce dernier; ce sont les stances de Déïdamia au moment de ses fiançailles, tirées de *la Coupe et les lèvres* de notre adoré Musset... Heilbronn, jolie à ravir sous ses guirlandes de roses et sa tunique pourpre, a dit avec un art exquis ces strophes ailées. Un chœur de femmes l'accompagnait et Polignac a écrit là-dessus une musique vaporeuse, aérienne, pleine des parfums alpestres et des sauvages grandeurs du Tyrol. A l'entendre j'ai revu les glaciers, avec leurs pics superbes aux splendeurs immaculées, les chamois bondissants parmi les rocs abrupts, et j'ai savouré les calmes douceurs de la cabane solitaire, jetée au coin d'un rocher, abritant le suave bonheur à deux. J'ai plaint ce Franck dévoré d'inquiétudes et d'âcres ambitions, allant courir le monde où il rencontrera des paladins qu'il tuera, des courtisanes qu'il aimera, des hommes qu'il gouvernera en les traitant comme des chiens de meute, et où il ne trouvera pas le bonheur que lui offrait sa pure et chaste fiancée Déïdamia.

C'est bête comme tout ce que je te dis là, mais c'est ta faute et tu m'as tourné la tête avec le spectacle de ton mariage et de ton bonheur. Cela se gagne peut-être. Depuis ton départ, je suis tout chose et je sens que si l'on ne me retient pas je vais faire un malheur ou tout au moins une malheureuse.

Mais je reviens à la fête chez d'Osmond. Après le concert nous avons eu ballet. Parfaitement : ballet sur l'estrade que tu connais, transformée en théâtre ; on a dansé d'abord un pas de trois, Fonta, Montaubry et Parent, en almées, musique de Costé. Et puis d'Osmond a tiré de son opéra inédit, *le Partisan*, ce joli chœur dansé que tu aimes tant et qui est intitulé *Fête styrienne.*

Cette fois l'effet a été merveilleux ; Fonta, Montaubry, Parent, Sanlaville, Valin et Fatou ont enlevé cela avec une grâce et une verve sans égale. Il a fallu bisser cette *mazurka* enragée et le compositeur a été acclamé en triomphe.

Hier j'ai pensé à toi et à ta femme qui aime tant les enfants. J'étais à Passy, où j'avais été faire une visite et je cherchais une voiture pour revenir. J'avise un coupé qui marchait au pas et qui me semblait vide. Je hèle le cocher, qui me fait avec la tête un signe négatif. Cela m'étonne. Je m'approche plus près, et j'aperçois quelque chose qui m'avait échappé.

Au fond de la voiture, couché sur une couverture de cheval pliée en quatre, un enfant malade était étendu sur des coussins de drap bleu usé et mangé aux vers. Sa pauvre petite figure émaciée portait les traces de longues souffrances ; on voyait qu'il relevait d'une cruelle maladie. Les joues étaient creusées et amaigries par la fièvre ; les yeux caves au fond de leurs orbites bistrées brillaient d'un éclat fébrile, et ses pauvres petites mains, amaigries, pâles avec des tons de cire jaune, pendaient le long de lui.

Je restai à le considérer tout ému. Puis je levai les regards vers le père qui tourna vers moi des yeux pleins de larmes.

Involontairement les miens se mouillèrent. Il sembla me remercier; puis, touchant du bout du fouet son cheval blanc fourbu :

— Allez, Cocotte! dit-il.

Et, se tournant vers moi :

— Voyez-vous, monsieur, cela lui fait du bien, à mon pauvre enfant, de prendre un peu le soleil!

*
* *

Paris, 15 juin 1873.

On part, on est parti! La dépêche que je t'ai adressée dimanche dernier à l'issue des courses, et dans laquelle je t'apprenais la victoire de *Boïard* et la défaite de *Doncaster*, a été suivie de cent autres, de mille autres, envoyées aux intendants de province et annonçant les arrivées dans leurs châteaux respectifs de toute la *nobility and gentry* françaises. La liste des déplacements et villégiatures, située à la troisième page du *Sport*, s'allonge chaque jour. Il y a tant de gens qui ne sont abonnés au journal aristocratique de l'aimable Chapus que pour figurer sur cette bienheureuse liste, qu'ils prennent pour un petit Gotha de famille, et qui cette semaine, précisément, nous annonçait que M. M... avait quitté Paris pour se rendre à Londres! Espérons que la traversée lui a été légère et qu'il ne s'est pas noyé en route.

Donc on est parti. Les châteaux entr'ouvrent leurs volets, les grands salons aux panneaux de bois sculptés peints en gris reprennent leur animation de l'été. Sur les tables traînent *la Vie Parisienne*, *le Gaulois* et les nouveautés littéraires : l'attachante étude de Goncourt sur Gavarni, le recueil des dessins d'Henri Regnault accompagnant les œuvres d'André Chénier.

Quelques enragés sont restés pour les courses de Fontainebleau qui ont eu lieu cette après-midi. Malgré la pluie obstinée qui est tombée toute la matinée aujourd'hui, succédant au déluge d'hier, il a fait assez beau ; mais le champ a été tellement restreint par la disette des chevaux partants que l'intérêt, même au point de vue absolument technique, a été des plus médiocres. J'y aurais été volontiers par un beau soleil, car les habituées du pesage de Fontainebleau sont charmantes, et il règne dans la vallée de la Solle un petit air d'intimité tout à fait exquis. La jolie comtesse de Virieu ne manque pas une de ces solennités, non plus que la baronne de Poilly ; le *four in hand* de l'élégante madame Ch. Laurent est légendaire sur la piste sablonneuse de Fontainebleau, et les parieurs eux-mêmes, couchés à l'ombre des grands arbres de l'enceinte, assis sur les rocs moussus ou vautrés sur l'herbe, ont l'air de Tityres modernes, en vestons et en capes. C'est une vraie pastorale, musique de d'Etreillis ; seulement esdits *book makers*, ne perdant pas le sentiment de la réalité, sont aussi fermes que sous le champignon et donnent rarement le gagnant à dix.

7.

Un qui n'a pas de chance avec les départs, comme
on dit à Spa, c'est Cani. Tu sais bien, Cani, l'ancien
Cani de Rosa-Frégate. Eh bien! Cani, qui aime un peu,
beaucoup, passionnément le cotillon, Cani avait une
maîtresse l'an dernier qui était de tout point charmante
et bonne personne. Seulement, de santé faible, de com-
plexion délicate, la pauvrette eut besoin, après un
hiver orageux, de quelques jours de repos. Bref, il fallut
la retirer de l'entraînement. Elle s'en fut à Vichy. Cani,
qui est boulevardier en diable, et qui, en fait de voyages
artistiques, n'est jamais allé qu'à Bade et à Hombourg
du temps de Roulette première; n'avait pas voulu quitter Paris, le Club et ses habitudes.

Il s'ennuyait ferme, traînant au Bois désert et aux
Champs-Élysées bondés de provinciaux des airs sinistres, et bâillant comme s'il eût écouté un discours
de M. Clapier. Le mois que sa maîtresse passa à Vichy
lui parut un siècle, et il en était tellement amoureux
quand elle revint que, dans les premiers moments
d'épanchement, il lui donna deux pavés de diamants
estimés 30,000 francs.

L'effervescence passée, Cani trouva que c'étaient là
des voyages qui lui coûtaient cher, et, dans le but d'ob-
vier à cet inconvénient, il se précautionna cet hiver
d'une seconde bonne amie, destinée à jouer les doublures quand la *prima dona* serait absente pour cause
de santé. L'économie était peut-être contestable, et le
système financier aussi mauvais que celui de M. Léon
Say : la preuve, c'est que, pas plus tard qu'hier, pendant que la première madame Cani s'acheminait vers

Vichy, la deuxième, celle de rechange, prenait le train
de Plombières, laissant Cani sur le pavé de Paris, tout
seul comme devant.

Je te vois d'ici lisant ma lettre et t'écriant : « Eh
bien ! il fallait en prendre une troisième. » Je t'arrête,
malheureux ! Souviens-toi que tu es marié, et pas de
principes immoraux. *Memento quia conjux es et in con-
jugem reverteris.* Du reste, c'est exactement le conseil
que j'ai donné au susdit Cani.

On a encore un peu dansé cette semaine. Hier soir,
il y a eu un joli *meeting* d'Anglaises et d'Américaines,
qui s'est prolongé jusqu'au grand jour. On ne s'est
séparé qu'à huit heures du matin. A propos de ces
fêtes prolongées, où les danseuses insatiables de plaisir font voir aux hommes épuisés qu'elles sont réellement, grâce à leurs nerfs d'acier, le sexe fort, quelqu'un rappelait ce matin, chez Durand, le bal que Bob
Harisson nous avait donné le 31 mars 1865. C'est loin
déjà, bien loin ; mais tu dois t'en souvenir. Quelle fête !
Le petit hôtel de la rue de Clichy et la cour, recouverte
d'une tente, étaient transformés en jardin d'hiver ; sur
des treillages dorés, des fraisiers, des ceps de vigne
couverts de fruits couraient et retombaient en grappes
majestueuses et appétissantes. L'atmosphère embau-
mait, tant les fleurs aux parfums violents abondaient
partout. L'orchestre, invisible et caché dans les feuilles,
jouait des valses entraînantes et des quadrilles endiablés, entre lesquels la voix d'or de Graziani nous
chantait les beaux airs du *Trovatore* ou du *Ballo in
maschiera*. Puis Nantier-Didié nous régalait les yeux

et les oreilles de ses grâces provocantes en mimant, autant qu'elle les chantait, les chansons espagnoles d'Iradier.

Quelle nuit! Les plus belles des grandes courtisanes de l'époque étaient là : Julia Barucci, morte depuis, costumée en Transtévérine avec le petit toit pour coiffure, et ses grands yeux profonds au milieu de son beau visage bistré; Anna Deslions; Juliette Beau, en odalisque; Cora, en *riflewoman;* Georgette Ollivier et Elmire Paurelle; Léonide Leblanc, en Andalouse; Emma Vally, en grisette Louis XV; Catinette et Marguerite Bellangé, en *majas;* puis Dameron, Gervais, madame de Rovray, de Géraudon; Adeline de la Roche, Jenny Grisot et tant d'autres disparues depuis ou mortes on ne sait où?

Les hommes étaient en habit noir, ce qui contrastait d'une façon piquante avec les costumes multicolores, les parures des femmes et les diamants qui scintillaient sur les épaules nues. Après souper, il y eut un épisode exquis.

Dans un petit salon il y avait un piano sur une estrade qui avait servi aux chanteurs. Ce pauvre Segovia, qui a fini si malheureusement noyé à Biarritz, s'y plaça et plaqua quelques accords, puis il entama la célèbre : *Ay Chiquita* d'Iradier, que Juliette chantait au Vaudeville dans *l'Attaché d'ambassade* et qui faisait fureur.

Aux premières notes de la célèbre romance on accourut : femmes costumées, la cigarette aux lèvres; hommes élégants couverts de croix et de plaques. On

se groupa comme on put, les uns sur les larges canapés qui faisaient tout le tour de la pièce, les autres
couchés sur les marches même de l'estrade, dans les
poses les plus pittoresques et les moins voulues.

Debout auprès du piano, Juliette, ruisselante de
perles et de diamants, commença alors à chanter cette
mélopée étrange sur un ton bas, doux et plaintif.

Il était huit heures du matin. Le soleil entrait à
flots par les fenêtres ouvertes et frappait de ses rayons
ardents les visages pâlis des danseuses et les faces
allumées des soupeurs. Jamais je n'oublierai cette
scène; c'était fantastique comme une assemblée
d'ombres écoutant un chant de morts. Hélas! combien
de ceux-là et de celles-là reste-t-il à présent?

Mais je tourne au triste et j'ai encore à t'en raconter
très-long. Comme bien tu penses, nous avons tous été
jeudi à Versailles à la réception du maréchal. Ah!
mon ami, si tu avais été là, quelle émotion n'aurais-
tu pas ressentie en gravissant avec moi les somptueux
escaliers de la préfecture de Versailles, et en péné-
trant dans ces salons splendides dont la gracieuse
madame Cornuau faisait jadis les honneurs avec les
suavités modestes de son accueil et avec ses grâces
timides qui la font ressembler à une violette forcée de
faire acte de présence au grand jour, et qui regrette
l'ombre protectrice du feuillage qui la cachait!

Devant moi la fleur de la légitimité, jusqu'à des
vieilles marquises féodales comme madame de Ch...,
qui n'a pas mis les pieds dans un salon officiel depuis
vingt ans, puis les sommités de l'Empire, grands pré-

fets, ministres, députés influents, anciens ambassadeurs. Une quantité de jolies femmes et des généraux en masse. J'ai vu Ducrot, Bourbaki, Martimprey, l'Hérillier et cent autres vaillantes épées, la terreur des cuistres démocrasseux et des avocats communards.

Dans ce salon encore orné aux quatre coins d'aigles gigantesques, aux ailes déployées, aux serres puissantes, j'ai respiré un parfum de bonne compagnie, je ne sais quelle atmosphère de loyauté, d'honneur, de sécurité. Les figures étaient ouvertes et franches; on avait l'air de gens heureux qui se félicitent d'avoir échappé à un grand danger. On respirait à l'aise. Les femmes souriaient, il y avait de l'allégresse dans les poignées de main qu'échangeaient les hommes, un éclair au front des militaires et la mâle joie du triomphe. C'est que la France était là, la vraie, l'honnête, la courageuse, celle qui verse son sang, prie, combat pour ses foyers et son Dieu. Elle était là représentée par le glorieux vaincu de Sedan, par l'héroïque blessé de Pourru-aux-Bois qui, sur sa couche de douleur, entouré de la maréchale, une sainte, de son fils Patrice, un vaillant jeune homme qui va entrer à Saint-Cyr, et de l'excellent Leonards, cet ami dévoué, n'avait qu'une seule pensée, celle de la France déchirée par deux vautours implacables, les Prussiens et les avocats.

Tous les ministres étaient là. Tu connais Magne, il n'a pas changé. Albert de Broglie a toujours sa figure intelligente de chat fourré au milieu de laquelle pe-

tillent deux yeux empreints d'une malice sardonique.
Avec sa barbiche en pointe, ses moustaches retrous-
sées en brosse, il a tout à fait l'air astucieux et fin de
ces Florentins déliés venus en France dans les bagages
de Marie de Médicis, et qui firent de si belles fortunes
sous le Concini. Si, comme on le prétend, on vit plusieurs fois, assurément c'est l'âme subtile d'un des
familiers du maréchal d'Ancre qui anime ce corps
fluet et veille sous ce crâne poli à peine recouvert de
quelques cheveux grisonnants.

Quant à M. Beulé, il a une femme charmante. Lui
aussi a l'air remarquablement intelligent, mais
l'expression de la figure est amère et sarcastique. Les
lèvres sont plissées par un rictus ironique, mille petites rides imperceptibles sillonnent son visage, qui
appartient évidemment à un ambitieux ou à un désa-
busé. J'ai vu en province des gens qui lui ressem-
blaient. C'étaient ces avoués sans clientèle, ayant
acheté un titre nu, piocheurs infatigables, impatients
d'arriver, ardents à la recherche des affaires, dévorés
d'ambitions secrètes et consumés de désirs cachés.
La parole, d'ailleurs, est assez facile — dans le ton
ordinaire de la conversation — et l'ensemble d'un
homme intelligent né pour tout, excepté pour le
ministère de l'intérieur.

Nous étions venus de Paris en voiture avec Kernevel. Comme nous l'attendions sous le vestibule, à
la sortie, j'ai entendu une bonne conversation entre
deux domestiques de la Présidence.

— Hein ! disait le premier, quelle différence avec le temps de M. Thiers ! il y avait au plus cent personnes aux réceptions.

— Et quelles gens ! répondit l'autre. De quoi ils avaient l'air ! Sans compter que madame Thiers, les jours de réception, nous recommandait toujours de veiller à l'argenterie !

Paris, 22 juin 1873.

Schneider a donné sa représentation à bénéfice ; Alice Regnault a acheté une maison de campagne à Triel ; de la Charme a gagné quatre courses sur huit à Angers avec la pouliche de *Dollar* et de *Tirelire ;* un cheval nommé *Gambetta* a été battu à Fancfort ; on a autorisé les poursuites contre le sieur Ranc, et Marie Augeard est morte : voilà à peu près le bilan de la semaine.

Tu te rappelles bien cette dernière. Elle était mince et frêle avec des airs distingués de femme du monde se mourant de la poitrine, de grands beaux yeux et un assez mauvais caractère. C'est Rose de Léon qui l'avait amenée à Paris et lancée il y a quelque huit ans. Elle arrivait de Nantes où elle avait été séduite, disait-on, par un Angevin assez connu au *Sporting* et dont elle avait un enfant. La première fois que je l'aperçus ce fut dans une avant-scène des Folies-Dramatiques ; avant-hier, je l'ai vue pour la dernière fois pâlie par les baisers de la mort, et ses yeux, ses grands yeux noirs fermés à jamais, ombragés par de

longs cils soyeux comme du velours. Dans quelques
jours on n'en parlera plus, comme on a oublié la
pauvre Crécy, qui, après avoir fait l'an dernier, de
compte à demi avec madame de Maison-Neuve, les
beaux soirs de Trouville, est morte ces derniers
temps sans faire de bruit.

J'oubliais de te dire qu'on a dû donner au bénéfice
de Frédérick-Lemaître une énorme représentation à
l'Opéra. Au dernier moment tout cela a raté. Dans le
programme figurait un acte de *Madame Angot*, et
quelques esprits sérieux ont jugé indécente l'exhibition
sur la scène de l'Opéra de la spirituelle opérette de
Lecocq. *Inde* interdiction ministérielle, tapage, et la
représentation qui devait soulager la misère du vieil
acteur dans l'eau. Ne pas oublier que l'Opéra s'appelle
Académie de musique, et que, pour n'être pas au
coin du quai, l'entreprise subventionnée de la rue Le
Pelletier a toutes les sottes pudeurs et tous les préjugés ridicules de la boîte aux quarante.

En passant, et puisque je suis sur ce sujet, laisse-
moi te dire que pour les trois fauteuils vacants on ne
s'étouffe pas à la porte. Malgré les on-dit, ni Dumas
fils ni About ne se présentent. Michelet est mal avec
le père Guizot qui n'en veut entendre parler à aucun
prix, et, en matière académique, ce que Guizot veut,
la docte assemblée le veut. Taine sera évidemment
nommé, et c'est justice ; mais pour le reste il faudra
chercher. On est au désespoir sous la coupole ronde
du pont des Arts, et on songe sérieusement à proposer la candidature à MM. Buloz, Pailleron et Vac-

querie... Seulement on doute qu'ils acceptent. Et voilà
où nous en sommes !

D'Urfé s'est marié à la Madeleine, il y avait foule.
Son beau-père, un riche marchand de bouchons, a
exigé qu'il se mariât en uniforme de chef d'escadron
d'état-major. Il a fallu en passer par là, mais quel
tirage ! Sa petite femme, un amour de bébé blond et
rose, qui a vingt ans, l'a tant supplié avec de petites
mines si gentilles et des mamours si inédites, qu'il
s'y est résigné. Il faut croire qu'elle a dû employer des
arguments *ad hominem* bien persuasifs, car il lui a
obéi malgré les avis de Boisrobert et de Fleuranges,
ses témoins. Mais comment résister à ces grands yeux
bleus, naïfs et profonds à la fois, qui se lèvent vers
vous avec des airs suppliants, et qui sont si purs et si
limpides que rien qu'à les regarder on voit qu'aucune
autre image que la vôtre ne s'y est reflétée? On sent
que c'est une femme à soi tout seul qu'on a là devant
soi, et dame, quand on n'en a pas l'habitude, cela
vous produit un certain effet, la première fois, et on
fait des concessions.

Tout le Club y a été. C'était follement gai et on a
bien ri. Ce gros mal élevé de Bernard est parti à la
moitié de l'office, en disant qu'il n'y pouvait plus tenir
puisqu'on ne fumait pas. D'autres, plus intrépides,
sont restés à examiner l'étonnante collection de bipèdes qui s'étageaient sur vingt rangs de chaises du
côté de la mariée.

Ah dear! quelle collection de noix de cocos sculp-

tées et quelles tenues! Mais passons et jette avec moi
quelques fleurs sur certaines de nos amies, pour lesquelles ce mariage était un enterrement.

Elles y étaient toutes. C'est du toupet, mais c'est
comme cela. La vicomtesse Micheline d'abord, avec
son joli profil, ses grands yeux et son air de mauvaise
humeur! Sa bouche ironique était plissée par un mauvais sourire et je sentais, moi qui la connais bien,
qu'il y avait de l'orage dans l'air.

Cela n'a pas manqué. Aux premières mesures de
l'orgue, qui entamait la marche triomphale de *l'Africaine*, la vicomtesse s'est dressée sur elle-même par
un brusque mouvement. Sa tête fine et vipérine a
émergé de sa fraise Médicis de mousseline tuyautée;
la longue queue de sa traîne de faille changeante semblait ramper derrière elle avec des mouvements ser-
pentins et onduleux. Mélusine moderne, la jolie en-
chanteresse délaissée a froncé les sourcils et passé sa
langue sur ses lèvres. J'attendais le sifflement. Il n'a
pas tardé.

— Est-elle fagotée! dit-elle en désignant la mariée
quand la pauvrette a passé devant elle, et assez haut
pour qu'elle l'entendît.

L'infortunée fiancée, atteinte en plein cœur et en
plein triomphe, a rougi et pâli successivement sous
ses longs voiles de dentelles.

D'Urfé, qui marchait derrière en donnant le bras
à belle-maman, qui avait sorti tous ses diamants, nom
d'un petit bonhomme! et qui s'était *collé* une robe de
moire antique gros vert achetée directement à Lyon

en fabrique, d'Urfé avait vu le coup. Il s'est mordu la
moustache et il a dû se redire à part lui-même le mot
de Napoléon Ier : « Tout se paye ! » en regrettant le
jour infortuné où il avait pour la première fois plu à
la vicomtesse.

Deux rangs plus loin il y avait d'autres victimes du
bel officier. La jolie duchesse de Sainte-Colombe,
d'abord. Celle-là pleurait franchement, la tête enfouie
dans son mouchoir de dentelle qu'elle mordait à même
pour étouffer ses sanglots. Le petit carré de mousseline était baigné de larmes ; les valenciennes qui le
bordaient, déchirées à belles dents, portaient la marque
irrécusable de sa douleur. J'incline à la croire véridi-
que, puisque je ne vois pas dans quel intérêt elle joue-
rait la comédie et se compromettrait aussi gratuite-
ment à nos yeux à tous.

Pauvre femme ! Elle s'était donc figuré qu'elle le
garderait longtemps. Elle connaissait bien peu d'Urfé,
et sa nature de chercheur, jamais assouvie, aimant
non pas la femme, mais les femmes, et plongeant jusque dans la boue pour y trouver celle qui ferait battre
ce cœur épuisé d'avoir battu sur d'autres cœurs et
ranimerait, fût-ce pour un moment, ses sens épuisés,
blasés sur toutes les jouissances.

L'excellente madame Dubeuf avait fait mieux, elle.
Elle avait amené son mari comme à une cérémonie de
famille. Et il était là, se rengorgeant, cherchant dans
l'assistance des figures de connaissance pour leur
envoyer des saluts et des signes de tête protecteurs,
un intime, enfin ; lui qui n'avait pas vu d'Urfé dix

fois dans sa vie et qui ne le connaissait que par sa femme. Il triomphait. C'était à crever de rire. Elle, impassible, avec ses airs indolents et ennuyés de belle créature monumentale et ses gros yeux de Junon à fleur de tête qui l'ont fait surnommer la vache sacrée, promenait sur l'assistance de longs regards tranquilles. Il lui semblait tout naturel d'être là et Dubeuf avec elle. Mais le bouquet, ç'a été à la sacristie quand on a fait les révérences. Ne voilà-t-il pas que cet imbécile de Dubeuf, avec sa sottise épaisse et dorée de financier ventru, dit à d'Urfé :

— Eh bien, très-cher, j'espère que ceci n'est pas une raison, parce que vous voilà marié, pour que vous ne veniez plus à la maison. Vous ne manquerez pas, je l'espère, de faire comme par le passé et de venir tous les soirs, surtout quand je suis en voyage d'affaires. Personne comme vous ne tient compagnie à madame Dubeuf!

Les jeudis du maréchal continuent à être des plus brillants.

Le retour en chemin de fer est des plus amusants. On se cherche, on s'appelle, on se retrouve et on forme des compartiments qui sont autant de petits salons politiques. La conversation y court vive, légère, spirituelle ou grave, sérieuse et élevée, selon les habitants que la caisse roulante renferme dans ses flancs pour la durée du voyage. Ici on cause modes, chiffons, toilettes, courses, déplacements à Dieppe ou à Deauville ; là, on discute le dernier vote de la Chambre, l'affaire Ranc, et l'on énumère les probabilités des changements ministériels. Et le train continue sa course rapide, glissant aux rayons de la lune sur le rail en fer poli qui étincelle et qu'il dévore. Et quand je descends à Ville-d'Avray pour regagner mon *home,* perdu dans les seringats et les sureaux en fleur, il défile devant moi avec ses caisses remplies de cravates blanches, de chapeaux bordés, d'uniformes resplendissants. Puis il disparaît sous la voûte de Saint-Cloud avec un sifflement aigu, et je ne vois plus dans les profondeurs du tunnel que deux fanaux rouges qui, semblables à des yeux démesurés, veillent à la queue du train. Peu à peu, leur reflet diminue dans l'éloignement, puis il se perd tout à fait dans les tourbillons de vapeur blanche qui s'échappent de la machine, et je reste tout seul dans la campagne tranquille. Je reprends alors le sentier des Prés-Verdis qui mène chez moi, et je marche tout doucement pour ne pas effaroucher un rossignol aux amours tardives qui, dans la nuit calme, égrène ses notes de cristal, ici tout près, dans les grands arbres aux feuillages sombres du parc de Saint-Cloud.

Paris, 29 juin 1873.

Alors vous êtes en Suisse! Retardant d'un mois le voyage de Vienne où il n'y a encore que peu de monde, vous avez voulu gravir les glaciers, parcourir l'Ober-

land et voir Chamounix, tout bourgeoisement comme
des petits jeunes mariés qui ont fait fortune dans la
plumasserie et qui exécutent le voyage de noces sentimental et obligatoire! Soit, je le veux bien. Tes lettres
m'amusent, et puis elles me tiennent au courant. Le
récit des beaux jours passés à Genève en même temps
que l'impératrice de Russie, et votre rencontre en plein
Oberland avec les ambassadeurs japonais, au coin d'un
glacier qui n'était pas le Napolitain, tout cela m'a diverti
et j'ai raconté vos lettres aux amis du Club, bien clair-
semés, hélas!

Ne pas croire, au demeurant, que toi seul aies le
courage de m'écrire. Notre très-spirituelle amie Anto-
nie, d'Interlaken, où elle était vendredi, me mande
que la veille, au Grindelwald, elle s'était trouvée
à côté du Prince Impérial, qui soupait de bon appétit
avec le jeune Conneau, le fils de Joachim et Clary. Ils
avaient traversé le Wingerna en partant de Lauter-
brunnen, et samedi ils ont parcouru la Mer de glace.
Le jeune Prince était en excellente santé, alerte et
dispos. Tu rencontreras peut-être cette auguste cara-
vane, et j'envie ton sort. Si telle chance t'advient,
mets-moi aux pieds de Son Altesse.

Ici, on étouffe. Je rentre pour t'écrire et depuis le
café Anglais, où j'ai déjeuné, j'ai trouvé aux boulevards
un air de steppes. Le soleil aveuglant, torride, inonde
de sa lumière crue les larges dalles des trottoirs. Le
bitume liquéfié cède sous la pression des pieds, et la
chaussée déserte a un aspect lugubre. A l'ombre des
platanes, les voitures de place s'allongent en files inter-

minables ; les chevaux, débridés, l'œil morne et la tête baissée, flairent l'eau trouble du ruisseau, et les cochers, très-polis, font l'œil à la pratique. Quel changement ! Devant les cafés, quelques étrangers, des provinciaux ou des boutiquiers aussi obstinés que feu le coucou de Sceaux, absorbent des choses liquides, les pieds dans l'eau que les garçons viennent de répandre à seaux sur le trottoir.

Cela sent la fleur de sureau. De loin en loin une voiturée de femmes en toilettes claires, avec des chapeaux de paille couverts de coquelicots et de bluets, passe, se dirigeant vers les gares. Cela va s'envoler dans les champs, dîner à la campagne, sous la tonnelle, et cela rentrera ce soir, éreinté, poussiéreux, avec des bottes de fleurs dans les bras, les yeux gros de sommeil et les jambes rompues d'avoir dévalé par les sentiers en pente. Mais on s'est bien amusé et on en parlera toute la journée demain à l'atelier.

C'est Paris l'été, un aspect que je ne lui connaissais guère et que j'ai vu à plein ces jours-ci. J'ai passé toute la semaine sans aller à la campagne, car Clifford a déballé de Londres et je l'ai promené partout. Mercredi soir nous avons été chez Girardin. On avait improvisé une soirée musicale et on devait nous faire entendre Belval. Au dernier moment, elle n'a pas pu venir. On s'est consolé de son absence avec les charmantes sœurs Thibault, qui sont : l'une à l'Opéra, l'autre à l'Opéra-Comique ; Lassale, le baryton, et un ténor inconnu, mais qui une jolie voix. J'allais oublier madame Calderon, dont u connais le talent et la beauté, et Lavignac le pianiste.

Enfin Ernest Daudet nous a dit *les Prunes et les Ce-rises*, de son frère, l'adorable poëte des *Amoureuses*. C'était, tu le vois, un concert de saison.

La belle madame de Canisy, avec ses majestueuses splendeurs de taille et de port, qui la font ressembler à la duchesse de Châteauroux, était très-fêtée et très-entourée. Autour d'elle, et groupés comme les seigneurs florentins d'un Décaméron, le duc de Grammont, Boittelle, Feuillant, de Lesseps, de Favernay, de la Guéronnière et Paul de Saint-Victor. En face madame Hervé, très en beauté comme de coutume, mesdames de Lesseps, Joncières, la baronne Decazes, puis Nigra, de Saint-Georges, Détroyat, Guyot-Montpayroux, Pérignon, Imbert de Saint-Amand, Bouillet et ton serviteur. Eclectisme politique le plus complet, comme tu vois. On a causé longtemps et bien discuté sans se convaincre, et finalement on a eu recours à un plébiscite. Résultat : on a proclamé madame de Canisy la plus belle à l'unanimité. Il est, tu le vois, des terrains sur lesquels toutes les opinions peuvent se rencontrer et se trouver d'accord.

Vendredi, autre soirée. Dîner chez Ledoyen. Il y a foule, c'est la mode et c'est la bourse aux nouvelles.

J'y ai appris le départ pour les Eaux-Bonnes de cette pauvre Lucie Pervenche, qui s'en va décidément de la poitrine comme Marie Augeard et comme cette adorable Marie Garcia s'en est allée il y a quelque dix ans après une saison dans ces mêmes Pyrénées.

Justement, je relisais l'autre jour une lettre d'elle

8

datée du 8 août 1860 et dans laquelle elle racontait ce qu'elle nomme elle-même une historiette à la Henri IV :

« Si le soleil ne fait pas de bien en ne se montrant pas, écrivait-elle, l'Impératrice en fait beaucoup en se cachant. Elle court les montagnes sans écrire son nom sur son simple chapeau Louis XIII. L'autre jour elle gravissait le pic du Ger, en vraie montagnarde, un bâton à la main. Elle rencontre une Ossaloise qui cueillait des fleurs de tilleul :

« — Que cueillez-vous là, ma bonne femme ?

« — Eh ! madame, c'est du tilleul !

« — Voulez-vous me vendre ce que vous avez cueilli là ?

« — Oh ! madame, ce n'est pas la peine, car il n'y en a pas pour trois sous.

« Sa Majesté prend les fleurs et donne trois louis. Comme elle s'éloignait, la paysanne la saisit par le bras :

« — Eh ! madame, je ne connais pas cette monnaie-là. Je n'ai jamais vu de si beaux sous. Seriez-vous la femme de l'Empereur ?

« — Oui, je suis la femme de l'Empereur, dit l'Impératrice avec son beau sourire.

« — Eh ! comment se porte votre homme ?

« — Mon homme va très-bien, et le vôtre ?

« — Le mien ? Il est là-bas qui fait des fagots avec ses trois enfants.

« — Trois enfants, dit l'Impératrice, il faut que je vous donne encore trois sous pour vos trois enfants. »

Et la pauvre Marie Garcia ajoutait à son ami :

« — Heureuse femme qui fait des fagots, et qui a trois enfants ! viens vite que nous fassions des fagots. »

Mais revenons aux nôtres. Après dîner Clifford a voulu aller à Besselièvre. C'était le jour chic ; j'ai obtempéré et Croixans a déclaré qu'il fallait s'y montrer. Pour la première fois depuis l'ouverture du concert des Champs-Elysées il ne pleuvait pas le vendredi; aussi impossible d'avancer tant il y avait de monde. C'est à peine si aux sons de la marche de *la Reine de Saba* j'ai pu apercevoir madame Magnan et son mari, Maurice Haritoff et sa femme, madame Abeille, une rose aux lèvres et au bras le nouveau conseiller d'État, *id est*, notre ami Weiss, coiffé d'un chapeau gris qui ne me plaît qu'à moitié. La brune madame Madeleine Lemaire était non loin de là, et cent autres jolies femmes qu'on distinguait avec difficulté au milieu des remous incessants de cette marée humaine qui ondulait avec des flux et des reflux incessants dans l'allée circulaire qui entoure le kiosque.

Le départ est amusant. C'est un défilé qui rappelle la sortie de la messe. Entre deux triples haies de curieuses à la langue affilée et de gommeux en cravate blanche, allongés sur des chaises, tout le public passe lentement, à petits pas, comme une procession. Et on s'en donne sur le dos des amis et des amies, que c'est une bénédiction! Nous étions assis tout auprès de la porte, augmentés du brillant colonel W... de F..., qui va nous donner au camp une grande fête la semaine prochaine, et nous avons passé un bon moment. Il y a tant d'observations piquantes à faire sur certains rapprochements, un bras donné, une poignée de main significative, un sourire échangé derrière le dos du mari, un baiser envoyé au moyen de l'éventail fermé, rapproché des lèvres tout naturellement et sans aucun apprêt! tout cela constitue une comédie perpétuelle, dont tous, plus ou moins, nous sommes ou nous avons été les acteurs, et qui est en réalité bien divertissante, même pour des sceptiques.

Ayez donc des enfants hors mariage! Clifford passe pour être le père d'un assez joli petit gars blond, que la grande Lélia, l'écuyère, élève dans les plus mauvais principes. Quand Lélia fit ce cadeau à James, qui était à cette époque son éditeur responsable, le baronnet, en galant homme qu'il est, crut devoir répondre à cette surprise charmante par un présent de bon goût. Il constitua donc au profit de Lélia une pension annuelle de six mille francs.

Chaque fois qu'il vient à Paris, c'est-à-dire tous les ans, ledit Clifford va rendre visite à l'ancienne écuyère, dans son petit hôtel de la rue Byron, et il surveille l'emploi de cette rente. Le moutard, qui a six ans aujourd'hui, en voit de belles chez madame sa mère, et il en entend de pires encore. C'est un véritable enfant terrible de Gavarni. Le retirer de ce milieu et le mettre en pension serait parfait, mais Lélia n'entend pas de cette oreille-là. Dieu sait pourtant si elle les a grandes! Elle prétend que cet enfant la pose, que cela lui donne un petit air femme du monde, quand il est couché sur les coussins de sa calèche. Aussi le trimballe-t-elle sans cesse au Bois, aux courses, aux eaux, partout enfin.

Bref, cet enfant est au courant, beaucoup trop au courant, de la vie que mène sa mère.

Ceci posé, Clifford arrive à Paris. Il va, comme d'habitude, rue Byron. On l'introduit, et dès le vestibule il se cogne contre le moutard qui lui grimpe aux jambes, en criant :

— Ah ! monsieur, c'est toi qui es venu hier soir voir maman ! Pourquoi donc que tu es parti ce matin sans me dire bonjour ?

Dimanche, 6 juillet.

Tout est en l'air ! C'est hier qu'est arrivé le shah ! Ne t'étonne pas de la façon tant soit peu baroque dont j'orthographie le nom de ce souverain aussi endiamanté que madame Musard, chacun à Paris a sa manière de l'écrire : les uns tiennent pour schah, d'autres lui coupent deux ou trois lettres qu'ils jugent superflues et écrivent tout bonnement chah, et Bébé-Violette, qui est sans préjugés, suit l'orthographe de la nature et elle met carrément : « Dînons-nous ensemble le jour du chat ? » Depuis 1849 et la fameuse discussion sur la prononciation anglaise du mot club, clib, cloub, on n'avait entendu une aussi parfaite imitation de Babel. C'est la confusion des langues. Si la vicomtesse Micheline pouvait profiter de l'accasion pour perdre la sienne, qui est si venimeuse, ce serait une fameuse chance !

Je t'enverrai par dépêche, comme tu me le demandes,

8.

le résultat du duel du grand Paul, qui t'intéresse tant
et que nos vœux à tous accompagnent. A propos de
cela, nous avons enterré hier ce pauvre Thibault de
Granges, auquel Saint-Marc et moi nous avons servi de
témoins il y a une dizaine d'années.

Tu te rappelles quel singulier duel et dans quelles
circonstances. Un soir d'été, nous étions paisiblement
à prendre des soyers, sur les minuit, chez Tortoni. Un
jeune homme de vingt-cinq ans à peine s'approche de
Thibault et, lui touchant légèrement le bras, lui demande deux minutes d'entretien.

Thibault se lève et ils s'écartent. Un moment après,
notre ami revient et nous dit :

— Savez-vous ce que ce monsieur m'a dit ? Il m'a
proposé la botte !

Nous nous exclamons.

— Comment, pourquoi, comme cela ? à quel propos ?

— Je ne sais pas au juste, cependant je m'en doute.

Nous discrets, nous n'insistons pas, et dès le matin
du lendemain nous nous mettons en rapport avec les
témoins de l'adversaire, le comte de Trozoff. Ceux-ci
étaient à peindre. C'étaient un ancien colonel de cavalerie, boutonné, sanglé, cravaté, sacrebleu ! à éclater
s'il avait bu un verre d'absinthe de plus que son ordinaire, et un long, pâle, blême, mélancolique Polonais
qui jouait de la harpe et faisait des vers mystiques
dans les salons des chanoinesses, rue Férou et rue
Cassette. Celui-ci ne disait rien et approuvait tout. Le
colonel, qui était un sabreur, et qui avait la spécialité
d'être « témoin pour étrangers », aurait proposé de se

battre à la masse d'armes, que le Mitgislas dont s'agit aurait trouvé cela très-bien.

Enfin, après des allées et venues sans fin et des pourparlers innombrables, on se décide, et un lundi matin, à cinq heures, je file chez Saint-Marc, qui demeurait aux Ternes, pour le chercher, lui et les aiguilles à tricoter que nous avions logées dans la capote de la victoria enveloppées de leur étui de serge verte. Il faisait bon, frais, il n'y avait presque personne dans ces grandes avenues qui avoisinent le parc Monceaux. Les acacias embaumaient l'air de leurs parfums vanillés ; par le silence qui régnait dans ces grandes voies désertes on entendait les petits oiseaux pépier et caqueter dans les platanes : c'était charmant. Thibault était très-calme et il fumait sa cigarette.

Tout en roulant il nous expliqua, selon la promesse qu'il nous avait faite, pourquoi son adversaire lui avait cherché cette sotte querelle. Affaire de femme, naturellement. C'était la vengeance d'une ancienne maîtresse qui poussait le Russe, amoureux fou d'elle, à trouer la peau de notre ami. Cet imbécile n'était qu'un instrument.

— Sois tranquille, lui dîmes-nous, s'il t'arrive malheur, elle ne le portera pas en paradis et nous la rattraperons d'une manière ou d'une autre, fallût-il lui faire la cour pour cela.

Dix minutes après, nous arrivâmes dans l'île de la Grande-Jatte. Il n'y avait personne qu'une fillette à peine éveillée, à mouchoir noué sur la nuque et dont es cheveux ébouriffés cachaient les yeux. Elle tenait en laisse une bique blanche qu'elle appelait Jeanne, et qui tirait sur sa corde en broutant à même les herbes fournies et savoureuses qui lui montaient jusqu'au ventre. Avec quelques pièces de monnaie, nous l'éloignâmes. Notre adversaire et ses témoins nous rejoignirent ; nous trouvâmes un endroit sec, plat et élastique et les adversaires tombèrent en garde.

— Allez, messieurs ! dit Saint-Marc en lâchant les deux épées qu'il avait engagées l'une contre l'autre.

Moi j'étais de l'autre côté, la canne à la main, prêt à intervenir pour séparer les combattants aussitôt que l'un d'eux serait touché.

Je regardai autour de moi. A dix pas, la fillette à la chèvre, qui s'était approchée, contemplait curieusement le combat en ouvrant de grands yeux étonnés. Sur la rive de la Seine, du côté de Neuilly, des ouvriers se rendant au travail nous avaient aperçus de loin à travers les arbres, et ils contemplaient avec avidité cette scène d'un drame *pour de vrai* et supérieur à ceux de l'Ambigu. Puis, revenant aux tireurs, je vis Thibault très-pâle, mais ferme, et le Russe, les dents serrées, jouant un jeu très-dangereux et tirant à tuer ou à se faire tuer. Là-dessus notre ami lui allongea un coup droit en pleine poitrine. L'épée entra comme dans du beurre : le comte ouvrit les bras et tomba à la renverse. C'était fini.

On m'a dit depuis qu'il avait guéri de ce furieux coup d'épée, mais que, en revenant à la santé après six mois, il avait appris que sa belle était décampée avec un ancien écuyer du Cirque. Quant à de Granges, il vient de mourir d'épuisement à Cannes.

Adieu, je vais voir passer le shah !

Mardi, 15 juillet.

Je suis en retard pour t'écrire, je l'avoue. N'accuse pas ma paresse, non c'est le shah... qui en est cause. J'ai eu tellement à faire tous ces jours passés pour suivre le royal hôte du maréchal dans toutes ses pérégrinations que je suis excédé, rendu, saturé de poussière. J'ai entendu cent vingt-deux fois l'hymne persan ; j'ai salué soixante fois Naser-ed-Din et, dans la foule, on m'a marché sur les pieds un nombre de fois tout à fait incalculable. Il est temps que cela finisse, et cela va finir, du reste, puisqu'il part vendredi.

Ne crains pas, au demeurant, que je te parle de lui, les journaux t'ont conté par le menu tous les faits et gestes du souverain iranien, et tu dois avoir assez avalé de shah pour exiger de moi que je te serve un plat de lapin, voire même de lièvre si la chasse interdite me permettait de le faire. Malheureusement, il faudrait pour cela que tous ces intéressants quadrupèdes à museau rose et à griffes aiguës, qui s'entendent si bien à grignoter les héritages, consistant en terres, bois, prés, etc., etc., m'aient fait leurs confidences, et cela n'a pas eu lieu.

J'ai eu beau fouiller tous les terriers avoisinant le bou
levard Malesherbes et le parc Monceaux d'une part, son-
der les grattis coquets du quartier de l'Etoile de l'autre,
je n'ai rien recueilli qui puisse t'intéresser. Et cependant on comptait bien s'en donner. Toutes les chattes
de Paris, à l'annonce de l'arrivée du shah, faisaient
déjà le gros dos et passaient sur leurs jolies babines
une langue rose longue d'un demi-pied. On faisait sa
toilette, en se pourléchant par avance, en aiguisant ses
quenottes, et se disant tout bas : « C'est pour mieux te
croquer, mon enfant ! » En un mot, c'était un branle-
bas de combat aussi complet que possible. Les housses
étaient retirées depuis l'avenue de l'Impératrice
jusqu'au mont Bréda ; on avait épousseté partout pour
retirer les toiles d'araignée ; bref, c'était superbe.
Compte avec cela que les boîtes à bijoux étaient toutes
prêtes pour recevoir la pluie de diamants, rubis,
émeraudes et saphirs qu'on se croyait en droit d'attendre du royal Iranien. Et puis, patatras ! voilà tous
ces beaux rêves envolés comme une compagnie de
perdreaux quand les fusils Lefaucheux résonnent.
Shah insensible, pour parler la langue désossée de
verbes dont se sert notre hôte, shah pas aimer petites
femmes. Lui préférer voir monuments, comme si les
plus beaux monuments de Paris n'étaient pas les
femmes, depuis Caroline H... et Nelly A..., deux statues
imposantes, jusqu'à Valentine B... et V......., qui ont
toute l'élégante sveltesse des colonnettes gothiques.
Shah avoir mauvais goût, aimer bêtes, lions et tigres
et pas chattes à fourrure soyeuse. Conclusion : Il ne

faut pas vendre la peau du shah avant de l'avoir couché par terre.

Il est donc absolument faux, en dépit de tous les racontars de club, que Bébé-Violette et Hortense Princière, qui avaient déjà quitté Paris, aient été brusquement rappelées par ordre. Ce passage du prince ne laissera aucune trace dans les boudoirs parisiens, sous forme de rivière ni même de petit ruisseau. L'Orient est déshonoré, il a décidément des goûts qui retardent et qui nous rejettent d'un siècle en arrière. A la bonne heure, parlez-moi des souverains de l'Occident. Quand ils sont venus à Paris en 1867 pour y voir l'Exposition universelle, ils n'ont pas hésité, et ont couru tout droit aux comptoirs de plaisir qui tenaient le mieux l'article Paris dans toute sa nouveauté piquante. Et ils ont été contents. Shah, pas fait comme eux ; shah, avoir tort.

Mais assez parlé nègre ! Tu me demandes ce que je vais faire cet été. Je n'en sais encore rien. Assurément je ne resterai pas à Paris, où il n'y aura plus personne dans un mois si l'émigration continue. Jamais je n'ai vu nos amis fuir avec plus d'ensemble pour les Pyrénées, l'Auvergne, Trouville ou Dieppe. Vienne la mi-août (encore un souvenir du shah qui perce) on assassinera en plein midi dans les Champs-Elysées, où passeront seuls les omnibus vides habités par leurs conducteurs. J'ai donc l'intention de faire comme tout le monde, mais je ne suis pas encore décidé. La Suisse m'attire pour y faire un petit voyage de quinze

jours aussi rapide que sentimental ; j'aurais voulu aller
à Vichy avec Croixans qui y est parti samedi. D'autre
part, la tournée des courses, Caen, Deauville, Cabourg
et Dieppe, est bien tentante ! A quoi se résoudre ? Ah !
j'oubliais Luchon qui va être cette année extra-brillant
et extra-fréquenté.

Montescourt y est en ce moment. On y attend, m'é-
crit-il, mesdames de Galiffet, de Pourtalès et peut-être
la princesse de Sagan. Leurs chalets habituels y sont
déjà retenus dans cette jolie allée d'Étigny, si coquettement perchée sur le flanc abrupt de la montagne. On
les verra monter à cheval tous les jours et passer en
Espagne par des sentiers à pic, des chemins de chèvres
conduisant à Bosost, à Luz et au Pont-du-Roy, où il
y a des roulettes en permanence et un restaurant
drôlement perché sur la frontière, jambe de-ci jambe
de-là comme une Jeanneton chevauchant derrière un
soldat aux gardes.

Dans une autre jolie série, on peut compter, paraît-
il, sur l'amie Schneider, sur madame Thadée et sur la
piquante Bode, l'appétissante hôtelière de *Rallye-
Champdouillard*. Elles seront donc belles les excursions au port de Venasque, où il y a encore de la neige
à foison, à la Maladetta, au lac d'Oô, si renommé par
ses truites exquises, et aux cascades de Juset et de
Montauban.

Le soir venu, quand la température sera clémente,
à défaut du Casino, qui n'est pas encore construit,
on pourra se réunir en plein air sous les Quinconces,
ou s'il pleut, dans les salons des grands établisse-

ments, comme l'hôtel du Parc. Là on se livrera à des jeux aussi innocents que les personnes qui y prendront part. En un mot, ce sera tout à fait patriarcal.

On y mène déjà à peu près cette vie-là, mais comme il y a peu de monde, on y est tout à fait entre intimes. Les grecs qui rôdent autour des salons en sont très-soigneusement exclus, et c'est une plaie dont on peut se débarrasser plus facilement que de celle des mendiants ; ceux-là sont insupportables. Ils pullulent à faire maudire le peu de soin de l'administration qui n'est plus impériale, hélas ! et du préfet qui n'est plus ce fameux West, dont le nom est encore après de longues années si respecté, et au souvenir duquel a été érigée une colonne-fontaine. Ces malingreux, truands, cagots et autres échappés de la Cour des Miracles, sortent de dessous terre comme par enchantement à chaque excursion que vous faites. Allez dans la Vallée du Lys, au gouffre d'Enfer, n'importe où, vous les verrez surgir d'entre les rochers aussi nombreux que les sauterelles et vous réclamer chacun quelque monnaie. Ils prétendent tous vous avoir conduit, et ils sont au moins quinze. Les guides, qui par parenthèse sont presque tous de fervents bonapartistes, n'y peuvent rien et le déplorent. A ce propos, le guide du Prince Impérial vient de mourir non loin du petit chalet en bois rose et blanc habité jadis par Son Altesse.

Tu le vois, toutes ces attractions réunies sont bien tentantes.

Enfin, je me déciderai la semaine prochaine, et aussitôt ma résolution prise je t'en ferai part.

9

Je ne veux pas fermer cette lettre avant de te raconter une mystification énorme et inspirée par l'actualité. Olivier et Albéric, s'étant aperçus l'autre jour que Nini-Brioche les trompait odieusement tous deux au bénéfice d'un cabotin qui jouait le roi des poissons cet hiver dans une revue, résolurent d'en tirer une vengeance éclatante.

L'arrivée du shah leur en fournit le prétexte et le motif. Ils convièrent à dîner, au café Anglais, plusieurs femmes, qu'ils se gardèrent bien de mettre dans la confidence, et deux amis à eux qui étaient du complot. Nini au nombre des invités.

Le soir du festin venu, toutes ces dames, à qui on avait annoncé qu'on aurait un Persan de la suite impériale et un gros personnage, se mirent sous les armes, toutes épaules dehors. Nini ne fut pas la dernière, bien entendu. Les convives au complet, on introduit dans le Grand Seize un individu bronzé, vêtu en Mirza et étincelant de pierreries. On le met à la place d'honneur et on prévient l'assistance qu'il ne parle pas français, mais qu'il le comprend.

Les jolies cocottes, qui n'ont besoin pour se faire entendre que du langage des regards, commencent à envoyer leurs yeux en commission, comme disait Brigitte, et elles bombardent le Persan d'œillades incendiaires. Celui-ci reste en apparence fort insensible à tant d'appas, et il ne paraît avoir d'yeux que pour Nini, à laquelle il prodigue les sourires. Vers la fin du dîner, il était impossible de s'y méprendre. Elles étaient vaincues : à Nini la pomme. Les autres amènent leurs pavillons, c'est-à-dire, sous prétexte de fraîcheur, se cachent les épaules sous des dentelles, vont aux fenêtres, causent et fument, sans plus se préoccuper du Mirza que si c'était un simple gommeux pourvu d'un conseil judiciaire.

Au bout d'un certain laps on s'aperçut que le Persan et Nini avaient disparu. Olivier et Albéric eurent alors un rire sardonique, le rire du homard qui se venge après avoir attendu sa vengeance pendant des années avec le sang-froid qui caractérise ces crustacés. Puis ils battirent sur la table un ban pour obtenir le silence.

Quand il fut établi :

— Mesdames et messieurs, dit Albéric en montant sur une chaise, j'ai l'honneur de vous faire part du mariage de Nini avec John-Khan, mon cocher. Ils viennent de partir ensemble !

Tableau !

20 juillet 1873.

Il est parti. Ce n'est pas dommage et il était grand temps qu'il prît le train. Il n'était plus à la mode. Huit jours de plus il aurait été ridicule, et on l'aurait blagué. N'a-t-on pas commencé ces jours passés? L'autre soir, à un dîner qui réunissait chez Girardin les plus charmantes artistes et les talents littéraires les plus en vogue, n'a-t-on pas entendu une belle actrice célèbre par ses diamants émettre des doutes sur l'authen-

ticité de ceux que portait le shah? Pas un mot de
tout ce qu'on a dit n'est vrai, j'en suis sûr, mais l'inconstante mobilité de la population parisienne, son
goût changeant, ont prouvé une fois de plus qu'elle
est tout disposée à brûler le lendemain ce qu'elle a
adoré la veille. Le shah, qui a de l'esprit, a compris
que la gare de Lyon n'était pas loin de l'estrade
triomphale du Trocadéro et il a filé avec tambour et
trompette.

Il a bien fait. De cette façon il a agi comme une
jolie femme qui s'en va au milieu du bal, en plein
triomphe, et qui ne veut pas attendre l'heure où les
traits fatigués se tirent, où la figure se plisse et se
creuse, l'heure où le maquillage coule, où l'émail
craquelé se fend en mille petites rides imperceptibles,
où les cheveux défaits pendent sur les épaules. Il
s'est éclipsé de même, et on ne dira pas de lui que
c'est un gommeux d'Ispahan qui vient se remonter
ici parce que l'œil qu'il possédait dans son pays a été
crevé le mois dernier et que les marchands d'argent
ne veulent plus accepter en renouvellement son papier à trois signatures dont une bonne.

Pendant que les uns s'en vont, les autres arrivent.
Il nous est venu ces jours passés tout un vol d'hirondelles parisiennes qui ont fait leur nid au bord de la
Neva, en vacances parmi nous. D'abord les artistes
du théâtre Michel et des Bouffes, puis toutes les charmantes irrégulières auxquelles le climat et les huis-
siers de Paris ont été jadis si peu cléments qu'il leur

a fallu entreprendre une campagne de Russie. Presque toutes ont réussi, surtout celles qui avaient de bons estomacs et qui pouvaient mettre sous la table, après boire, les robustes chevaliers gardes ou les officiers de Cosaques, qui sont pourtant de fameuses éponges. Celles qui chantent la chansonnette grivoise ont eu aussi un joli succès. Stendhal dit quelque part dans *le Rouge et le Noir :* « Les Russes copient les mœurs françaises, mais toujours à cinquante ans de distance. Ils en sont maintenant au siècle de Louis XV. »

Depuis, le siècle a marché et les Russes aussi; pour le moment ils en sont à l'époque de *la Dame aux Camélias* première manière : on chante au dessert, en s'accompagnant sur les verres et sur les assiettes, des machines contemporaines de

Dieu fit l'amour et le vin bons.

. . . .

ou, dans un genre un peu plus corsé, la fameuse chanson des *Cœurs :*

. . . .

Voyez là-bas ces enfants frais et roses,
Leurs gais ébats annoncent le bonheur!

Et tous les gentilshommes sabrés et casqués, boutonnés et sanglés dans la tunique militaire, qui est là-bas l'apanage de tous les nobles, s'esclaffent d'un

gros rire bruyant quand une Française, le verre de
champagne à la main et décolletée jusqu'à la ceinture,
lance le mot égrillard en l'accompagnant d'un clignement d'œil qui souligne la gaillardise.

Elles sont donc revenues en foule pour se distraire
un peu dans un milieu plus intelligent, et se retrem-
per une miette au contact de gens bien élevés, pour
lesquels une femme est une femme et non une mar-
chandise. L'une d'elles, un gavroche femelle, douée
d'un esprit naturel très-piquant, nous a tenus hier
soir pendant trois heures sous le charme de récits
russes des plus curieux et d'aventures qui intéressent
des gens vivants et très-connus, à un tel point que
leur révélation ferait un tapage infernal. L'étendue
de ces confidences ne me permet pas de t'en donner
ici même une courte analyse. Je réserve cela pour
ton retour; apprête-toi à rire et peut-être même à un
peu d'émotion, car il y a dans cette histoire un drame
vrai, sombre, émouvant au possible et terrible dans sa
hideuse simplicité.

Mais revenons à notre hirondelle, qui est bien plutôt un oiseau des bois et des forêts, une pinsonne,
toujours gaie, toujours preste à la riposte, accorte et
appétissante comme une soubrette de Molière, avec le
mot propre à la bouche, un peu salé peut-être, comme
disait Saint-Simon, mais gaie, rieuse, et pas plus bégueule que *madame Angot*.

Si cette revenante — qui est une nouvelle venue,
puisqu'elle reparaît après dix ans d'absence — a eu
du succès, je te le laisse à penser. La *gomme* s'est

bousculée dans son escalier, et les invitations à dîner et à souper ont plu dru comme grêle, tellement qu'il a fallu à notre nouvelle Sophie Printemps un carnet pour inscrire ses engagements, absolument comme au bal quand une danseuse note d'avance ses quadrilles et ses valses.

Jusqu'ici rien que de très-naturel : c'est d'uné personne qui a de l'ordre. Mais où ceci devient piquant, c'est qu'à la suite du jour et de la mention de l'endroit où elle a dîné ou soupé, ladite pinsonne a ajouté une petite note brève, résumant ses impressions, quelque chose comme la critique de la fête à laquelle elle a été conviée. D'Avaux, qui ne respecte rien, a mis la main hier soir sur un mignon petit portefeuille à coins dorés, qui traînait sur la table, entre un flacon de cristal bouché par un cabochon d'émeraude énorme, et un éventail exquis, peint par Célestin Nanteuil. Il y a jeté un coup d'œil indiscret. Il y a vu les choses les plus curieuses.

Lundi. — Dîner au pavillon d'Armenonville avec Voreskoff et ses amis, tous Russes. Ennuyée. Je suis cependant venue à Paris pour m'amuser.

Mardi. — L'Espagnol et le petit banquier. Gentils tout plein. Et un sac! A revoir !

Mercredi. — Dîner de femmes. On n'a dit de mal de personne, excepté des hommes. Société agréable, mais un peu mêlée. Et puis, on embrasse trop dans cette maison-là.

Jeudi. — A Asnières. Société encore plus mêlée

qu'hier. Ce n'est pas là que j'achèterai une maison de campagne.

Vendredi. — Dîner avec des journalistes. Gentils, mais pas de sac! Utiles à fréquenter. Blanchette dit qu'on a souvent besoin d'eux! Et puis, que ne ferait-pas on pour faire plaisir à une amie?

Samedi. — Grand souper avec des gens du Club. Mettre tous mes diamants et tenir ma langue, c'est le conseil d'Esther. J'y veillerai.

Dimanche. REPOS.

Précisément, le jour même où nous avons fait ce souper avec la pinsonne et sa gracieuse compagne, nous avions été auparavant faire un tour au café-concert. Rien n'est en ce moment plus chic ni mieux porté. On s'y étouffe; les femmes du plus grand monde y sont mêlées aux cocottes; les cocodettes des petits lundis y coudoient les bourgeoises de la rue de l'Arbre-Sec; c'est une fureur, une folie. Et pourtant rien, à mon avis, n'est plus bête ni plus écœurant que ce qu'on entend dans ces établissements en plein vent. D'abord, cette espèce d'estrade à panneaux de glace, surchargée de dorures de mauvais goût, inondée de lumières, a l'air d'un salon de restaurant, ou pis encore. Là-dedans sont assises une douzaine de créatures plâtrées, l'œil noirci à l'épingle, les bras blanchis avec de la poudre de riz au rabais et les lèvres rougies au moyen d'un bouchon de verre trempé dans du carmin de chez le papetier du coin.

Ces malheureuses, gelées au printemps et à l'au-

.tomne, grillées en été, asphyxiées par les émanations
délétères du gaz et l'âcre parfum des cigares verts,
posent là depuis huit heures jusqu'à onze heures du
soir. De temps en temps, l'une d'elles se lève, rejette
derrière elle son burnous et pose sur sa chaise son
éventail et son bouquet. Elle s'avance sur le devant
de la scène, et, au milieu des lazzis, du bruit des
chopes qui se heurtent, de la monnaie de cuivre que
les garçons rendent au client, elle se campe et chante
quelque chose ; elle est accompagnée par quatre violons poussifs qui n'obéissent pas au chef d'orchestre,
chauve, vieux, à l'œil éteint, qui en a vu bien d'autres,
et qui lève et baisse mécaniquement son archet sans
se préoccuper si son orchestre le suit.

Et il faut entendre ce qu'elles chantent. Les titres
seuls font rêver ; il y a d'abord les chanteuses senti-
mentales qui bêlent de fausses paysanneries : *la Fête
du raisin*, *la Bouquetière*, *Regrets du cœur*, *Dans un
baiser*, *J' viens de me marier*. Puis la grivoise : *On y
prend goût*, *Ce qu'il faut faire à la Meunière*, *J'aimons ces petits jeux-là*, *Ça me démange !* et autres
polissonneries où la gravelure, pourchassée dans le
texte par la censure, est soulignée par le geste, le
regard ou le déhanchement.

Autre spécialité la plus funeste, la plus sotte, et la
plus dangereuse. La chanson chauvine, le pseudo-
patriotisme, le faux courage de l'homme *éméché* qui
fait le casseur et que le premier coup de fusil dégrise,
puis tout le bric-à-brac de la sensiblerie convenue et
ridicule : *Maudite soit la guerre*, *le Retour du prison-*

9.

nier, *les Volontaires d'un an, Debout les Morts, les
Gaulois nos pères* et autres calembredaines du plus
mauvais goût! Heureux encore si ces jolies choses ne
sont pas beuglées par un monsieur à grande barbe
noire, étouffant dans un habit noir, cachant sous des
gants blancs des *abattis* gros comme des éclanches
de mouton, suant à grosses gouttes sous son plas-
tron brodé et tuyauté et qui s'écrie en se donnant un
énorme coup de poing sur le thorax :

> Guerre, guerre, guerre,
> Oui, guerre à l'étranger!

Cette littérature empoisonne le public qui reprend
en tapant des pieds ce refrain aussi belliqueux que
déplacé, et qui ne contribue pas peu à entretenir chez
nous ce fond de bravacherie et de cabotinage auquel
ce peuple-ci est déjà si enclin naturellement.

Voilà beaucoup de philosophie, n'est-ce pas? Tout
cela à propos de bocks payés très-cher et bus en ca-
dence aux sons d'un piston canaille et en écoutant des
rapsodies aussi plates qu'écœurantes. C'est possible,
mais je t'assure que l'impression que je te traduis est
absolument celle que j'ai ressentie. Quand j'ai vu
ces étalages de chairs, ces vitrines de femmes à
louer, aussi impudemment étalées que jadis l'étaient
les habitantes du *Dammthor-Wahl* à Hambourg,
quand j'ai entendu débiter par ces mêmes femmes les
grivoiseries provocantes qui forment le fond de leur
répertoire, j'ai compris le mot de Cani, qui appelle

ces sortes d'exhibitions : L'absinthe du cabinet particulier !

27 juillet 1873.

Je vais t'apprendre quelque chose d'étonnant, d'inouï,
d'incommensurable, de tellement ébouriffant, que j'ai
bien envie de te le laisser deviner. Je te le donne en
cent, en mille, en dix mille, pour faire quelque chose
de plus que la mère Sévigné, qui s'est arrêtée à mille.
Comme tout a renchéri depuis, je puis faire cela pour
toi. Tu ne devines pas? non ! Je commence :

Avant-hier matin — retiens bien la date, car elle
est postérieure de deux jours à l'interpellation du
vieux J. F. — avant-hier neuf heures, neuf heures un
quart, je passais avenue Friedland. Bon ! d'ici je te
vois sourire. Le quartier est galant, bien habité ; s'il
fait étouffant au dehors, il règne en revanche une
fraîcheur délicieuse dans les appartements, soigneusement fermés, persiennes closes, rideaux tirés. Là, on
est dans une atmosphère fraîche et parfumée, et qui
autorise la maîtresse de la maison à vous recevoir
dans le provoquant négligé d'un long peignoir de
mousseline blanche, couvert de valenciennes, ou le
corps à peine enveloppé d'une robe de chambre en
satin du Caucase à reflets chatoyants.

Tu crois, assurément, que j'allais faire une de ces
visites ou que j'en revenais. Eh bien, tu te trompes.
Je venais tout bonnement de chez Arsène, avec lequel
j'avais dîné la veille chez la spirituelle Esther et qui

m'avait promis de me faire voir un merveilleux tableau qu'il venait d'acheter.

Donc, je redescendais l'avenue Friedland, lorsqu'à la hauteur de la rue du Centre, un spectacle singulier frappa mes regards. Des ouvriers, une dizaine environ, déchargeaient une petite charrette à bras tout encombrée de longues échelles, de cordes, de seaux de peintres, en un mot de tout l'appareil destiné à repeindre, revernir une maison. Leur costume, blouses blanches maculées par places de larges taches de couleurs, complétait l'idée inspirée par les ustensiles ci-dessus désignés.

Jusqu'ici rien de plus naturel ; mais où ceci devient invraisemblable, c'est que lesdits ouvriers étaient arrêtés à la porte à clous dorés qui donne sur l'avenue et qui appartient à l'hôtel rose du duc de Brunswick. D'abord je ne voulais pas y croire, tant cela me semblait fantastique de voir travailler à cette demeure fermée depuis trois ans et, de plus, abandonnée par son bizarre propriétaire qui a si peur des révolutions et qui franchement n'a pas tout à fait tort, puisqu'il a payé pour cela.

Je voulus en avoir le cœur net. Je m'arrêtai et je considérai les ouvriers. La voiture une fois déchargée, ils se mirent en devoir de dresser leurs échelles : les uns montèrent sur les toits, où ils accrochèrent de solides cordes à nœuds aux cheminées, et, assis sur des planchettes, suspendues entre ciel et terre, ils commencèrent leur besogne; les autres établirent des échafaudages entre les fenêtres et se posèrent là-dessus avec une agilité de chat. Ils se mirent à donner des petits coups de pinceau sur les murailles roses qui ont l'air d'être en sucre, le tout en chantant, selon la tradition, l'inévitable chœur des conspirateurs et la ballade des Halles :

> De la mère Angot
> Je suis la fille.

Pendant que ces virtuoses en plein vent, graines des Villaret et des Gueymard futurs, procédaient par petites touches, pan, pan, un frottis, puis un étendage à fond, tout comme madame de X..., je pensais à part moi-même que le retour du duc de Brunswick annoncé par ces préparatifs était, pour un Parisien pur sang, le plus significatif des symptômes de tranquillité. Depuis 1870, nous n'avions pas vu la figure ultra-maquillée, les gros sourcils noirs frisés et la perruque en soie tirebouchonnée de l'ancien duc régnant de Brunswick. Paris, qu'il affectionne pardessus tout, ne lui avait pas semblé assez paisible et offrir assez de garantie d'avenir pour que lui, échaudé plusieurs fois, risquât sa vie et ses diamants en venant s'y établir de nouveau.

En vain papa Thiers et tonton Calmon prodiguaient à la tribune et à la préfecture les assurances les plus formelles de paix et d'inaltérable sérénité ; en vain *le Bien public* chantait les louanges du Dieu qui présidait à nos destinées et affirmait que jamais les récoltes n'avaient été plus abondantes, les fruits plus savoureux, les femmes plus fécondes et les hommes plus doux à gouverner ; le duc, retiré bien loin, secouait la tête et jetait un regard de tendre sollicitude sur le coffre-fort qui enserrait ses diamants.

— Du diable si on me reprend dans cette galère, murmurait-il.

Il paraît qu'aujourd'hui tout est changé. Le négociateur de Ferrières a eu beau exprimer des inquiétudes qu'il prétend partagées par le pays, le baron Tolain hurler qu'on est la proie des Jésuites et que le père Lorgeril veut rétablir la torture, le duc est rassuré et il va revenir.

Il va revenir et nous allons voir ses équipages pharamineux, couleur chocolat où il y a trop de crème, son fameux cabriolet à pompe, ses armoiries si grotesquement étalées aux flancs vernissés de sa calèche et son inénarrable coupé doublé de satin clair. Nous aurons l'ineffable bonheur de le voir aux avant-scènes des théâtres, au-dessus de madame Musard, en face de madame de Païva et à côté de Delphine de Lizy. Et à l'Ambigu, où l'on est l'un sur l'autre, nous pourrons entendre une aimable veuve, qui accompagnait jadis Son Altesse ducale, lui dire d'une voix rauque et d'un ton de colère, après une scène :

— Dieu de Dieu, que vous m'embêtez! Quand donc crèverez-vous ? que je sois tranquille !

Cette semaine a été morne à Paris. Il n'y a guère eu à noter qu'un vrai orage qui a éclaté l'autre soir de la façon la plus brusque et la plus inattendue. Toute la journée il avait fait une chaleur terrible et les Parisiens, littéralement cuits dans leurs appartements, leurs bureaux et leurs boutiques, étaient sortis en masse, la nuit venue, pour essayer de humer un peu de fraîcheur.

Aux Champs-Elysées, il y avait foule ; une poussière épaisse, blonde et sentant la vanille, tourbillonnait dans les airs, sous des rafales brusques et soudaines. Deux par deux, les mains enlacées, les couples montaient au Bois dans des victorias tirées par des chevaux éreintés, la tête basse, et ne se doutant pas qu'ils traînaient le char de l'Amour. Derrière le dos du cocher qui sommeille lourdement les amoureux s'embrassaient malgré l'horrible odeur d'huile et de tôle chauffée qui s'échappait des lanternes, dont l'une est coiffée du chapeau verni de l'automédon.

Dans les contre-allées, un monde, une foule se pressait et se marchait sur les pieds. Les chaises encombrées à ne savoir où se placer. Des femmes en toilettes claires, des enfants bras nus, tout cela suant, soufflant, haletant, ouvrant le bec pour aspirer un peu d'air frais.

Soudain le ciel gris plomb s'allume d'un éclair. Les fonds obscurs sont rayés de zigzags bleuâtres. Par les déchirures des nuages apparaissent des reflets de flamme semblables à ceux d'un incendie lointain. En même temps, un coup de tonnerre terrible, assourdissant retentit. Toute l'avenue des Champs-Elysées avec sa masse de voitures et les allées latérales avec leur fourmilière grouillante sont éclairées en un instant rapide et fugitif. On eût dit le jugement dernier.

Un cri s'échappe de toutes les poitrines ; des langues de feu, scintillant à travers les arbres, viennent de tomber aux environs du Cirque. En même temps des torrents d'eau s'abattent sur la foule ahurie ; des exclamations de terreur se croisent, des appels se font entendre, l'épouvante est au comble. C'est une fuite, une débâcle générale, une déroute de pantalons blancs, de robes de mousseline et de toile. Tout cela se croise, se heurte, s'aborde, se renverse et fuit au milieu d'un désordre et d'une confusion inexprimables. Il y a des maris qui ont perdu leurs femmes et des femmes qui n'ont pas été fâchées d'avoir perdu leurs maris. Un de perdu, dix de retrouvés par le temps qui courait. Il y a eu des parapluies qui ont fait la fortune de leurs heureux possesseurs, et des fiacres qui ont été la préface de jolis romans à deux. Bref, il y a eu dans cet orage à boire et à manger, à boire surtout, car les ruisseaux transformés en torrents, les rues devenues des rivières, ont abreuvé les malheureux chevaux qui mouraient de soif et mouillé bien des jupons.

Le lendemain, on s'est compté : tant en tués qu'en blessés personne n'était mort ; mais les singuliers effets de la foudre, jadis si spirituellement narrés par Aurélien Scholl, ont été dépassés cette fois. On m'a assuré au Club, hier soir, que Bébé Violette était devenue absolument folle de terreur et qu'elle avait juré de renoncer aux cabotins. James, le misogyne, a fait vœu d'aimer désormais les femmes ; Varandois de reprendre sa femme, et la comtesse Léa de retourner chez son mari.

A Versailles, les ravages n'ont pas été moindres.
On prétend que la duchesse d'Hasré s'est brouillée
avec sa jolie amie la comtesse d'Anet, parce que, dans
la bagarre, celle-ci s'est laissé sauver par un joli aide
de camp du général B... Le baron Tolain, qui généralement fume sa pipe sur le pas de sa porte après
dîner, après avoir dit dédaigneusement : « Tiens, le
nommé Dieu joue aux boules là-haut, » aurait été vu
refermant avec précipitation ses volets et jetant vers le
ciel des regards inquiets ; enfin la gauche radicale,
Gambetta en tête, aurait décidé, en réunion solennelle,
qu'elle irait processionnellement, et en corps, inau-
gurer l'église que l'on va construire à Montmartre,
sous l'invocation de saint Clément et de saint Thomas.

Toutes choses bien invraisemblables et auxquelles
il ne faut pas plus ajouter foi qu'aux déclarations
d'amour de Juliette. Sophie Breteuil racontait hier
qu'à un dîner, l'autre jour, Juliette passait son bras
autour du cou de son protecteur, un riche Péruvien,
et qu'elle lui disait de sa voix la plus tendre :

— Que je t'aime ! Je voudrais passer ma vie
avec toi.

Le Péruvien, qui a vu du pays, a de l'esprit et,
quoique ayant bu cinq bouteilles de Château-Laffitte,
murmurait tout bas :

— Hum ! je n'y crois guère !

Et Sophie Breteuil reprenait tout haut :

— Et moi, je n'y crois pas du tout.

3 août 1873.

Décidément tu as bien fait de te ranger et de sortir
de la vie absurde par la grande porte du mariage.
Tout au plus pourrai-je te dire que tu cours risque de
te blesser le front en passant sous cet arc de triomphe
érigé par la loi, la société et la famille ; mais non, je ne
ferai même pas de ces sottes plaisanteries, abandonnées aujourd'hui aux Gaudissarts gambettistes de
table d'hôte. Tu as bien fait, je te le répète, d'aban-
donner cette sotte existence de garçon qui use, énerve
et qui vous abrutit quand elle ne vous tue pas.

Bienheureux encore ceux qui meurent jeunes, en
pleine séve de force, de santé et de jeunesse, comme
le pauvre Grammont ou comme le cher Saint-Germain,
dont la fin tragique nous a été remise en mémoire
cette semaine par l'affreux accident qui a coûté la vie
au jeune Lehmann, l'écuyer du Cirque. Ceux-là ont
ignoré l'âge mûr, perclus de douleurs et de rhuma-
tismes, la vieillesse goutteuse, paralytique, isolée au
coin du foyer désert et livrée aux soins intéressés
de mercenaires, d'un entourage bas et vil qui, à défaut de succession, convoite pour les vendre ce qui
vous reste de bijoux de famille et d'armes de prix. Ils
n'ont pas ressenti cette impression terrible de se sen-
tir vieux quand on a été jeune et fringant, de voir
ses cheveux tomber un à un et faire place à une cal-
vitie révoltante dans sa nudité. Après avoir tant aimé
à plaire aux femmes, ils n'ont pas eu le ridicule de

recueillir leurs moqueries, et souffert cette douleur suprême de voir une belle fille de vingt ans, alerte, éclatante de beauté juvénile, de charmes, de santé, savoureuse comme un fruit parvenu au point juste où commence sa maturité, les regarder d'un air de pitié en leur disant ce que l'une d'elles m'a jeté à la figure l'autre nuit à souper :

— Mon Dieu, qu'il est grognon le vieux de là-bas ! Dites donc, mon bonhomme, si vous êtes fatigué allez vous coucher !

Sais-tu pourquoi je suis aujourd'hui si morose, et pourquoi je pleure sur moi-même, moi si insouciant à l'ordinaire et si peu effrayé du lendemain ? c'est que j'ai rencontré hier quelqu'un, non, quelque chose qui m'a fait réfléchir !

Je revenais du Bois, à cheval. C'était le matin, et il faisait encore presque frais en comparaison des chaleurs qui règnent dans la journée et qui rôtiraient sur le gril tous les Ange Bosani s'ils n'étaient dans leur château ou en déplacement au bord de la mer. J'étais, ma foi, d'excellente humeur, et je redescendais tranquillement les Champs-Élysées au pas de ma jument, en ayant soin de nous abriter tous deux, elle et moi, à l'ombre des grands marronniers qui bordent les contre-allées.

A cette heure-là, il n'y a dans l'avenue que très-peu de monde. Seules, les tapissières des fournisseurs qui approvisionnent ces aristocratiques quartiers ou les voitures de dressage des marchands de chevaux parcourent cette voie immense qui sera si peuplée ce soir à la nuit close.

Je ne fus donc pas médiocrement étonné de voir une grande calèche assez bien tenue, ma foi, qui remontait l'avenue au pas de ses deux chevaux et en plein soleil. Dans la voiture, adossé à une pile d'oreillers et couvert d'un pardessus d'hiver (par trente degrés de chaleur), un homme était étendu. A ses côtés, une sœur de charité, de celles qui soignent les malades, avec l'uniforme de sa communauté, la robe noire, le béguin blanc tuyauté et le tablier de percale empesé qui leur donne l'air d'infirmières. De son bras passé derrière le cou du moribond, car c'en était un évidemment, elle lui soutenait la tête et le préservait des cahots de la voiture.

Au premier abord, rien de tout cela ne me frappa ; un second coup d'œil me fit reconnaître sur les panneaux de la voiture l'écusson de Cavoie et ses couleurs. Au même instant les traits d'un des chevaux s'étant décrochés, la voiture s'arrêta. Je m'approchai alors tout près et je pus considérer à l'aise l'étrange spectacle que j'avais sous les yeux.

C'était bien lui, Cavoie, le beau Cavoie, comme l'appelaient la Barucci, la petite Zélie de Hare et tant d'autres mortes depuis, et comme elles l'appelleront peut-être encore, si l'on se retrouve quelque part et qu'il y ait un café Anglais là où nous allons quand nous n'allons plus ; Cavoie le spirituel, l'intrépide, l'irrésistible, qui ne reculait jamais devant un bon coup à recevoir ni à donner, ni devant une barrière fixe de cinq pieds, ni devant quatre ou cinq nuits à table, ni devant la duchesse la plus vertueuse ou la plus exigeante, ni devant un banco de quatre mille louis, Cavoie enfin, c'était tout dire, surtout à toi et à tous ceux qui l'ont connu.

Eh bien, mon cher, ce *steeple chaser* hardi, ce *winner* de tant de courses, ce veneur solide en selle qui passait partout et que rien n'arrêtait, ce casse-cœur auquel nulle n'avait résisté, ce prodigue qui avait épuisé sept usuriers et eu trois conseils judiciaires tués sous lui, était là hébété, abruti, l'œil atone, la mâchoire pendante, les chairs flasques, *gâteux*, quoi ! Cette tête autrefois si fière et si belle, toujours éclairée d'un sourire vainqueur, ombragée jadis de cheveux bruns dans lesquels aimaient à se promener les doigts blancs des marquises et des courtisanes, cette tête qui avait dormi sur tous les oreillers qui se respectaient, depuis le faubourg Saint-Germain jusqu'au parc Monceaux, reposait aujourd'hui dans les bras d'une humble fille du peuple, qui a renoncé, elle, à l'amour, à toutes les joies de l'existence et qui humble, modeste, n'ayant plus de la femme que le dévouement, cette fleur sublime qui survit aux autres, fauchées avant le temps, soigne et soulage, elle, la pureté, celui qui vécut pour toutes les impures et qui s'en va mourant par elles.

Devant un tel spectacle je demeurai stupéfait! Il y avait bien deux ans que Cavoie n'avait paru aux courses ni au Club; on le disait souffrant, aigri, un peu misanthrope, mais on était loin, et moi tout le premier, de le supposer dans cet état lamentable. Je le croyais surtout dégoûté de tout et je m'expliquais facilement cet état moral, y étant moi-même un peu porté. Les autres, absorbés par la vie fiévreuse de Paris, en avaient parlé au fumoir pendant quinze jours. Quelqu'un avait dit un soir :

— Tiens! on ne voit plus Cavoie, qu'est-ce qu'il devient? Deux ou trois autres avaient répondu négligemment en bâillant ou en secouant la cendre de leur cigare :

— Il est malade, dit-on, ou en voyage?

Puis ç'avait été fini, on n'en avait plus parlé.

Et voilà qu'un beau matin, je me trouve brusquement en face de cette ombre, de ce fantôme, de ce compagnon d'un passé gai, animé, joyeux, vivant. C'est effrayant, n'est-ce pas? Mais c'est hier que nous avons pour la dernière fois dîné au Moulin-Rouge, avec toutes ces folles cocodettes, habituées des petits lundis, et qui avaient voulu, en l'absence de leurs maris, venir voir ce qu'étaient, par une belle soirée d'été, ces mystérieux cabinets du restaurant à la mode. Cavoie était gai ce jour-là. La marquise de M..., qui l'adorait, avait entendu dans la pièce voisine la voix de la grande Caro, une ancienne à Cavoie dont elle était terriblement jalouse, et elle lui faisait des scènes muettes, lui écrasant le pied sous la table et lui jetant des regards courroucés.

Un instant après ces dames, cédant à la curiosité, s'étaient mises à écouter le long de la cloison ce que disaient les viveuses d'à côté. Il paraît qu'elles en entendaient de belles, car elles étouffaient de rire dans leurs mouchoirs. Comme elles pressaient la marquise de venir se joindre à elles :

— Écoutez si vous voulez, répliqua celle-ci avec aigreur, moi je ne sais pas ce qu'il peut y avoir de drôle dans la conversation de *ces filles.*

Ces filles, c'était la grande Caro !

Et la dernière chasse à courre que nous fîmes en Poitou chez Seignelay. Quelle journée et quel débucher ! Quatorze lieues sans débrider. A la nuit close, il fallut prendre une retraite de longueur avec des chevaux fourbus, éreintés, qui vacillaient sur leurs jambes. Pendant toute la chasse Cavoie avait été à la queue des chiens et il était encore le premier à la mort. Et le soir il but à dîner deux bouteilles de porto chez le sous-préfet de Montfaucon-les-Cerfs, après quoi il proposa de chasser à courre dans les corridors de la sous-préfecture les soubrettes de la sous-préfète qui étaient, ma foi, fort jolies !

Mais c'est assez rappeler des souvenirs gais et tristes à la fois, quand on songe à cette fin lamentable. J'ai serré la main au pauvre ami qui m'a reconnu à peine ; je suis parti navré.

Je ne voudrais cependant pas te mettre la mort dans l'âme et, avant de te quitter, je veux te dire un joli mot de notre vieille amie Fanchette.

Il y a quelque quinze ans Fanchette, alors à l'apogée de son succès et de sa beauté, était avec le vieux rince Navorine, un amateur passionné de musique.

Tous les samedis, on allait aux Italiens dans la baignoire du prince. C'était le bon temps de Fabio. Enthousiasmé de son talent, le prince le prie à dîner chez Fanchette. Le délicieux ténor accepte ; il vient, chante, enchante, tant et si bien que Fanchette se laisse toucher, et, le prince parti, lui offre de jouer ensemble un acte de *Rigoletto*, celui de la séduction.

A quelques jours de là, Navorine dit un matin à Fanchette :

— A propos, chère amie, il faudra que vous vous décidiez à aller chez Barbedienne faire emplette d'un bronze pour Fabio.

— Oui, oui, un de ces jours !

— Mais, insista le prince, il faut se hâter, c'est pressé !

— Tenez, vous m'impatientez, dit alors Fanchette avec la crânerie qui la caractérise. Ne vous occupez plus de Fabio, il est payé.

10 août 1873.

Tu m'as défendu de te parler politique ; tu ne sauras donc rien de la fusion qui est définitivement accomplie et qui jette dans la joie la plus profonde quatre douzaines de naïfs qui ne savent pas même de quoi il est question. C'est vraiment dommage que je ne puisse pas te dire tout au long ce qui s'est passé dans cette mémorable entrevue qui a bien duré un demi-quart d'heure. Je t'aurais expliqué que l'accord le plus parfait n'avait cessé de régner entre les deux chefs des branches de la maison de Bourbon, devenue aujourd'hui la maison de France. Tu aurais su que Henri V a pardonné à Louis-Philippe II la trahison de son père en juillet 1830, l'arrestation de la duchesse de Berry et l'accouchement de Blaye au milieu des gendarmes; que, de son côté, le *jeune homme*, quoique absolument imbu des idées constitutionnelles et amoureux des institutions démocratiques qui régissent les États-Unis d'Amérique, a consenti à accepter le drapeau blanc et reconnu le pouvoir temporel ainsi que l'avénement aux affaires du parti légitimiste et clérical.

Parlant ensuite au nom du duc d'Aumale, qui a renoncé à toute espèce de présidence et qui se contentera d'être membre de l'Académie française, le *jeune homme* a protesté du dévouement de son oncle; il a annoncé que l'Assemblée était prête à proclamer le nouveau roi et la France tout entière à l'acclamer, même sans qu'on la consulte, ce qui est absolument inutile et une pure superfétation.

Voilà tout ce que je t'aurais dit, et ce croquis enchanteur, que je suis obligé de réduire à de minuscules proportions, t'aurait ravi sans doute en te faisant apercevoir à courte échéance une ère nouvelle de paix et de prospérité. Mais tu n'as pas voulu, tu ne sauras rien.

10

Tu aimes mieux les cancans et les *potins*. On va
t'en servir. Voici une histoire arrivée toute fraîche de
Trouville. C'est Montrevel qui l'a racontée mercredi
soir à l'Opéra dans la loge du Club, où tout ce qui
restait de nous autres avait été applaudir notre amie
Mauduit dans *l'Africaine*.

Au commencement de l'été, Montrevel avait été faire
un tour dans le département de l'Isère et il avait poussé
jusqu'à la Grande-Chartreuse. Le paysage l'avait enthousiasmé. Et de fait, c'est un admirable cadre que
ces montagnes sauvages, couvertes de pins au feuillage d'un vert métallique et sombre, semées çà et là
de roches basaltiques, qui semblent tombées du ciel,
témoignage de la colère divine ou bien encore dernier
vestige de la guerre des Titans voulant escalader
l'Olympe païen.

— Je ne vous raconterai pas en détail, nous disait-
il, mes excursions journalières autour de la Grande-
Chartreuse. Ce sont d'admirables paysages, dont les
beautés se sentent plutôt qu'elles ne s'expriment ; je
ne vous décrirai pas ces matinées brumeuses et calmes
et les couchers de soleil splendides qui sont suivis de
cet adorable crépuscule, si aimé de la comtesse
de J..., qui appelle ce moment fugitif les heures
bleues du soir.

« Tout au plus oserai-je vous avouer, malgré le sourire sceptique que je vois poindre sur vos lèvres,

qu'au bout de trois jours passés là-bas, j'ai éprouvé une impression étrange. Je me suis senti envahi par un sentiment de quiétude et de bien-être qui détendait mes nerfs et faisait un agréable contraste avec notre vie fiévreuse de Paris.

« Il me semblait que je marchais entouré d'une lumière pure, je me fondais dans ce calme sublime du cloître qui opère la séparation du corps et de l'esprit, dégage les substances éthérées et permet à l'âme détachée de l'enveloppe charnelle de s'élancer dans les sphères de la contemplation spéculative et de l'adoration divine... »

Un grognement général accueillit ces derniers mots.

— Ceci, interrompit de Varennes, est du pur galimatias sainte-beuvien, comme disait Balzac. Nous avons tous ressenti cela et c'est un sentiment on ne peut plus vulgaire. Cela s'appelle tout bonnement le goût du nouveau. En Parisiens blasés, excédés et saturés de jouissances, nous en arrivons à trouver exquises les choses les plus simples, précisément parce que nous n'en avons pas l'habitude. C'est le cas d'un mari coureur qui revient à sa femme après avoir beaucoup expérimenté au dehors et qui trouve sa légitime bien supérieure à tous les amours de contrebande qu'il a rencontrés. Mais tout cela est purement momentané. Si tu avais seulement passé quinze jours à ton couvent en plein hiver, tu n'en parlerais pas sous ces couleurs de rose et tu aurais bramé comme un dix cors après le Bois, le Club et l'Opéra.

— Tu pourrais bien avoir raison, lui repartit Montrevel, mais tu sais, quand on est empoigné, on ne se dit pas de ces choses-là, et, ma foi, je l'étais à fond. Mais trêve de réflexions philosophiques et arrivons à mon histoire.

« Vous savez tous qu'en dehors de l'enceinte des murs et en face de la grande entrée du couvent existe un charmant chalet destiné aux touristes du sexe féminin. Aucune femme ne pénètre jamais dans la Grande-Chartreuse. Au moment où j'y étais, cette construction rustique, qui ressemble assez au chalet de la Cascade, ne contenait que des bipèdes décorés du nom de femmes, mais parfaitement laides et insignifiantes. J'avais pu m'en assurer en rentrant de mes promenades tous les soirs à l'heure où, le dîner terminé, ces dames venaient prendre le café au frais sur la pelouse située entre le chalet et la porte du couvent.

« Je ne fus donc pas médiocrement étonné quand un soir, rentrant dans ma cellule, je ramassai dans le corridor un papier sur lequel j'allais marcher. C'était une enveloppe de lettre, adressée à madame Andrea Perly, à Grenoble, poste restante.

— Tiens, fit Montrevel en s'interrompant, voilà que vous vous réveillez, Diego. Il paraît que mon récit vous intéresse.

Diego fit un signe d'assentiment.

— Or, messieurs, reprit le conteur, je vous le demande, lequel de vous n'aurait été surpris de trouver
dans un couloir de la Chartreuse une enveloppe au
nom de la jolie cantatrice, si aimée jadis de notre ami
Diego de Villareal? Et cette lettre était adressée à
Grenoble, c'est-à-dire la ville la plus voisine du couvent. J'avoue que, tout détaché que je fusse des choses
de ce monde, ce mystère piqua vivement ma curiosité,
et que je passai ma soirée entière à construire une
nouvelle à la Poë, accumulant inductions sur déduc-
tions.

« Quand sonna l'heure des Matines, je ne dormais
pas encore. Je descendis à la chapelle. Ceux d'entre
vous qui ont assisté à cette étrange cérémonie savent
quel effet singulier produit sur l'esprit ce voyage de
la cellule à la chapelle par ces longs corridors éclairés
au moyen de falots tremblotants, traversés çà et là
par d'autres couloirs voûtés et sombres, sillonnés de
moines muets qui glissent lentement et silencieusement sur les dalles, le capuchon rabattu, avec des
airs d'inquisiteurs de Ribeira ; puis l'église obscure
vue de la tribune, ces formes indécises qui s'agitent
dans l'ombre, ces voix qui éclatent dans la nuit en
notes graves et aiguës tour à tour, ces chants sinistres semblables aux prières des trépassés ; c'est
une chose à part et d'une saveur particulière.

« Les Matines achevées, je rentrai dans ma cellule ;
un visiteur, regagnant la sienne conduit par un moine,

10.

marchait devant moi. Tout à coup un parfum bien
accentué de *Floral Hall* me saisit aux narines, et
presque en même temps je remarquai la petite taille
de l'étranger qui me précédait. Je m'approchai vivement. Au bruit de mes pas, le touriste se retourna.
J'élevai ma lanterne et, la dirigeant en plein sur le
visage de l'étranger, je reconnus Andrea, vêtue d'un
ravissant *Knickerbocker* et une cape noire sur les
yeux. La surprise me cloua sur place. Je savais que
la célèbre cantatrice était *rather excentric ;* mais pour
le coup, cette incartade dépassait les autres.

« Pendant que je faisais ces réflexions Andrea avait
disparu au tournant du corridor. Je rentrai chez moi.
— Qu'est-elle venue faire ici ? me demandai-je. Suivre
quelqu'un ou simplement voir l'intérieur d'un cloître ?
J'y songeais encore quand le jour vint. Je me levai
et, en voulant m'habiller pour descendre déjeuner, je
m'aperçus avec terreur que mes vêtements étaient
encore trempés d'eau. La veille, surpris par l'orage,
j'avais été transpercé. Point de rechange, mes bagages à Grenoble. A ce moment, le jeune novice qui
était chargé de veiller à ce que rien ne me manquât
vint me faire sa visite quotidienne. Je lui expliquai
mon embarras. — N'est-ce que cela ? dit-il, je vais
vous prêter un costume, à condition que vous ne sor-
tirez pas du couvent.

« Il sortit et rentra bientôt après en m'apportant une
robe à capuchon. Je l'endossai bravement. Elle ne

m'allait réellement pas trop mal, à en croire la glace
de mon nécessaire de voyage. J'arrivais d'Italie et je
portais toute la barbe, un Zurbaran, quoi ! Je remer-
ciai le novice et je me mis à arpenter les corridors du
couvent.

« Soudain je rencontre Andrea. Elle s'arrête pour
me voir passer et me regarde fixement avec une expression singulière dans ces grands yeux bleus profonds que vous lui connaissez. Je continue ma route.
Après quelques pas je me retourne instinctivement :
elle était toujours immobile, me regardant, et cette
fois un sourire aux lèvres. Ma foi, je m'avance vers
elle. D'un signe impérieux elle m'ordonne de me taire,
me saisit la main, m'entraîne à travers les corridors
jusqu'à une cellule, me fait remarquer l'épigraphe
qui la surmontait et qui était ce mot : *Sursum*, puis
elle me dit ces simples paroles :

— Ce soir à neuf heures !
Là-dessus Montrevel s'arrêta.
Nous étions suspendus à ses lèvres.
— Et tu y as été ? fit quelqu'un.
— Parfaitement.

« Ecoutez maintenant l'épilogue.

« La semaine dernière, à Trouville, je rencontre
Andrea au Casino. En m'apercevant, elle pâlit, rougit
et parle bas vivement à une amie qui l'accompagnait
en me désignant à elle.

« Je guignais son manége du coin de l'œil. Enfin, n'y tenant plus, elle s'approche de moi et m'adressant la parole :

« — Pardon, monsieur, me dit-elle, je suis peut-être la dupe d'une illusion, mais une ressemblance extraordinaire est mon excuse. N'avez-vous pas un frère dans les ordres ?

« — Oui, madame, lui ai-je répondu gravement ; j'en avais un que j'ai eu le chagrin de perdre. Il était à la Grande-Chartreuse.

« Elle devint écarlate ; puis, en s'éloignant, elle murmura :

« — Vraiment, c'est dommage. Pauvre garçon ! »

***

Londres, 24 août 1873.

C'est d'Angleterre que je t'écris et tu sais ce que je suis venu y faire. J'y ai prolongé mon séjour d'une semaine environ pour revoir un peu en détail ce pays singulier, si différent du nôtre, que nous avons tant de fois parcouru ensemble et qui me rappelle tant de souvenirs. J'y ai, au demeurant, trouvé bonne et nombreuse compagnie. Indépendamment de la foule des pèlerins accourus ici pour la solennité du 15 août, il y est venu beaucoup des nôtres séparément, par petits groupes discrets et dévoués, et Charing-Cross Hôtel a été pendant trois semaines une succursale de Paris. On parlait français dans les corridors, on y

rencontrait dès les premières heures du matin d'adorables Parisiennes, en petit négligé, et les monumentaux
escaliers à tapis rouge étaient doucement caressés par
les onduleuses traînes des beautés voyageuses.

Charing-Cross est toujours l'énorme et bizarre
caravansérail que tu connais, avec ses filles de chambre
en robes de jaconas imprimé, bras nus, bonnet blanc
coquettement posé sur la tête, avec ses brides flottantes
par derrière, son *reading-room* et sa salle à manger
d'un style sévère et si décoratif, un peu sombre le
jour, mais d'un si grand caractère aux lumières. Les
singularités du service sont toujours les mêmes. On ne
peut à prix d'or obtenir un encrier pour écrire dans sa
chambre ; il faut descendre au *reading-room* pour y
faire son courrier, les plumes de fer sont inconnues,
et le dimanche la salle à manger du rez-de-chaussée
est fermée jusqu'à une heure par respect pour la
sainteté du jour, tandis qu'on fait ripaille au premier
étage et que les couples anglais s'y administrent des
déjeuners copieux entremêlés de champagne, de
sodawater, d'œufs à la coque et de gigot rôti aux
confitures de groseilles, le tout dans des proportions
homériques.

Au dehors, ces jours-là pas un chat. A peine quelques timides voitures parcourent la chaussée déserte.
Les *bars*, qui pullulent, sont fermés. Les Français,
qui sont habitués à se désaltérer à tous les coins de
rue, quand ils en ont la fantaisie, sont furieux. B...,
qui est venu me chercher pour descendre la Tamise
jusqu'à Greenwich, mourait de soif et était exaspéré.

A Greenwich, où nous arrivons à six heures moins cinq,
même chanson. On ne sert d'ale et de spiritueux qu'à
six heures juste. Et le train repartait à six heures cinq
pour Londres. Il a fallu se contenter de sandwichs
grossières et d'un thé bouillant absorbé à la hâte. A la
table voisine un couple de *darlings* tapait ferme sur un
bateau de crevettes et du café noir ! A six heures de
l'après-midi ! Drôle de peuple !

Le soir même de mon arrivée j'ai voulu, malgré
l'état nerveux où m'avait mis la traversée, revoir
Cremorne Garden, et nous deux P... nous avons pincé
un *Hansom cab* qui filait comme le vent. Les abords du
Mabille anglais ont beaucoup amusé mon compagnon.
Ces interminables faubourgs populeux, éclairés fortement au gaz, cette masse de *bars-rooms,* de *spirit-
stores*, cette espèce de préface du bastringue succédant aux monumentales splendeurs des quartiers
aristocratiques de *Portland*, de *Sussex* et d'*Hanover
terraces*, ces boutiques si diverses et si remplies de
monde, tout cela l'a vivement intéressé.

A Cremorne on ne danse plus. La *licence* est expirée
depuis un an. Les amusements les plus variés et les
plus vertueusement assommants ont succédé aux ébats
de la Terpsichore anglaise : incendie de Chicago, feu
d'artifice, ballets, tableaux vivants, jeux de toute sorte y
foisonnent toujours, y compris la gypsy traditionnelle,
cousine de la sorcière de Macbeth. On continue pour
chacune des distractions précitées à payer *one shilling*
par personne ; de sorte qu'après avoir allongé *one
shilling* à l'entrée et s'être réjoui du bon marché que

coûte le plaisir dans la vieille Angleterre, on dépense trois louis en une heure sans s'en apercevoir.

Deux heures ont suffi pour nous dégoûter de cet Eden, à la sortie duquel nous avons salué les statues de Napoléon Ier, Wellington et Nelson, bien étonnés d'être en cet endroit, et un autre *Hansom* nous a ramenés aussi vivement que le premier vers nos *beds* aussi larges que la place de la Madeleine. Cela surprend tout d'abord. On a peur tout seul dans ces grandes machines. Pour un peu on crierait au secours !

Le lendemain, nous avons été voir la pièce en vogue à l'Opéra-Comique. Ce théâtre souterrain, qui joue l'emploi de l'Athénée de Paris, est situé dans un vaste sous-sol et une rue passe au-dessus de la scène. On entend parfois fort distinctement le roulement des voitures. Luxueuse, du reste, la salle. Fauteuils et loges tendus de satin bleu vif et les avant-scènes avec d'amples rideaux de même étoffe, bordés de hautes dentelles. Cela est trop voyant et a l'air de tout ce que l'on veut. Le public féminin décolleté, bras nus; les hommes habits noirs et cravates blanches.

On joue là-dedans une machine qu'on appelle *Kissi-Kissi*, et qui n'est autre que *l'Ile de Tulipatan* augmentée d'un chœur de *la Périchole* et d'un air des *Brigands*. Seulement M. Burns, qui a écrit la pièce, y a ajouté le personnage du shah de Perse, rempli par un acteur qui s'est fait la tête bistrée, la face à lunettes et la coiffure du souverain iranien. Comme goût, c'est contestable ; le seul trait comique de cette mascarade consistait en une série de reconnaissances du Mont-de-Piété que ledit shah décoré porte autour du cou et fixée à son bonnet pour remplacer les pierreries et l'aigrette absente que la dureté du temps et la cherté du voyage l'ont contraint d'engager chez les *Pawn-brokers* du Strand.

La grande attraction de la pièce, au point de vue anglais, c'est la demoiselle qui joue le rôle de la princesse *Kissi-Kissi* et qui répond au nom de miss Laverne. Cette créature est vraiment extraordinaire. Elle se remue, s'agite, se démène, se tortille comme un acrobate. Elle chante, danse, saute, cabriole, sans s'arrêter une seconde et sans paraître le moins du monde fatiguée de ces exercices étonnants. Elle joue avec sa tête, ses bras, ses jambes, ses épaules, ses pieds, ses mains, avec tout son corps enfin. C'est une mime plutôt qu'une actrice, et c'est une pantomime plutôt qu'une opérette qu'elle croit assurément interpréter. On en rit d'abord, et puis au bout de dix minutes cela devient exaspérant. On a des envies folles de se lever de sa place, de sauter sur la scène et de lui administrer une volée de coups de cravache jusqu'à ce qu'elle se tienne tranquille. On n'a pas idée de cela. Si cette demoiselle est comme cela dans la vie privée, je souhaite bien de l'agrément à ses amoureux et j'engage fortement à aller la voir ceux qui aiment les femmes remuantes. Ils y auront la main.

Du coup j'ai pardonné à la jolie Marguerite Debreux, qui se trouvait justement dans la salle, ses tortillements épileptiques et ses affectations qui m'avaient si fort

choqué quand elle a débuté dans *la Princesse de Tré-
bizonde* aux Bouffes. La pauvrette avait joué deux ans
sur la scène de l'Opéra-Comique à Londres, et les
mauvaises habitudes qu'elle y avait contractées ne se
perdent pas en un jour. Je reconnais, au demeurant,
que le joli petit Fichtel de *la Timbale d'argent* s'est
beaucoup corrigé et que ma sévérité de jadis n'aurait
plus lieu de s'exercer aujourd'hui.

J'avais un tas de commissions à faire : de la musique
chez Schott pour notre amie C..., des masses de *vhite
rose* et de *New Monw Hay* chez Altkinson, pour
Blanche et pour Valentine, une ratière pour la marquise
de G... et une paire de chevaux à voir chez Tom Sayers
pour Voreskoff, qui est à Deauville et qui n'a pas voulu
se déranger. Tom, qui est un malin, lui avait envoyé la
photographie de ces deux magnifiques animaux, et je
dois avouer que ce sont des bêtes splendides. A seize
mille francs les deux, elles ne sont vraiment pas chères.
Par exemple, ce qui devient *hors de prix*, comme
disent les ménagères, c'est le cheval de chasse. Les
gros poids trouvent de plus en plus difficilement à se
monter, et Jules P..., qui est établi dans le Yorkshire,
où il travaille ses chevaux pour la reprise des *Fox-
Huntings*, me disait qu'il faut mettre cinq cents livres
pour avoir un sauteur qui ne vous casse pas les reins
au premier obstacle.

Nous avons été en voir un dans une ferme précisément auprès de Chislehurst. Rien de particulier et
d'amusant comme cette campagne anglaise parée,
peignée, pomponnée, si différente de la nôtre et qui

11

semble toujours sortir d'une boîte. Des prés immenses d'un joli vert de velours, fermés par des *turnpikes* de six pieds de haut à barres transversales ; un joli obstacle, je t'assure, quand on déboule dessus au petit galop. Des chemins qui ne mènent à rien, des ormes centenaires comme ceux de *Windsor* et de *Richmond,* des cottages et des villas coquettes en briques rouges. Tous les cent pas, une ligne de chemin de fer avec sa voie ferrée entre deux haies d'épines et ses poteaux télégraphiques étendant à droite et à gauche leur grêle réseau de fils aimantés. Et partout et toujours les écriteaux prohibitifs qui, sans gardiens, sans gendarmes, suffisent pour faire respecter la loi. *No thorougfare. Trespassers will be prosecuted.* Heureux peuple à qui il suffit de quelques lignes peintes ou imprimées pour se tenir tranquille et ne pas passer plus avant.

En revenant de la ferme, nous nous sommes perdus. La jolie journée, le beau ciel et la gracieuse nature ! C'était amusant comme tout, et ma compagne, voyant le soleil baisser à l'horizon, entamait déjà d'horribles histoires, telles que celle des petits enfants égarés dans les blés. Heureusement, j'ai eu l'idée de remonter le cours d'un ruisseau, voyant que les grandes routes aboutissaient toutes à des culs-de-sac, et la bienheureuse station de Tunbridge est enfin apparue à nos regards. Nous étions sauvés !

Vendredi dernier, V... m'a entraîné à *Argyll Rooms.* Ce temple du plaisir est toujours ennuyeux à crever. La guirlande de messieurs inoffensifs qui contemplent la danse du haut de la galerie du premier étage, avec autant de sérieux que s'ils assistaient à un sermon méthodiste, est toujours à sa place. Les ladies de contrebande n'ont pas meilleur goût que jadis, et les robes de velours (en plein août) et les costumes du matin (complets pour 39 francs) s'y coudoient avec la fraternité la plus complète. Pour égayer le paysage, l'orchestre joue des miscellanées, des *selections*, comme on dit ici, de *la Juive* et de *Lucrèce Borgia*. C'est follement exhilarant. De temps à autre un quadrille. Quelques indigènes en habit noir, chapeau gibus, mais gardant leur pardessus, se placent gravement au centre de la salle sous l'œil paterne d'un avertisseur en cravate blanche et à plaque qui a le chic d'un préfet en tournée de révision. Autant de bipèdes femelles les accompagnent et tout cela marche à pas comptés, salue, avance et recule, les coudes au corps, la tête roide et immobile, les yeux à quinze pas, avec cette allure gracieuse de grenadiers montant à l'assaut qui caractérise ces indigènes rousses et anguleuses. Les gentlemen ont conservé leur parapluie à étui ciré qu'ils tiennent à la main. *Delicious in deed!*

V... s'en moquait avec moi en fumant une cigarette, lorsqu'une assez jolie créature, à grands yeux, vint s'asseoir près de moi et entama la conversation. Enchanté de trouver une occasion de parler anglais pour s'instruire, mon compagnon riposte. Grand entretien, confidence ; total : offre d'un homard à l'américaine chez *Scot* au *Top de Hay-Market*, arrosé de quelques verres de clicquot.

La princesse accepte. Nous voilà partis souper. Tout
le temps, V... l'interroge sur l'Angleterre, son climat,
ses mœurs, ses habitudes. Elle répond à tout. Notre
ami, ravi, me dit qu'il n'est rien de tel que de voir
tout par soi-même, et qu'il vient d'en apprendre
plus en deux heures sur Londres qu'un étranger ne
pourrait le faire en six mois. Bref, nous payons le *bill*,
on se lève et, arrivés à la porte :

— C'est tout ce que vous payez? nous dit la demoiselle en excellent français ; bonsoir, je retourne à
Argyll !

V... prétend qu'en Angleterre il n'y a plus d'Anglaises, et qu'il n'y a que des Françaises, ou des
Anglais qui s'habillent en femmes pour faire croire
qu'il y a aussi *du sexe* dans leur pays.

31 août 1873.

Connais-tu Pourville? Non! Alors tu ne connais
rien! Imagine-toi une crique délicieuse formée par un
brusque renfoncement de falaises à pic, aux flancs
crayeux et blanchâtres, surmontés de pins au feuillage d'un vert métallique et sombre, au travers duquel
les vents d'ouest grondent aux jours de tempête
comme les roulements du tonnerre sous les voûtes
d'une cathédrale. Ailleurs, le sol nu, pelé, couvert
d'une herbe courte et roussâtre, avec de-ci de-là, par
plaques, des touffes de bruyère au feuillage grêle, aux
grappes délicates et malheureusement sans parfum. A

mi-côte, des moissons dorées, plus bas des rochers
épars, suspendus entre ciel et terre, qui semblent
prêts à se détacher et à emporter avec eux tout un
pan de la falaise ravinée par les pluies d'orage ou les
ruisseaux d'eau vive qui coulent de là-haut. Plus loin
des arbres écimés qui ont voulu résister au grand
souffle venu du couchant et que celui-ci, triomphant, a
punis en les privant de leur couronne. Au fond du tableau, des villages, des maisons, des fabriques, étagés
sur les coteaux ; au milieu, de ces cours normandes,
plantées de pommiers qui craquent sous les fruits et
dont les branches basses sont étayées avec des poutres.
Puis les grands bois pleins de silence, d'ombre et de
verdure, avec des sources jaseuses, qui courent sur
les cailloux blancs ou micacés de paillettes brillantes,
l'escadron des oiseaux chanteurs, la mésange grim-
peuse, la fauvette à tête noire, le rouge-gorge coquet,
le bouvreuil à la parure éclatante, dont le chant ressemble à l'accord d'archet sur le violon, jusqu'au petit, tout petit roitelet, ce tom-pouce de la gent ailée,
qui jette à temps égaux et espacés sa note régulière et
monotone.

Le cadre est joli, n'est-il pas vrai? Voici maintenant
le tableau. Au bord de la mer, de la vaste mer, comme
dit Hylas, le pâtre des *Troyens*, un seul chalet s'éle-
vait il y a quelques années, celui du peintre Mélicourt,
le Vasco de Gama de Pourville, comme Charles Mozin
a été le Christophe Colomb de Trouville. Pendant quelques années, seul au milieu de quelques misérables
huttes de pêcheurs, le hardi navigateur jouit en paix

de l'oasis qu'il avait découverte. Son chalet orgueilleux, construit dans le plus gothique des styles, avec
tourelles, poivrières, balcons à jour et grilles ouvra-
gées, domina fièrement de sa hauteur la plaine liquide
et le pays environnant.

Mais un jour vint où d'autres explorateurs, séduits
par la beauté du site et sa proximité de Dieppe, se pro-
posèrent à leur tour d'y planter leur tente. On suivit
leur exemple et aujourd'hui une douzaine d'habitations
coquettes, villas et chalets, abritent une petite colonie·
qui deviendra le noyau d'un *watering place* à la mode,
je te le prédis. Le joli de la chose, c'est qu'ayant
l'Océan à deux pas devant soi on a par derrière et tout
près les plus délicieuses prairies, d'un vert anglais
exquis à l'œil, où l'herbe qui pousse drue et savoureuse
est broutée par de belles vaches normandes, au mufle
humide, à la tête bien encornée, ornée de ces gros
yeux pensifs qu'Homère attribue à Junon, et à la robe
tachetée. Accroupies de place en place quand elles
ruminent, ou bien debout, espacées, les narines en l'air
et flairant le vent qui leur apporte des prairies voisines
les fraîches émanations des pâturages humides, elles
forment de charmants motifs à tableaux bien faits pour
tenter le pinceau de Rosa Bonheur ou de Brascassat.

Comme tu penses, les chevaux ne manquent pas
dans cette vaste prairie coupée en deux par la *Scie*
aux flots argentés qui y trace ses capricieux méandres.
Les poulinières y trottent gravement suivies de leurs
petits et les poulains déjà grandelets y prennent des

galops furieux crinière au vent, ruant par pétarades, faisant des sauts de mouton et des têtes à queue à désarçonner Caratt ou Carver lui-même. On dirait que les herbes aromatiques qui abondent sur les bords de la *Scie* les ont grisés. D'autres, plus graves, restent plantés sur leurs jambes immobiles, tête contre tête, pour se garantir mutuellement du soleil. De loin on dirait qu'ils font la conversation.

Quel joli champ de courses cela ferait, soit pour une piste de courses plates qui aurait une étendue et un développement plus que suffisants, soit pour un terrain d'obstacles ! C'est coupé, accidenté, mouvementé comme le tracé d'un *steeple-chase* anglais. C'est là qu'il faut venir courir et non dans cet affreux trou poussiéreux, étroit et incommode où la Société des courses de Dieppe a fait cette année un si joli four, et qu'on a prétendu substituer à l'ancien hippodrome d'Arques, si commode et si bien aménagé ! Mais je prêche à des sourds. Encore une année de sotte obstination et d'ineptie et les courses de Dieppe, écrasées par le redoutable voisinage de la puissante réunion de Deauville, disparaîtront de la première page du *Sport* et iront rejoindre les meetings, jadis splendides, oubliés aujourd'hui, de Satory et de la Croix-de-Berny.

En tout cas, si les courses font élection de domicile à Pourville, les *sportsmen* et les *betting men* n'y meurent pas de faim. Il y a là un certain Paul, un ancien chef de cuisine de Thomas du Soleil, qui vous accommode une omelette aux crevettes, vous trousse un canard rôti, farci, et non saigné à la *Duclair*, d'une façon aussi topique que remarquable, surtout quand on arrose ledit palmipède d'un certain Saint-Estèphe qui a un bouquet à réveiller les morts. J'ai connu en province un vieux capitaine retraité qui, lorsqu'il buvait des vins réussis comme celui-là, disait : « Seigneur, que c'est bon! Il me semble que je suis décoré de la croix d'honneur et de la propre main du bon Dieu, encore! »

Très-civilisé, le restaurant Paul, pour en revenir à son petit chalet, dont les vagues viennent battre le pied. Des cabinets très-confortables ornés de canapés, s'il vous plaît. Je crois même qu'il y a des verrous aux portes. — La corruption de la grande Babylone a pénétré jusqu'ici, me disait le vieux général russe qui me servait de compagnon de voyage et qui déjeunait avec moi en tête-à-tête.

Ce n'est pas sans intention que je glisse ici mon vieux général russe, car je connais ta curiosité indiscrète de Parisien, amateur de potins, et je te vois d'ici, depuis le commencement de cette belle pastorale, te creuser la tête pour deviner à quel propos je me trouvais l'autre jour à Pourville. Sois satisfait. C'était l'exécution d'un vœu... Il y a trois ans, pendant la guerre, au lendemain de Sedan, à la veille de Metz, je traversais Bruxelles. J'y fis connaissance d'un vieux brave, général de division dans l'armée russe, aide de camp de l'empereur Alexandre, et tout à fait Français de cœur et d'idées. Il se réjouissait de nos succès, bien rares, hélas ! il déplorait sincèrement nos défaites. Chaque jour nous étions ensemble et, ma foi, au bout de peu de jours, nous apercevant que nous avions du goût l'un pour l'autre, nous jetâmes les bases d'une solide et durable amitié.

Quand je rentrai en France vers novembre et qu'il me fallut regagner Tours, je ne me séparai pas de lui sans regrets, et ce fut avec une certaine émotion que je lui serrai la main le soir de mon départ. Depuis lors, les nécessités de son service d'une part, de l'autre les exigences de ma vie si pleine, si fiévreuse et si occupée ne nous avaient permis de nous voir que de loin en loin et à de rares intervalles. Il nous avait été impossible de causer librement, sans contrainte et sans être dérangés. Nous avions pourtant beaucoup de choses à nous dire et à nous communiquer. Or, lundi dernier, à mon retour de Londres, je reçois un télégramme de mon vieil ami, expédié de Dieppe, et m'annonçant son installation à l'hôtel Royal.

Je n'y ai guère mis de réflexion, et mardi, à midi cinquante-cinq, je prenais l'express de Dieppe à la gare Saint-Lazare. Il était généralement assez mal habité, sauf cependant Agénor, duc de Grammont, prince de Bidache, qui se rendait au Havre, revêtu d'un complet gris assez réussi.

Heureusement qu'à Rouen nous avons cueilli au passage la charmante comtesse Scabieuse, qui venait de chez la maréchale et qui se rendait auprès de la marquise de L..., à Dieppe. La comtesse se plaint gra-

11.

cieusement que ni toi, ni Croixaus, qu'elle avait
invités, n'aient assisté aux courses de Fécamp
qu'elle a prises sous son patronage, et qui, naturellement, ont réussi à merveille. Ensuite nous avons causé
politique, fusion, prorogation, etc. Tu sais qu'elle s'y
entend mieux que femme au monde. Bref, l'heure du
trajet qui sépare Rouen de Dieppe a été franchie en
cinq minutes. N'était la vertu de la comtesse, je dirais
l'espace d'un baiser.

En arrivant, j'ai trouvé le général à la gare. Il était,
ma foi, tout pimpant et tout leste dans sa toilette d'été,
avec son ombrelle nankin à long manche. Nous nous
sommes embrassés et, tout de suite, il a enfilé les potins et les racontars de la plage. Il faut ajouter pour
sa décharge que ma première parole avait été celle-ci :

— Qui y a-t-il ici ?

Et là-dessus : — Mais beaucoup de monde, mais du
petit. A part quelques individualités marquantes comme
les marquises de Canisy et de Louvencourt, la comtesse de Virien, la vicomtesse Aguado, mesdames Si-
pière et de Viel-Castel, il y a un déballage considérable de gens inconnus qui sortent on ne sait d'où et
qui vont y retourner bientôt, j'espère! Beaucoup de
commerçants, de gens de finances, parmi lesquels domine l'élément israélite, et un débordement inouï
d'étrangers et d'étrangères. A l'hôtel Royal, qui n'est
accessible qu'aux gens ayant plus de cent mille francs

de rente, Oppenheim paye le premier étage quarante
mille francs pour deux mois. Le reste des appartements est accaparé par une colonie anglo-espagnole
qui traîne avec elle une nuée de domestiques des deux
sexes, depuis la femme de chambre allemande qui apprend le *deustch* aux enfants, jusqu'au valet de chambre
andalou, aux doigts jaunis par l'incessante cigarette,
odieusement frisé, scandaleusement joli garçon, qui
voyage avec son maître, un monsieur seul, et qui promène un *sky* microscopique merveilleux de beauté.

Naturellement, les Américaines ne manquent pas à
l'appel. Il y en a de toute sorte : brunes, blondes,
laides, jolies, mariées, veuves, demoiselles, demoiselles surtout ; n'oublions pas que *nous sons* dans un
port de mer et que la pêche aux maris est permise.
Racontars de la plage. Une présence princière ici,
il y a quelques jours, rapide comme le passage d'un
météore ; pas assez rapide néanmoins pour que l'altesse ne se soit pas enflammée au regard de certains
yeux de marquise. Désespoir princier, qui voit oppo-
ser à sa flamme une exception diplomatique. Insistance.
Bref, la question diplomatique résolue par un départ
pour Pau et voyage sentimental de l'altesse et des
yeux bleus vers le pays où fleurissent les amours
dorées, vivantes et poétiques, comme disait Musset.

Le soir venu, par la plus belle et la plus claire des
nuits, nous avons arpenté la longue pelouse qui va de
la jetée au Casino. La mer était calme et déferlait avec

ce bruit doux et monotone qui berce le sommeil des
riverains. Des femmes en toilettes claires, vêtues de
manteaux aux couleurs éclatantes, nous croisaient en
laissant onduler derrière elles leurs longues traînes
de mousseline et de faille. La lumière pure du phare
d'Offranville brillait au loin, correspondant à celui de
la jetée. Dans la jolie tente que la marquise de Canisy
s'est fait dresser au bord de la mer, des lumières
étincelaient et le bruit des voix arrivait jusqu'à nous,
alternant avec un piano qui là-bas, rue Aguado, jouait
la valse de Mabel. Puis, à huit heures et demie, la
retraite éclata, mêlant les sonneries aiguës des clairons au mat roulement des tambours et, remontant
vers le château qui, masse sombre et sévère, se dé-
coupait sur le fond blanc de la falaise, elle s'affaiblis-
sait peu à peu, par degrés, jusqu'à ses derniers
accents, qui se perdirent dans l'éloignement.

Jolie soirée ! Je ne regrette pas d'être venu voir mon
ami le vieux général russe !

III

CHRONIQUES MASQUÉES

L'Académie française a reçu *dans son sein* M. le duc d'Aumale ; la section des beaux-arts, qui a voulu aussi faire quelque chose pour les branches cadettes, a élu M. Bazin, le voyageur en Chine, pour remplacer Carafa dans son fauteuil d'orchestre. Les Parisiens, qui aiment toujours, comme au temps de feu Scribe, donner des leçons au pouvoir, ont nommé au conseil municipal, sur trois candidats, deux radicaux et demi, et l'acteur Bressant joue dans *Dalila*, à la Comédie-Française, un rôle qui lui va comme une toilette de feu madame de Metternich siérait à mademoiselle Dosne. Quatre faits bien distincts entre eux, que rien ne semble devoir rattacher les uns aux autres. En somme, quatre effets sortis d'une seule et même cause, d'une plaie qui nous dévore et nous ronge, et qui se nomme la Coterie.

A tout seigneur tout honneur. M. Cuvillier-Fleury a, dit-on tout bas, collaboré discrètement à ce fatras prétentieux et lourd qui commence par un récit romantique comme la *Tour de Nesle*, pour finir par une péroraison à effet, sonore, creuse et peu pratique, comme

un discours de Grenoble. Si ce racontar est vrai,
l'ancien pédagogue d'Henri d'Orléans n'a point fait
preuve de générosité et il a gardé le meilleur de son
fonds de rhétorique pour en agrémenter son discours.
La riposte est évidemment supérieure à l'attaque, et,
de l'avis de tous les Littré de la terre, il y a une valeur
incontestablement plus grande dans la réponse de la
bergère Cuvillier que dans le timide cordon s'il vous
plaît de Tircis d'Aumale.

Tout au plus pourrait-on reprocher à ce précepteur
d'Anacharsis, resté pion en dépit des années, quelques
souvenirs classiques, opportuns peut-être quand son
élève était jeune, mais aujourd'hui absolument dé-
modés : telle, par exem.le, l'allusion aux vieilles
bandes espagnoles de Bossuet. Franchement, elles
ont tant été usées depuis, ces vieilles bandes, que personne à l'heure qu'il est n'oserait s'en servir dans la
littérature courante, sauf pour faire des cataplasmes.
Mais ne fallait-il pas pouvoir dire en face au petit-fils
d'Égalité qu'il aimait l'infanterie ?

C'est un goût comme un autre : il est dans la nature,

a dit Musset en parlant des portefaix. D'autres aiment
les petits pois, les femmes blondes, ou la comédie
de paravent à deux personnages, jouée par Léonide
Leblanc ; Son Altesse aime l'infanterie : c'est affaire à
elle ; ne la troublons point en ses amours et que l'infanterie le lui rende, si elle en est capable.

Mais laissons ces propos. La coterie académique, qui commence à Pierre Lebrun pour finir à M. de Loménie, en passant par M. Thiers qui a mis le père Louis-Philippe en fiacre; M. Guizot, qui a attelé les chevaux audit véhicule pendant que le révérend de Falloux et le citoyen Dufaure les fouaillaient à tour de bras et à coups de discours, la coterie orléano-libre-penseuse, qui est au coin du quai des Saints-Pères, a nommé M. d'Aumale, pour succéder à Montalembert, avec le même esprit de servilité bourgeoise qui lui a dicté sa résolution quand elle a appelé Émile Ollivier à recueillir la succession de Lamartine, au lendemain de son Assomption à la place Vendôme. L'obscur avocat opposant, l'ancien Cinq, renié pour sa volte-face par ses ex-complices, traité d'apostat par Jules Favre lui-même, ce gardien de la foi jurée, n'a pas été plus ardemment sollicité le lendemain du jour où il a revêtu la simarre de garde des sceaux, que le preneur de cette ville de tentes, où il devait assurément y avoir quelques nièces, ne l'a été récemment par les vieilles coquettes du pont des Arts, le suppliant de monter chez elles. Gautier est resté à la porte ; Goncourt et Flaubert y sont : qu'importe! ils l'ont nommé, comme les peintres, les sculpteurs, les architectes et les graveurs ont préféré M. Bazin à Reyer, à Offenbach. Si c'est une coïncidence, et s'ils ont voulu faire du maëstro François le trompette de M. le prince, ils se sont mépris : M. d'Aumale n'a pas été à Rocroi, et s'il a quelque chose des Condé, c'est leur héritage, qui est tombé à ses pieds d'une fenêtre du château

de Saint-Leu, jeté par cette Dalila bourgeoise qu'on
appelait la baronne de Feuchères.

Puisque nous parlons de l'œuvre de Feuillet, un
des rares académiciens qui ne soient pas allés dîner
chez le nouveau récipiendiaire, c'est encore affaire de
coterie que la nouvelle distribution de *Dalila* à la
Comédie-Française. L'acteur Bressant, cotonneux et
sans relief, aurait dû céder le rôle de Carnioli, l'em-
porte-pièce de la chose, à Got, qui a le lancer du mot,
le jet vif, imprévu, coloré. Naïvement, vous demandez
pourquoi? Ah! mais, Croizette jouant Marthe, il a fallu
lui donner pour partner M. Bressant, son professeur
et son Mentor : sans Bressant, pas de Croizette ; les
deux font la paire, paraît-il, et, comme on dit au concours hippique, ils ne s'attellent jamais séparément,
pas plus que jadis mademoiselle Favart et Delaunay.
De ces deux-ci, lequel est le professeur, lequel l'élève?
problème ardu, que Champollion l'antiquaire, le déchif-
freur d'inscriptions antédiluviennes, aurait seul été
capable de résoudre. Mon explication, à moi, c'est que
les comédiens très-ordinaires de MM. Thiers et Buffet
ont trop joué M. Pailleron ; ils le jouent même à la ville ;
ce n'est plus la Comédie-Française, ce sont les Petits-
Ménages.

Parlerai-je enfin, pour terminer cette revue à vol
de plume, des élections d'hier? Comme toujours, le
bourgeois, vous, moi, le voisin, cet imbécile de bourgeois en paletot bleu-clair qui passe avec sa femme

et ses quatre enfants, toute cette vile multitude s'est abstenue. Seuls, les purs, les bons, les frères et amis, ont marché au scrutin, disciplinés comme les hordes pillardes d'Alaric ou les sauterelles qui s'abattent sur un champ de blé. De l'urne de Pandore sont sortis trois noms qui signifient : révolte, insurrection à main armée et revanche de mai. Et nous, impassibles, insouciants, gouailleurs au besoin, comme des talons rouges qui tireraient leur chapeau à la guillotine qui demain les exécutera, nous avons laissé faire, laissé passer. Non, certes, je ne dirai rien : j'assombrirais les fronts de mes lectrices, qui ne connaissent que de nom la coterie communarde, et auxquelles je souhaite de ne la connaître que le plus tard possible — l'an prochain, par exemple !

Tout au plus mentionnerai-je, en passant, les autres coteries de toutes sortes, aussi variées, aussi innombrables que le sont les cultes en Amérique. Chaque théâtre, à Paris, chaque salon a son idole particulière, aux pieds de laquelle fume un encens quotidien. Des idoles voisines, de la concurrence, il n'en faut pas parler : c'est de la piquette et bon pour les goujats. Dans les clubs, même chose. On a souvent dit que les Parisiens n'avaient que deux désirs : faire partie de la garde nationale et ne pas monter leur garde. Le même fait se produit pour les cercles : tant qu'on n'en est pas, on crie, on déblatère sur l'exclusivisme des membres arrivés. Ils ne veulent recevoir personne ; sont intolérants envers celui-ci, parce qu'il est bonapartiste ;

blackboulent impitoyablement cet autre, parce que, manieur d'argent il est mêlé à de grands tripotages financiers, et se vengent sur ce troisième de ses nombreuses bonnes fortunes féminines en le refusant avec acharnement. C'est fort bien. Mais vienne le jour où cette consigne se relâche un tantinet, aussitôt le néophyte devient plus intolérant et plus absolu que ses nouveaux collègues. Du haut du balcon où il s'accoude avec une nonchalance prétentieuse sur l'appui de moleskine, il contemple dédaigneusement les profanes qui barbottent sur le trottoir et qui n'en sont pas, eux, du club.

Demandez-lui maintenant de voter pour une admission : il trouvera cent prétextes pour donner au candidat une jolie boule noire, fût-il présenté par les parrains les plus irréprochables. Coterie, encore coterie, toujours coterie !

Et cependant ces sentiments sont étriqués, bas et mesquins. Il y a de la jalousie féminine dans ces partis pris d'exclusion, dans ces déchirements à huis clos de gens qui sont fort honorables et n'en peuvent mais. A certaines heures, les fumoirs du cercle sont de vrais nids à commérages perfides et distillés avec art : on croirait entendre des femmes se critiquer entre elles. Après tout, coterie dérive peut-être de cotillon !

Je viens de parcourir les églises de Paris, depuis la Madeleine, le temple des vendeurs d'argent, aux escaliers perfides, qui autorisent les coquetteries de jambes

audacieusement dévoilées à la sortie de la messe d'une
heure, jusqu'au pauvre Saint-Nicolas-du-Chardonnet,
à demi enterré dans les décombres des vieux quartiers
éventrés par la rue Monge; depuis Saint-Thomas-
d'Aquin, l'aristocratique paroisse du faubourg, où
Ryno de Marigny s'est marié et où a été baptisé
Georges de Cadignan, le fils de la Maufrigneuse, jusqu'à la misérable paroisse située en plein Belleville,
dont les murs blanchis à la chaux n'offrent à l'œil que
des tons crus, pareils à des parois de mansarde, dont
la monotonie est à peine rompue par un chemin de la
Croix de pacotille, fabriqué rue de Turenne et payé à
tant par mois par la fabrique indigente; partout : au-
dessous des fresques de Saint-Vincent-de-Paul, défilé
de saints et de martyrs sous les yeux desquels j'ai fait
ma première communion; à Saint-Germain-des-Prés,
au pied des peintures murales de Flandrin; à Saint-
Eugène, décoré à la mode profane comme un alcazar
mauresque; à Notre-Dame, sous les voûtes augustes
de la cathédrale de la France, j'ai vu, compté, dénom-
bré une foule pieuse, recueillie et fervente. Sous les
sombres arceaux des temples catholiques, aux lueurs
tremblantes des cierges qui piquent de points brillants
l'obscurité du chœur, aux rayons émiettés du jour que
les vitraux de couleur tamisent parcimonieusement
en zébrant les dalles de reflets d'or et de cobalt, une
population tout entière m'est apparue prosternée et
pleine d'une sainte épouvante. J'ai vu devant le tom-
beau du Christ une multitude sans cesse renouvelée,
se traînant à genoux, frappant du front la terre, et

j'ai entendu le murmure confus des prières qui s'élèvent vers le divin Crucifié rouler sourdement et retentir sous les arceaux de l'église, comme gronde, par les nuits de tempêtes, la houle marine aux grèves de Carnac.

⋆
⋆ ⋆

Des femmes qui priaient je n'en parlerai point. Ces créatures à part, qui comptent dans leurs rangs la Vierge Marie et la femme de Claude, Jeanne d'Arc et Manon Lescaut, sont toujours, par quelque endroit, sublimes à leurs heures, malgré la dynastie des Legouvé qui a tenté, de père en fils, de les ridiculiser par leurs alexandrins académiques. Il y a dans toute courtisane l'étoffe d'une mère. Quoi d'étonnant, par conséquent, à les voir en ce jour aux pieds du doux Nazaréen qui pardonne à la femme adultère et qui, répudiant le honteux servage des femmes orientales reléguées au rang de femelles procréatrices, les rendit ce qu'elles sont dans le catholicisme et la société moderne : souveraines absolues et arbitres du monde ? Toute femme peut être à Dieu et à Vénus, au contraire de ce qu'a dit un écrivain contemporain. Elles sont, après tout, filles, sœurs ou mères de quelqu'un ; et le christ d'ivoire jauni qui figure parfois dans les alcôves les plus voluptueuses n'en reçoit pas moins les élans les plus purs de ces cœurs égarés. Laissons-les donc de côté et ne nous occupons que de l'élément masculin.

Ils sont nombreux, drus et pressés, comme les épis

de la moisson que les vents chauds de l'été font ondoyer
sous leur haleine brûlante ; ils sont aussi innombrables
que les grains de sable de la plage, ceux que j'ai vus
s'incliner, se frapper la poitrine et prier avec ferveur.
Les redingotes et les rosettes d'officiers de la Légion
d'honneur abondaient dans les quartiers aisés ; mais
dans les centres ouvriers, parmi les populations labo-
rieuses, que de blouses bleues et de vêtements de travail ! que de mains noircies par la limaille de fer ! que
de figures bronzées par les feux de la forge j'ai vues
et notées au passage ! Quelques-uns portaient dans
leurs bras des bébés éclatants de santé et de fraîcheur,
aux joues rebondies et vermeilles ; d'autres traînaient
après leur tablier de cuir une bande de marmots bar-
bouillés, étagés comme une série de paniers indiens ;
et, sur toutes ces braves figures d'artisans, je lisais le
recueillement, la foi du charbonnier, et la sainte, la pure
croyance à une vie nouvelle, qui les maintient dans
l'amour du travail et du devoir, et dans l'obéissance
aux conseils divins qui tombent de la bouche de leurs
pasteurs.

★
★ ★

Et cependant tout ceci c'est Paris ! Paris qui, à quatre-vingts ans de distance, a chassé à courre les prêtres
insermentés dans les jardins de l'Abbaye, les a égorgés
avec raffinement aux massacres de septembre, et a
joué ce sinistre drame de l'Ambigu dont le cinquième
acte s'est passé dans le chemin de ronde de la Roquette,

et dont les premiers rôles ont été l'archevêque Darboy,
l'abbé Deguerry, les Pères Olivain, Captier et Clerc;
c'est le Paris qui a voté hier pour Ranc, qui votera
demain pour Barodet; le Paris de Littré, de feu Sainte-
Beuve, cet athée hystérique à face de Quasimodo simiesque ; le Paris douteux, sceptique, gouailleur et
intolérant, qui croit à Voltaire, le parasite du roi de
Prusse, chante Béranger, achète Renan, et préfère
aux processions poétiques du catholicisme les manifestations maçonniques des Thirifocs du rite écossais
de la voûte sacrée. Ce soir même il y aura des gens
qui feront gras par ostentation et riront après boire
des superstitions démodées. Chez l'avocat Floquet on
mangera du gigot démocratique ; la libre penseuse
André Léo offrira à Juliette Lamber le veau froid et la
salade symbolique qui ont contribué presque autant
que MM. Thiers et Guizot à renverser la pseudo-monar-
chie sortie des barricades de Juillet; et là-bas, à Genève, à Bordeaux, à Versailles, le sieur Loyson trin-
quant avec son épouse civile, les abbés Junqua et
Mouls, drapés dans leurs costumes de martyrs du mardi
gras, et M. Barthélemy sans Saint-Hilaire, au bas bout
de la table présidentielle, mangeront le porc laïque et
obligatoire, prouvant une fois de plus que les proverbes
sont menteurs et que les loups seuls se dévorent entre
eux.

Entre ces extrêmes, lequel croire? à qui se fier?
Faut-il appliquer à la religion et aux croyances dans
lesquelles nous avons tous été élevés le système d'indifférence si prôné par les ministres de la monarchie

de Juillet ? faut-il laisser dire, laisser faire, laisser passer ? ne croire qu'à l'aphorisme germanique : « La force prime le droit, » ne craindre que les gendarmes, et encore quand ils sont plusieurs, délaisser l'Évangile pour le Code, et remplacer la terreur de Dieu par celle de la sixième Chambre ? C'est là la théorie de ceux qui s'affirment les maîtres, qui se disent supérieurs à nous en intelligence et prétendent nous traiter comme un obscur bétail qu'il faut à toute force pousser dans la voie de l'athéisme qualifié de philosophie, et d'irresponsabilité décorée du nom d'indépendance. Ils comptent parmi eux des savants de mérite, des chercheurs qui ont tâté le pouls à l'humanité et qui, frottés du bagage scientifique que dix-huit siècles — dix-huit heures dans la création — ont collectionné, décrètent que par delà la guenille humaine il n'est point d'avenir. Leur orgueil souverain, planant au-dessus des faiblesses humaines, méprise la prière de la mère agenouillée auprès de son enfant agonisant, qu'elle demande à Dieu de sauver par un miracle. Leur raison leur défend de croire à cette consolation divine puisée au pied des autels, qui atténue la douleur humaine lorsque la créature ensevelit son père ou sa mère, la chair de sa chair, et lui fait espérer de revoir dans un monde meilleur cette ombre adorée réduite pour eux à l'état d'engrais animal. Enfin, leur système politique et social consiste à supprimer toute autre coercition que la loi variable, inconstante et appliquée selon les circonstances, les époques et les milieux : vérité à Lille, mensonge à Marseille ! Sont-ils donc réellement les apôtres

du progrès et de la raison pure? Ramèneront-ils les-
vertus des temps bibliques ou l'âge d'or de la mytho-
logie païenne? Ils le disent : faut-il les croire? se croient-
ils eux-mêmes?

Non ! La créature humaine, ébauche imparfaite et
inachevée, chancelante au physique comme au moral,
debout par hasard et qu'un caillou jette à terre à quatre
pattes l'égale des animaux carnassiers, sans ailes pour
s'élever dans les régions sereines du bleu où planent
les hirondelles, attachée au sol par sa nature et par
ses besoins, rampant en un mot ; la créature sent qu'elle
n'est rien qu'un accident et qu'elle ne peut rien que
d'éphémère au milieu de la marche des mondes. Elle
sait d'où elle vient, mais elle ignore où elle va, et c'est
en vain que les impies de profession entonnent les
psaumes de l'incrédulité. Ils chantent, donc ils ont
peur! Ce qu'il faut voir, c'est le dernier moment, quand,
livré à lui-même, loin des obsessions des courtiers en
enterrements civils, des héritiers voltairiens, abonnés
au *Siècle*, qui ont souscrit à l'édition Touquet et qui
haïssent les *calotins*, le moribond est seul avec lui-
même. Seul, ai-je dit! Est-on seul à ce moment? Assurément non. Tous ceux qui n'ont pas un Troubat à leur
chevet et qui n'éprouvent pas le besoin de faire des
rentes derrière eux à un Barnum d'outre-tombe sentent à cet instant suprême quelque chose d'innommé
et d'inattendu. Devant leurs yeux obscurcis par la
mort, un voile se déchire, cachant sous ses lambeaux
le peu que sont les choses humaines, les foies gras
systématiques du vendredi saint, et les impiétés cal-

culées à froid, pour être éditées par Michel Lévy; aux
regards du moribond brillent les splendeurs célestes
d'une autre vie. C'est le moment d'interroger cette
conscience déjà sur la limite de l'infini; c'est là qu'il
faut lui demander s'il y a un Dieu et si, dérision suprême, au jour où nous paraîtrons tous devant le tribunal divin, Louise Michel la pétroleuse sera jugée
l'égale de la petite Sœur des pauvres, expirant dans
un hôpital militaire, du typhus que lui ont commu-
niqué les blessés.

★
★ ★

A Monsieur Alexandre Dumas fils.

Monsieur,

Le remarquable article de M. de Pontmartin publié
hier à cette place m'a donné l'impatience de lire ce
qu'il a critiqué, et je viens de dévorer tout d'une
haleine l'admirable préface que vous avez écrite pour
servir de portique à cette œuvre dramatique si vivante,
si vécue et si vraie qui s'appelle *la Femme de Claude*.
Je suis presque tenté, après cette lecture, de remercier de sa critique anémique, filandreuse et chloro-
tique M. Cuvillier-Fleury (de l'Académie française),
qui, « comme M. de Fénelon, a élevé et instruit des
princes, » fils de roi, parents de rois, jamais rois eux-
mêmes. Sans lui nous aurions été privés de ces quatre-
vingts pages qui vont être en Europe et en France
ardemment commentées, discutées, critiquées et que
je me permets, moi, de déclarer admirables depuis la

première jusqu'à la dernière, malgré *le Journal des Débats* et tous les critiques possibles, fussent-ils de l'Académie française, en demandant humblement pardon à mon éminent confrère de ne pas être de son avis.

Avec la profusion d'un fils prodigue, qui tient de famille et ne craint pas d'épuiser son patrimoine de talent, vous avez semé à pleines mains la vérité au cours de cette préface qui restera comme un monument de style et de réalité cruelle. Vous ne serez évidemment pas écouté de cette humanité basse qui, semblable à un vil et obscur bétail destiné à la boucherie physique et à la dégradation morale, piétine devant elle « sans s'inquiéter où elle va, et en se disant lâchement : Au petit bonheur ! » Vous aurez contre vous le chœur des sots, des imbéciles et des bourgeois, depuis « les pauvres petites femmes qui vengent l'alcôve par le canapé, jusqu'aux Roméos en carton qui se brûlent la cervelle qu'ils n'ont pas » sur les trottoirs où leurs Juliettes se promenaient hier soir, en passant par « les lettrés qui ont reçu leurs pouvoirs de l'Université et de l'Académie, » et qui citent des vers de Voltaire en les attribuant à La Fontaine. Vous serez blâmé par « les législateurs à mandats, les magistrats sur leurs siéges, par tous ceux en un mot qui ont reçu de la société mission de l'édifier, de régler sa vie et d'apprécier ses actes. » Ceux-là qui trouvent tout *naturel* — ils ont conservé

le mot qui est typique — qu'un homme séduise une
jeune fille, lui fasse un enfant et la plante ensuite là
avec sa créature dans les entrailles ou sur les bras,
ayant pour perspective « la mansarde, la misère, le
travail à vingt sous par jour, l'hôpital, la cour d'assises
ou l'amphithéâtre, » ceux-là seront contre vous. Il
n'importe ! Avec ceux-là je ne serai point, moi, et ce
que vous dites, monsieur, ce que vous prêchez, car
c'est une grande et belle prédication que la vôtre, je
m'efforcerai de le reprendre, de le commenter humblement et d'en *vulgariser* le texte en réservant pour
la fin de cette étude la plus modeste des critiques.
Vous avez, j'en suis assuré d'avance, trop d'esprit
pour ne pas me la pardonner.

Le premier vous aurez eu la gloire de vous attaquer
à l'absurde, à l'inique législation qui régit les enfants
naturels. Cette touchante histoire de votre enfance,
persécutée par vos camarades sans pitié, dont les actes
de naissance étaient réguliers ; cette autobiographie
de vos jeunes années est vraie, vraie de tout point.

J'ai été à Sainte-Barbe — je précise — avec un
enfant doué d'une beauté merveilleuse et d'une intelligence de premier ordre. Sa naissance mystérieuse,
fruit du caprice d'un grand homme d'Etat avec une
célèbre tragédienne, avait été, je ne sais comment,
trahie par une indiscrétion malveillante. Ce que vous
avez souffert, je le lui ai vu souffrir, et ce n'est pas
à moi, dont la main ouverte a constamment été tendue
vers la sienne, qu'il faut venir dire que c'est invraisemblable et que c'est du roman. Il en sera toujours

de même. Dès l'enfance, on méprise avec joie son
voisin. C'est une façon comme une autre de se proclamer à soi-même sa propre supériorité. Là, vous
avez, comme dirait votre ami le docteur Favre, mis le
doigt sur la plaie. Quant au remède, n'espérez pas le
voir appliquer. Nous avons d'autres Barodet à fouetter,
je ne sais quoi à constituer, deux Chambres à nommer,
les shakos de l'infanterie à réformer, les bonapartistes
à poursuivre, les radicaux à ménager ; en un mot, mille
choses plus importantes à faire que de nous occuper
des réformes sociales qui intéressent à un si haut
degré la famille, la religion, la société, l'humanité tout
entière. Laissons donc les Pangloss provisoires déclarer solennellement que tout marche bien dans la
moins bonne des républiques possible et passons à
autre chose.

★ ★
★ ★

Ce qui me plaît au suprême degré chez vous, monsieur, c'est que vous seul, depuis Balzac, semblez
comprendre la place prépondérante, omnipotente,
qu'occupe la femme dans la société moderne. De vos
premières expériences *in corpore vili*, vous avez
emporté, dites-vous, le respect de la femme, « sinon
dans ce qu'elle est, du moins dans ce qu'elle pourrait,
dans ce qu'elle devrait être si les hommes savaient ce
qu'ils devraient savoir. » Vous avez alors cherché ce
qu'il fallait faire pour tirer de la boue, dans laquelle
nos lois et nos institutions jettent fatalement et irré-

sistiblement la créature faible, coupable d'une faute qui, la plupart du temps, lui a rapporté plus de peine que de plaisir ; vous avez résumé dans quelques mots admirables l'odieux égoïsme du mâle qui demande à la femme « cent mille écus pour être son mari, et qui lui offre cent sous pour être son amant. » Vous avez fait cela, monsieur, et vous avez bien fait. Seulement, et c'est ici que je vous demande la permission de me séparer de vous, votre conclusion me semble aller à l'encontre de vos prémisses.

*
* *

Après avoir établi la part qu'a l'homme à la faute première, au premier faux pas que la femme n'a fait que parce que lui l'a poussée et jetée à terre, vous tournez brusquement le dos à cette pauvre créature que vous-même proclamez plus égarée que criminelle, et vous lui faites un procès d'inquisiteur. A vous entendre, monsieur et cher maître, c'est le bûcher qu'il faudrait infliger à toutes celles qui ont des sens, des passions, qui sont mal mariées, mal attelées, qui se débattent dans les brancards en lançant des coups de pied et finalement, se jettent dans le chemin de traverse de l'adultère ou sur la grande route banale de la prostitution. Et encore ce bûcher ne serait pas celui de Sardanapale, amas de bois odoriférants, couche voluptueuse et suprême, dessert bizarre du banquet des jouissances déserté par les blasés qui n'ont plus soif ayant vidé toutes les coupes, ni faim ayant mis les

12.

dents et mordu à même dans tous les fruits défendus. Non, ce que vous voulez leur infliger, c'est le *quema-dero* de Séville ; c'est par le hideux entassement des bûches goudronnées de Torquemada que vous voulez anéantir ce corps divin aussi beau que les plus pures créations de la statuaire antique, ces formes exquises, ces yeux et ces lèvres qui mentent, dites-vous, mais qui mentent si bien, avouez-le, que les impostures qu'elles débitent valent mille fois mieux que la cruelle, la banale, la bête, la plate réalité !

Mais, me direz-vous, celle que je condamne aussi implacablement et sans appel devant aucun tribunal, pas même devant celui de Dieu, c'est Césarine, c'est la femme de Claude, parjure, adultère, criminelle, vendant son pays à l'étranger et déshonorant l'honnête homme que la loi, toujours la loi, a rivé à elle par une chaîne infrangible dont elle est le boulet. Soit ; ceci est la défense de la pièce, et vous n'avez pas besoin de défendre devant moi votre œuvre que j'ai applaudie. Mais vous me dites précisément que vous avez voulu personnifier en Césarine la femme française au dix-neuvième siècle, celle qui porte des chignons jaunes, et à laquelle vous avez prédit, dans votre préface de *l'Ami des femmes*, qu'elle serait la cause de l'invasion des Barbares. Vous avez voulu « présenter en elle une incarnation totale, une essence d'être, en un mot une entité », et voilà celle que vous

nous avez donnée ! Ici je me révolte, et, disciple
infidèle, schismatique, je me sépare de vous. Cette
femme que vous avez jetée sur la scène est vraie,
mais elle est l'exception. Vous avez eu raison de la
peindre ; je ne suis pas, moi, un Prud'homme hydro-
phobe de morale courante ; il suffit qu'elle existe pour
que vous ayez eu raison de la couler en bronze, afin
de lui faire prendre sa place dans le musée humain :
et elle existe, je la connais ! Seulement Césarine est
elle, elle n'est pas toutes, et dès lors pourquoi con-
damner en masse les autres, *poetæ minores,* celles
qui ont moins fait ? Et prenez-y garde. C'est là que
vous arrivez, poussé par les ressorts d'acier de la
logique froide, nette et irrésistible qui vous distingue.

Supérieures à nous en beaucoup de points, vous le
savez aussi bien, mieux que moi, monsieur, supérieures en tendresse, en dévouement, souvent en
courage, elles sont néanmoins affligées d'une organi-
sation imparfaite d'un côté. Il y a du sang chez nous ;
chez elles il y a des nerfs ; et quand cette sacrée
musique-là se met à jouer, il n'y a plus personne
qu'une créature hésitante, chancelante, affolée et
facile à se dévoyer si la main vigoureuse de
l'homme ne l'empoigne pas à ce moment pour la remettre dans la bonne route. Il faut donc les guider,
elles ne tomberont pas dans le trou et ne nous y
entraîneront pas à leur suite. Affaire de poigne, de

force morale surtout, car rien n'est sensible comme
elles à la volonté ferme de l'amant ou du mari, nettement et virilement exprimée. Il faut se les subor-
donner dans l'ordre moral comme dans l'ordre physique : il faut qu'elles aient le dessous. Je sais bien que
c'est difficile, qu'il faut être nourri de la moelle des
lions, que nous sommes en général faibles devant les
caresses, lâches devant les larmes, apathiques et
paresseux, je sais cela; mais il faut secouer cette tor-
peur, parler et agir en maître. Essayez et vous verrez.
Si la bête résiste, vous pouvez aller jusqu'à la cravache, mais pas plus loin. La tuer, c'est trop. On ne
pourrait plus après leur demander pardon de les avoir
frappées.

Sur ce, je vous prie, monsieur, de croire à ma profonde admiration et à ma très-respectueuse amitié.

L'aube du jour paraissait à peine. Le soleil dorait
de ses premiers rayons les cimes de Fourvières et
éclairait de lueurs douces les coteaux de la Croix-
Rousse. Lyon, la grande ville, s'éveillait, et sa population ouvrière, semblable aux essaims affairés des
abeilles industrieuses, commençait à sortir dans les
rues. Les boulevards aérés, les larges places monumentales, les squares verdoyants, qui jettent à grands
flots la santé avec l'air et le jour dans les quartiers pauvres; tout cela se peuplait. Les grandioses créations impériales du sénateur Vaysse, dont les grôléens recon-

naissants ont déboulonné la statue, devenaient noires comme une fourmilière. A cet instant une petite porte de l'Hôtel de Ville s'ouvrit mystérieusement.

Un homme paraît et jette un regard furtif sur la place du Grand-Théâtre, déserte et vide. Derrière lui, deux aides de camp, le secrétaire général de la préfecture et le secrétaire particulier. Ils font trois pas en avant sur leurs pointes, comme des danseuses qui exécutent un parcours, et vlan ! ils se précipitent rue du Puits-Gaillot. Déserte, celle-ci, désert le pont Morand : c'est le moment. Au coin de la rue du Griffon stationne un fiacre. Les conspirateurs s'y enfournent, et « fouette cocher ! » comme on dit dans le grand monde.

Le fiacre roule. Il suit les quais, évitant les regards curieux des indiscrets. Il arrive à la gare de Perrache juste à temps pour prendre un train quelconque. Le chef de gare soulève respectueusement sa casquette galonnée de chêne doré ; le commissaire de surveillance administrative, un parfait gentleman, un philosophe qui en a vu bien d'autres, sourit dans sa moustache. La portière se referme. Coup de sifflet. Le train s'ébranle et disparaît dans un blanc nuage de fumée. Il est parti, le préfet !

★
★ ★

Il est parti, le préfet Cantonnet ! Où va-t-il, le préfet ?
Nul ne le sait ; il ne le sait peut-être pas lui-même.
A-t-il jamais su où il allait en politique ! l'ex-avoué de
Nevers, l'ancien préfet radical des Pyrénées-Orien-
tales devenu quasi-conservateur depuis sa première
classe de Lyon. Il est parti : c'est le principal. Après
le long tunnel qui passe sous Vaise, revoici Lyon et la
Saône roulant ses flots tumultueux. C'est encore la
ville maudite, la cité Barodet. Il détourne les yeux,
le préfet. C'est fini. Nouveau tunnel. Puis la campagne : toute la banlieue lyonnaise. Ces villas coquettes, ce sont les *buen retiro* des fabricants d'uni
et de façonné, leur Ville-d'Avray, leur Vésinet à eux.
Enfin voici les champs ; le blé vert pousse dru et
serré, les pommiers sont en fleur : plus de maisons à
l'horizon. Il respire, le préfet.

★
★ ★

Il respire, le préfet. Sa poitrine oppressée se soulève, aspirant à grands flots l'air pur des champs tout
embaumé des senteurs printanières. Adieu aux
étroites rues lyonnaises, sinistres et boueuses, aux
hautes maisons noires à sept étages, des Babel d'artisans, aux quartiers montueux de la Croix-Rousse,
retentissant du matin au soir des battements des métiers des canuts, au chemin de fer à la ficelle. Il ne

verra plus ces faces sombres qui sentent la poudre, ces yeux qui, dans les cérémonies publiques, jetaient sur lui des regards chargés de menaces sentant l'insurrection, et qui font sortir les pavés de leurs alvéoles. Adieu à la Guillotière, ce *Saint-Giles* lyonnais, où toutes les misères se sont donné rendez-vous, où des bras robustes, sans ouvrage, se tendent vers le ciel d'un air de défi, où des mains nerveuses, plus propres à manier le chassepot que la navette ou la pioche, sont oisives, tandis que dans un coin piaille une nichée d'enfants affamés et vêtus de loques sordides. Il ne verra plus cela, le préfet.

Il ne verra plus cela, le préfet. Et sous ses yeux quel charmant tableau ! Oh ! le joli petit bois verdoyant là-bas ! Un ruisseau clair le traverse murmurant et chantant sur les petits cailloux aussi blancs que les opinions de Lorgeril. Cette vue rend le préfet tout songeur. Il voudrait y aller dans ce petit bois; tout y respire la paix et le bonheur. Il y rencontrerait Favier ou Durand, qu'attendri par les effluves printaniers il embrasserait, le préfet ! Ce bois-ci c'est celui de la réconciliation, il est plus arrangeant que les discours éclectiques du Président, plus émollient que les lettres de Barthélemy Saint-Epistolaire, plus parfumé que la profession de foi du citoyen Rémusat.

Les oiseaux chantent dans ce bois délicieux. C'est évidemment celui où le doux poëte Alphonse Daudet

fait s'endormir son sous-préfet en tournée de comices
agricoles. Ah ! le joli bois ! on s'y vautrerait sur
l'herbe en oubliant le passé, le présent et l'avenir. Le
bois a disparu, le préfet y songe encore.

Le préfet y songe encore. Le passé, c'est la lutte,
les déboires quotidiens, c'est le conseil municipal de
Lyon, issu de la rue Grôlée, faisant essuyer affront
sur affront à l'autorité administrative. C'est Favier,
le relieur hébertiste ; Durand, Brialou, celui qui n'est
pas Turc, pour le distinguer de son frère, figurant au
Grand-Théâtre ; Carle l'halluciné, le libre penseur, qui
croit au somnambulisme et bouleverse son jardin
pour y trouver des trésors enfouis par ces canailles
d'émigrés ; c'est l'homme de peine de Faugier, le
fabricant de boulons ; c'est tout cela qui l'a vexé,
agacé, turlupiné, qui lui a dit *zut* sur tous les tons et
dont le *non possumus* est le mot de Cambronne. Le
passé, c'est la taquinerie perpétuelle, odieuse, exaspé-
rante, la piqûre sans cesse renouvelée du taon démocratique ou de la mouche à viande républicaine qui
aime le sang. C'est là le passé, et quand il y pense,
il frissonne, le préfet.

Quand il y pense, il frissonne, le préfet. Et l'avenir,
c'est l'arrivée à Paris, la visite place Beauvau et la

figure sévère du sous-secrétaire Pascal. Pascal, son prédécesseur, aussi habile qu'abhorré, qui a su avec un talent souple, un génie ondoyant et divers se tenir à égale distance de Charybde-Réaction et de Scylla-Commune. Il va le blaguer, le préfet! Non pas ouvertement, il est trop homme du monde pour cela; mais pendant que ses lèvres prononceront un speech administratif sévère, mais correct et mesuré, son œil fin et perçant fouillera jusqu'à l'âme le pauvre préfet et lui dira : — Eh quoi! vous n'avez pas pu vous maintenir là-bas? En vérité, je vous plains. Que ne faisiez-vous de la conciliation? Nous vous la recommandions dans toutes nos dépêches. Conciliez, mon cher, n'arrachez pas! Mais voilà, vous n'avez pas concilié. Allons, venez avec moi à l'Elysée. Et le préfet s'y voit déjà, à l'Elysée!

*
* *

Et le préfet s'y voit déjà, à l'Elysée. Les mains croisées derrière le dos, il se promène de long en large, le Président. Sa démarche est saccadée, brusque. Le petit toupet frétille. C'est Napoléon attendant Fouché, non pas pour lui pincer l'oreille, mais pour lui flanquer un savon monstre. La porte s'ouvre : c'est M. Calmon. — Entrez donc, Calmon, vous n'êtes pas de trop; vous allez voir comme je vais l'arranger, votre Cantonnet. Oui, votre Cantonnet, car c'est vous qui l'avez choisi. Vous non plus, Barthélemy. Restez. Et Pascal apparaît, suivi de l'infortuné préfet, la tête basse, l'air honteux et confus; jurant, quoique un peu tard, qu'on ne l'y prendrait plus à être fonctionnaire de M. Loyal. Là-dessus, la tempête. Horrible ! Et le petit œil de M. Calmon dardé sur Cantonnet, le fascine et l'empêche de répondre. A cette idée il tremble, le préfet !

Il tremble, le préfet et, poursuivant sa course rapide sur le rail de fer poli qui étincelle au soleil, la locomotive dévore la voie. Voici Mâcon, jadis satrapie de Frédéric Morin : il est heureux, celui-là, il est au *Rappel;* puis de Charles Ferry : il est encore en place, celui-là, et il réussit. C'est qu'il sait concilier, lui ! et Cantonnet ne le sait pas. — Voici Châlon, où de Laizer, un ci-devant marquis, un ancien secrétaire d'Ollivier, a dompté les républicains, est adoré des légitimistes et apprécié des orléanistes. Dijon, enfin. Dans quelques heures, c'est Paris. C'est impossible. Il ne veut pas aller jusque-là. Il descend, le préfet, et il demande à quelle heure passe un express remontant vers la Suisse. — Il y en a un en gare. — Dieux immortels, soyez bénis! Le préfet saute dedans avec un sourire sardonique et s'installe.

Le préfet s'installe, et en route ! Où va-t-il ? qu'importe, loin, bien loin, tout droit devant lui. Il cherche le pays béni où il n'entendra plus parler de conciliation. La terre promise où la petite voix du Président et les railleuses compassions de M. Pascal ne le pour-

suivront pas. Il va vers les Alpes aux blancheurs éter-
nelles. Il vivra là dans une cabane, buvant l'eau du
torrent et se nourrissant de racines. Qu'importe ! c'est
la liberté. Il pourra aller et venir sans être suivi par
la contre-police municipale, qui fait échec aux agents
dévoués de l'habile et courageux de Gourlet. Il pourra
se coucher sans trouver sous son lit, à la place où
l'on met d'ordinaire autre chose, un radical qui l'es-
pionne. Il lui sera loisible de manger et de boire,
d'aimer, sans que sa côtelette, son verre de bordeaux,
sa bonne amie — on n'est pas de bois — soient scru-
tés, inspectés par les patriotes. O bonheur ! Et pendant ce temps-là, le train a marché. On a passé la
frontière. Il est libre, le préfet.

Il est libre, le préfet. Se débrouillera qui pourra,
cherchez-le, ministres et chefs de service. Intérieur,
télégraphiez à préfets : Avez-vous vu Cantonnet ?
Commissaires et gendarmes, parcourez les routes du
soir au matin ; à cheval, Pandore, fouillez bourgades
et hameaux, arrêtez tout, le gouvernement reconnaîtra
les siens et on retrouvera peut-être Cantonnet. Canuts
et gônes lyonnais, criez en chœur : Ohé Cantonnet !
Qu'une clameur immense aille de Vaise à Sathonay,
de la Guillotière à Fourvières, demandant aux échos
du Rhône et de la Saône : Avez-vous vu Cantonnet ?
Il s'en contrefiche, le préfet ; il est libre, le préfet ;
et en touchant le sol suisse, savez-vous ce qu'il

a crié ? Il a crié : Vive la liberté ! Ne le dites pas à
M. Thiers.

Il est vraiment temps que cela finisse, cette période
électorale. C'est à en devenir fou, à en mourir. On ne
parle que de cela, on n'entend que discuter les chances
respectives des candidats, supputer le nombre de voix
que chacun peut réunir, établir des probabilités, tirer
des lignes et faire des paris sur le résultat final.
C'est odieux.

Hier soir j'ai passé par trois salons différents : partout même refrain et même chanson. Boulevard Maillot, chez d'Osmond, entre la *Marie-Magdeleine* de
Massenet, aux mélodies divines, et les charmantes
compositions du maître de la maison, interprétées
par la belle Singelée et Prunet, on prenait Rémusat à
égalité, Barodet à deux contre un, et Marcus Allart
était offert à cent. Armand de Pontmartin et Frédéric
Béchard annonçaient que le faubourg Saint-Germain
s'armait tout entier pour la croisade Stoffel, et que
le brave colonel, dont le langage mâle et sévère nous
était connu dès hier soir, réunirait sur la rive gauche
une imposante majorité.

Chez un ancien préfet de l'Empire, salon charmant, hospitalier et spirituel, plein de jeunes et gracieuses femmes, on jouait au vote. Un chapeau disposé
sur une table recevait les petits bulletins sur lesquels
des mains mignonnes avaient griffonné les noms les
plus fantaisistes.

Pour rester jusqu'au bout dans les traditions reprochées aux fonctionnaires du régime déchu, le scrutateur des votes a déclaré que, malgré que les votants fussent au nombre de vingt-six, il avait trouvé vingt-huit suffrages exprimés.

— Incorrigibles ces bonapartistes ! a dit un droitier qui se trouvait là.

*
* *

A minuit, rue Cambacérès, grand bal chez l'élégante madame P... Une fête splendide : toutes les aristocraties, toutes les élégances, toutes les beautés. On dansait dans deux salons, on se promenait dans deux autres et on causait dans un ravissant fumoir tendu de tapisseries non pareilles et qui dénotent les goûts artistiques de la maîtresse de la maison. Aux sons entraînants du quadrille de *Madame Angot*, à la vue des jeunes et jolis visages éclatant de parures et de fraîcheur, à l'aspect des couples qui tournoyaient fouettés en mesure par les vaporeuses mélodies du *Danube bleu* de Strauss, je me dis : Je suis sauvé !

Pas du tout !

Plus que jamais Rémusat, Barodet, Stoffel, ou Stoffel, Rémusat, Barodet. C'est à devenir enragé. Et les journaux pleins d'adresses, de professions de foi, d'adhésions, de programmes. Les murs couverts d'affiches : nommons celui-ci, prenez celui-là. Rémusat c'est la Répubique ; Barodet c'est la revanche.

La République d'en face n'est pas la bonne, disent
les barodistes, prenez la mienne, pur coton, sans
coutures, bon teint, rouge vif, le sang ne tache pas.

N'y allez pas, répondent les rémusateux, ce sont
des communards. L'article que nous vous offrons
est plus avantageux, il est à deux fins, comme les
chevaux qui se montent et s'attellent, c'est une étoffe
double face qui peut se retourner au goût des personnes. La boutique du coin ne rend pas l'argent,
nous vous reprendrons Rémusat s'il cesse de vous
plaire. Ce n'est pas lui que nous nommons, c'est
l'illustre Président qui... que... Et en avant la musique !

★
★ ★

A parler franc, tout ceci est grotesque et rappelle
par trop les parades de la foire de Saint-Cloud. Il
serait infiniment plus logique et plus naturel de faire
les choses carrément. On mettrait M. de Rémusat
sur un char et on le promènerait dans les rues, suivi
du cortége de ses tenants. Je sais bien que cela ressemble un peu à la promenade du bœuf gras, mais
comme il est convenu que la nomination du citoyen
ministre des affaires étrangères ramènera la période
de l'abondance, personnifiée par les sept vaches
grasses, on voit que nous sommes en pays de connaissance. Les partisans de cette candidature peuvent
faire partie du cortége. On verra M. Grévy costumé
en Pétion, une actualité, Pessard, Junca et Saint-

Genest en mousquetaires de la résignation, et le sieur Cernuschi en brigand calabrais.

Sur toutes les places publiques on s'arrêtera. Le pasteur Pressensé (des *Débats*) prononcera une homélie antibonapartiste ; les forts négociants du quartier des Jeûneurs et de la rue du Sentier, qui forment les comités Rémusat, profiteront de l'occasion pour vendre quelques pièces d'étoffe, ce qui ne leur fera pas de mal, soit dit en passant, et le citoyen Arago, le Jupiter Stentor de la gauche, poussera par trois fois le cri de guerre : « Nommons Rémusat ! »

*
* *

De l'autre côté viendra le char Barodet. Ici, point de luxe déplacé, tout à la simplicité farouche et à l'austérité républicaine. Point de vaines parures : ni décoration ni chemises blanches. Point de hochets de la vanité, point de concession aux préjugés aristocratiques des infâmes couches supérieures, qui écrasent celles qui sont dessous. La barbe longue et touffue, les cheveux emmêlés, les mains noires du travailleur.

Au milieu, Barodet lui-même. Une simple paire de lunettes et ses vertus républicaines seront son seul costume. A ses côtés Gambetta, Spuller et Ranc, les triumvirs de la défaite. Groupés derrière le véhicule, les gens du *Rappel* portant au bout d'une pique une lettre de Victor Hugo ; Meurice et Vacquerie chantant les louanges de Barodet, et Ernest Blum soufflant dans son petit turlututu. Le peuple, le vrai peuple, celui qui braille et ne fait rien, l'accompagnera à flots pressés. Il y aura des députations des combattants de Juillet, des blessés de Février, des victimes de Juin, voire même des martyrs de Mai, tout le calendrier républicain en un mot. Des reposoirs composés de comptoirs en zinc sur lesquels on boira le bleu démocratique seront dressés aux endroits suivants :

Place de la Bastille, en mémoire de l'héroïque fait d'armes des tricoteuses et des soldats déserteurs, qui se sont mis dix mille pour massacrer le gouverneur Delaunay et les huit invalides qui lui servaient de garnison ; place de la Révolution, *vulgo* de la Concorde, où les têtes coupables de Louis Capet, ce Néron couronné, d'Antoinette, la Messaline autrichienne, et de madame Elisabeth roulèrent aux pieds du peuple sensible et souverain qui applaudissait frénétiquement la guillotine ; au ministère des finances, qui flamba si bien sur l'ordre de saint Ferré, patriote et martyr ; aux Tuileries enfin, cet antre des tyrans dont la justice populaire a fait un monceau de cendres. Le cortége, pour rentrer à domicile, j'allais dire à l'abattoir, reviendra par la rue de Lille et la Cour des comptes jusqu'à l'Hôtel-de-Ville, berceau des libertés municipales dont Barodet est le champion inexorable. Là, il sera prononcé quelques discours conciliants dans lesquels on demandera simplement l'abolition de la religion, de la famille et de la propriété. Après quoi on se séparera aux lueurs de quelques flammes de Bengale, venues en droite ligne d'*Oil Creek*, la patrie du pétrole.

En attendant, voilà où nous en sommes. Un diplomate, presque un homme d'État, qu'on dit spirituel, et auquel nos pères ont attribué du talent, un homme du monde en tout cas, est obligé à la fin de sa carrière politique à des compromissions honteuses. Il lui faut subir les satisfecit d'un Cernuschi, expulsé de France par le gouvernement impérial, faire la risette à des Tolain et à des Arago, recevoir le baiser Lamourette des radicaux honteux, qui sont avec la Commune de cœur et avec M. Thiers en attendant mieux. Il lui faut lutter — et cela avec la quasi certitude de la défaite — contre un Barodet. Quel spectacle! quelle leçon! Ah! M. Thiers, en imposant à son vieil ami Rémusat cette candidature ultra-officielle, a mis son dévouement à une rude épreuve. Quel que soit le résultat de la lutte, le ministre des affaires étrangères sortira de là amoindri et diminué. S'il est vainqueur, il sera comme M. Vautrain, qui avait formellement promis le retour de l'Assemblée à Paris, dans l'impossibilité de tenir les engagements qu'il prend, à Belleville, avec les républicains, rue de la Banque avec les conservateurs. S'il est vaincu, il fera dire par *le Bien public* et par *le Soir* que c'est le colonel Stoffel qui l'a empêché de passer. Triste fiche de consolation!

Seigneur, préservez-nous de l'amitié du Président!

★
★ ★

Sérieusement, si tout ceci n'était pas aussi grotesque, comme ce serait triste! Des mots, des mots, rien que des mots, et autant de mensonges. Ce qu'il faut, ce sont des faits. *Acta non verba.* Seul le colonel Stoffel parle à cette nation avilie, épuisée, qui se complaît dans la fange démocratique et dans les limbes de l'incertitude, le langage qui lui convient. — Je suis soldat, je parle en soldat, j'agirai en soldat! dit-il. A la bonne heure! Derrière ces quelques mots brefs et énergiques qui résonnent comme un commandement jeté sur un champ de bataille en face de l'ennemi, ou comme l'écho lointain du canon, on sent, on devine un homme. Un homme! c'est pourtant tout ce qu'il nous faut. Qu'il vienne donc celui-là, et vous verrez comme soudain disparaîtra la cohue des bourgeois peureux et effarouchés qui se cachent dans leur cave quand résonnent dans les rues les fusils qu'ils ont chargés avec leurs bulletins de vote. Elle s'évanouira aussi comme les cauchemars pesants disparaissent au soleil levant, la bande rachitique des vieillards impuissants, des burgraves édentés et poussifs qui prétendent-être les amants de cette solide commère aux biceps puissants, au torse robuste, qui s'appelle la France. Le jour où il viendra, celui-là, vous n'aurez qu'à plier bagage, tas d'Abélards politiques, qui remettez toujours au lendemain la satisfaction qu'elle vous demande, la grande Gaule, et vous pourrez rem-

baller vos finasseries usées jusqu'à la corde avec
laquelle vos amis vous pendront un jour.

La période électorale est fermée, et ce n'est vraiment pas dommage. Elle avait apporté avec elle son
contingent d'ennuis de toutes sortes, et, ce qui est
plus grave, elle avait mis encore une fois à l'envers
les cerveaux débiles des pauvres Parisiens.

Comme à l'époque du siége, les médecins aliénistes
ont remarqué une recrudescence de cas de folie. Je
ne sais quelles idées bizarres flottent dans l'atmosphère que l'on respire; aux approches des grandes
crises politiques les esprits déjà douteux, méfiants,
sceptiques, qui ne croient plus à rien, ni à Dieu, ni à
la France, ni à la famille, subissent de nouveaux chocs,
venus je ne sais d'où, qui les ébranlent encore et les
font, d'aberration en aberration, verser dans le grand
inconnu obscur, dont la formule est : peut-être.

A quoi donc attribuer, si ce n'est à ce vent de folie
qui, simoun embrasé, nous arrive des pays rouges
apportant sur ses ailes noires les âcres odeurs du
pétrole, venant des monts maudits; à quoi donc attribuer ces résolutions soudaines qui engagent toute une
vie, ces jets subits de volonté se faisant jour dans les
âmes jusque-là les plus froides, troublant les existences jusque-là les plus calmes? Quelle est la voix
infernale, conseillère funeste, qui vient à l'approche
des tourmentes politiques chuchoter à l'oreille des
humbles, des heureux même, les sinistres paroles de

Satan montrant au Christ les pays fertiles semés de villages et de hameaux, et lui en offrant la souveraineté ?

Quelle hideuse sorcière, plus hideuse encore que
les trois stryges de Shakespeare, évoque aux yeux de
l'ouvrier, du travailleur, du penseur courbé sur son
ouvrage, les souvenirs troublants des tempêtes populaires et lui dit : Toi aussi, tu seras roi, roi d'un jour,
roi d'une heure, qu'importe ! Homme, tu régneras !

Regarde ! Par les rues et les places publiques couvertes d'une foule immense, houleuse, terrible par
son nombre et ses passions, une rumeur sourde circule, éclate, s'apaise pour retentir encore, frappant
la voûte du ciel d'acclamations répétées. Les flots
pressés de cet océan humain ondulent avec des remous effroyables, comme si quelque monstre, aux
formes surhumaines, les agitait dans sa course sous-
marine.

Ils se précipitent, ils courent : c'est l'idole populaire qui passe. Idole aux pieds d'argile devant laquelle
ils se prosternent aussi humblement que les fanatiques
Indous sous les roues du char de Jaggernaut, et dont
ils demanderont la tête demain. Tour à tour Mirabeau,
Danton, Marat, Robespierre, Rochefort, Gambetta,
Barodet, elle a porté, l'idole éphémère, les noms les
plus divers. Elle a revêtu les livrées les plus différentes : la noblesse déclassée, le talent vénal, la soif
du sang, le puritanisme doctrinaire, l'esprit de déni-

grement et de haine, l'éloquence ampoulée, sonore et creuse, enfin la nullité systématique, l'ombre d'un rien. Et, chaque fois diminuée, rapetissée, moindre par le talent, le courage, la personne, elle finira par être choisie parmi les choses inanimées, plus impersonnelles encore que l'ex-maire de Lyon, et si les animaux sont encore trop intelligents pour servir de fétiches au peuple souverain, les objets inanimés sont là : coquillages, légumes ou plantes. Soyez seulement assurés qu'ils ne prendront pas les fleurs — c'est trop aristocratique — et qu'ils n'adoreront jamais la rose ou le camélia !

A la voix des passions mauvaises, sourds aux leçons du passé, brûlant d'exercer un jour cette souveraineté mortelle qui porte malheur, les ambitieux se dressent un beau matin et se jettent tête baissée dans le gouffre. Ils mettent le pied dans cette voie triomphale qui se termine à l'échafaud, et ils entraînent avec eux ce qu'ils ont de plus cher. Ne racontait-on pas devant moi hier une de ces aventures tragiques et bourgeoises que les Anglais intituleraient « Simple histoire » et qui donne raison aux lignes que je viens de tracer ?

C'était sous l'Empire, il y a quelques années déjà. Une petite ville de Normandie, V..., je crois, ayant besoin de faire construire une maison d'école, mit le projet au concours. Parmi les épures envoyées, le jury choisit celles d'un débutant, un jeune homme inconnu, qui se débattait à Paris contre la misère, vivant de privations, talent ignoré faute d'un habit noir,

Le jeune architecte vint à V...; il y construisit la maison d'école, et cela si bien qu'il reçut immédiatement de nombreuses commandes et l'ordre d'exécuter des travaux généreusement rétribués. On le nomma architecte de la ville, et deux ans plus tard la croix de la Légion d'honneur, envoyée spécialement par l'Empereur, vint mettre le comble au bonheur mérité dont il jouissait, et qui semblait avoir effacé de son âme le souvenir des amertumes passées.

Il se maria. Avec sa femme jeune et jolie, l'aisance la plus complète entra dans la maison. C'était une de ces charmantes et paisibles existences à deux comme nous autres Parisiens, les forçats du plaisir, les saturés de jouissances âpres et chèrement payées, nous les avons rêvées cent fois. La campagne tranquille, la petite maison perdue dans les arbres, sur la pelouse verte le chien familier, des fleurs partout, le piano entr'ouvert chargé de partitions Gounod et Rubinstein, Schumann et Chopin. Les livres amis sur la table ; Balzac, Shakespeare, Musset, Dumas fils et le doux Alphonse Daudet, le peintre des intérieurs harmonieux éclairés des lueurs discrètes et douces du bonheur caché.

Derrière la maisonnette, la basse-cour, peuplée de

coqs au plumage bronze et feu, des poules de Padoue citronnées, à huppes coquettes, qui picorent, avec des airs de marquises, tout le petit monde ailé, qui ne vit que pour ses maîtres et qui meurt pour eux quand l'heure fatale de la broche a sonné à l'estomac des convives. Nous le connaissons tous, ce petit tableau qui repose l'âme et qui rafraîchit le cœur. Cent fois, lancés dans la course rapide de l'express qui dévore le rail, nous l'avons entrevu au passage et nous avons retourné la tête pour le revoir encore, en nous y arrangeant, au gré de nos désirs, une paisible existence à deux, avec celle que nous aimions et que nous aurions voulu emporter avec nous dans une retraite ignorée. Eh bien, ce bonheur, souhaité passionnément par nous, comme la goutte d'eau fraîche et pure est attendue par la gorge brûlante et les lèvres séchées d'un mourant, il en jouissait, et sa vie s'écoulait modeste et fortunée, cachée comme le cours d'un de ces clairs ruisselets qu'on découvre parfois sous les mousses fraîches quand les enfants cherchent des fraises sauvages dans les grands bois.

Qu'advint-il? On l'ignore. Quelle jalousie pour une robe ou pour un chapeau porté par la femme du maire, quel passe-droit pour une chaise à l'église, quelle préséance dans une cérémonie déchaîna la haine irrévocable de la femme de l'architecte, une haine féminine ? Toujours est-il que peu de temps avant le 4 Septembre, brusquement, tout à coup, le mari se jeta dans l'opposition la plus ardente. Pérorant dans les cafés, haineux, irréconciliable, il acquit promptement une autorité sans

conteste sur les mécontents et les factieux des environs. Vint la révolution qui mit le comble à ses vœux.
La guerre se passa. La petite ville fut épargnée et la
paix signée trouva l'architecte irréconciliable comme
devant et en proie aux idées dont je parlais tout à
l'heure. Le sentiment patriotique, qu'on s'efforce
d'étouffer chez nous en le blaguant ou en prêchant la
sotte théorie de la fraternité cosmopolite, avait été
surexcité chez lui par l'invasion. Mais c'était une douleur aiguë, furibonde, prête à s'en prendre aux innocents des maux soufferts par la patrie. Était-ce aussi
ambitions déçues, hystérie de pouvoir, de jouissances
inassouvies, soif d'or et de puissance, trompées par la
destinée ? Nul ne l'a su ! Mais le 19 mars au soir, le mari
et la femme vêtue en homme quittèrent V... par le train
du Havre et se dirigèrent vers Paris.

Ce qu'ils y firent, on le devine. Ils prirent part à la
fête sanglante, terminée par les massacres de la Roquette et l'incendie des Tuileries ; ils jouèrent des
rôles secondaires dans ce grand drame de l'Ambigu,
qui semble si oublié aujourd'hui par les Parisiens, qui
ont la mémoire courte. Ils furent les utilités là où la
générale Eudes — celle-là même qui disait, après une
orgie à la Légion d'honneur : « Si Dieu existait, il
faudrait le fusiller » — jouait les grandes coquettes,
Félix Pyat les coquins peureux, tant d'autres les traîtres,
et le cabotin Lisbonne les Mélingue. Enfin ils se
mêlèrent à cette foule affolée qui, sous l'influence du
délire contagieux qui régnait dans l'air, crut à la victoire sans vouloir se battre, au bien en commettant

des crimes ; à l'héroïsme, en massacrant des prêtres,
et au patriotisme, en tirant à pleines volées sur des
soldats, leurs frères, revenus la veille de captivité,
dont les fronts étaient encore pâlis par les douleurs
éprouvées dans les casemates de Coblentz et de Span-
dau. Bref, ils firent comme les autres — comme ceux
qui se battaient, bien entendu — et le 24 mai ils étaient
tous deux à la barricade de la rue de Rivoli. Lui,
blessé de la veille, la tête ceinte d'un mouchoir ; elle,
toujours déguisée sous un vêtement masculin et ma-
niant le chassepot avec une crâne désinvolture, aux
lieux mêmes où Théroigne de Méricourt demandait,
quatre-vingts ans plus tôt, la tête du beau Suleau.

Après la prise de la barricade on les trouva tous
deux derrière l'épaulement, elle le front troué d'une
balle, lui la poitrine crevée d'un coup de baïonnette
et la mâchoire fracassée. Les lèvres livides et violettes avaient dû proférer un dernier blasphème avec
le dernier soupir et les yeux fermés à jamais, ternes,
vitreux, atones ne devaient jamais plus revoir la petite
ville de V..., la campagne tranquille, la petite maison
perdue dans les arbres, les fleurs, et sur la pelouse le
chien familier.

La folie politique avait passé par là !

Tout est perdu ! dit-on. Moi je dis : tout est sauvé !
La politique devient tellement absorbante que les
femmes elles-mêmes s'en mêlent. Du moment qu'elles

mettent leur patte blanche dans cet affreux gâchis politique qui rappelle le chaos, tout va s'arranger, vous le verrez! Y a-t-il au monde quelque chose de plus conciliant que les femmes? Depuis les fameuses Sabines qui ont inspiré au peintre David un de ses plus ennuyeux tableaux jusqu'à la haine invétérée, irréconciliable que la beauté et la grâce de l'Impératrice ont allumée chez les personnalités féminines du parti opposant, y a-t-il exemple que les affaires où des femmes aient été mêlées ne se soient point arrangées? Au contraire, elles sont si indulgentes, si douces, si portées au pardon des injures! leurs nerfs, leurs sens, — je parle pour celles qui en ont — les dominent si peu! En vérité, je vous le dis, si les femmes se mêlent de politique, le règne de la concorde est proche!

*
* *

Est-il quelqu'un, ayant lu et médité l'histoire de la Révolution française, la grande, celle de quatre-vingt-treize, est-il quelque esprit clairvoyant et sérieux qui doute de la part prise par les femmes à ce grand remuement d'idées humaines qui a abouti aux massacres les plus épouvantables et les plus injustifiés? Lamartine raconte quelque part, dans son *Histoire des Girondins*, l'arrivée de madame Roland à la cour de Versailles. Cette petite bourgeoise enfiellée, fille de bourgeois, bourgeoise elle-même, à l'esprit étroit et borné, vient passer quelques jours en villégiature

dans la résidence royale bâtie par le Roi soleil. Les
gens à qui elle venait rendre visite, domestiques du
château, étaient logés sous les combles. Pour voir sortir la cour, la future amoureuse de Barbaroux se penchait à mi-corps sur les appuis des croisées, au risque
d'être précipitée dans l'abîme béant et de tomber brisée
sur les pavés ensanglantés. De là-haut, elle regardait, et sous ses yeux éblouis paraissait la reine Marie-
Antoinette. Autour de l'Autrichienne aux grâces souveraines d'impératrice, ses amies de cœur : la délicieuse
Lamballe et la piquante Diane de Polignac. Derrière
ces trois beautés, l'essaim des jeunes cavaliers ena-
mourés, fringants, beaux, jeunes, riches et spirituels :
le comte d'Artois, Besenval, Polignac, et ces cheva-
leresques officiers des gardes du corps, qui surent
mourir si noblement pour la reine qu'ils avaient accla-
mée à l'Orangerie, le soir où ils avaient foulé aux pieds
la cocarde tricolore, emblème des grotesques et san-
guinaires revendications d'une populace immonde,
réhabilitée depuis par les Napoléon.

Cette vue enflammait le cœur de la bourgeoise, qui
se croyait patriote parce qu'elle détestait madame *Veto*,
et qui, en réalité, haïssait celle qui l'écrasait de toute
la hauteur de sa beauté souveraine, de sa noblesse, et
des dévouements qu'elle inspirait. C'était la femme qui
haïssait la reine, et cette haine-là leur coûta la vie à
toutes deux. Seulement la mort de Marie-Antoinette,
la souveraine martyre, entourée des augustes consolations de la religion, fut grande, nette et sainte autant que celle de madame Roland, la femme d'un Guizot

de l'époque, fut plate, banale et vulgaire. Dominant de toute sa hauteur cette plèbe immonde de sans-culottes et de tricoteuses assoiffées de sang, à deux pas du palais où elle avait régné, la fille des Césars d'Autriche versa sans crainte et sans trouble son sang impérial, en levant les yeux vers le ciel, où les théories des archanges et des chérubins, accompagnés des divins concerts des harpes et des sistres d'or l'attendaient, les palmes du martyre à la main, pour la guider dans la voie triomphale qui mène au pied du trône où siége le Tout-Puissant.

L'autre, au contraire, femme masculinisée, païenne par son éducation, matérialiste par son admiration pour la beauté de la forme extérieure, douteuse par tempérament, sceptique par conviction, et pourrie jusqu'aux moelles par la gangrène philosophique et encyclopédiste, l'autre n'a su que faire un mot de la fin en tombant et invoquer cette liberté au nom de laquelle ses amis les Girondins avaient fait le 10 août et le 20 juin.

Ah! c'est une terrible divinité que celle dont la citoyenne Roland a eu le nom sur les lèvres dans ce moment suprême. Elle est, cette implacable déité, aux ordres du plus rude et du plus sanguinaire. Quand ses amis Barnave, Vergniaud et Gensonné lancèrent les sections avinées, ivres de vin et de fureur, sur les malheureux Suisses qui, le 10 août, défendaient leur maître, c'est au nom de la liberté qu'ils marchaient. C'est elle que Danton et Billaud-Varennes ont invoquée au matin des sanglantes hécatombes de septembre ; c'est elle, la grande prostituée, qui a servi d'appui et de drapeau à tous les misérables passés, présents et futurs, depuis Marat jusqu'à Félix Pyat, à tous les pîtres affamés de popularité, depuis le grotesque Anacharsis Clootz du passé jusqu'au Barodet du présent.

* *
*

Rapprochons-nous de la période pendant laquelle nous vivons. Sous le premier Empire, nous trouvons une autre madame Roland. Une autre acharnée, haineuse, qui, dans ses hystériques fureurs, s'en prend à la France entière représentée par Napoléon Iᵉʳ. Patriote à sa façon, elle exalte l'Allemagne pour abaisser notre France, et, chose étrange, elle trouve des gens pour la louer et la glorifier. Celle-ci s'appelle madame de Staël !

Madame de Staël !

Je ne sais lequel je déteste le plus d'elle ou de son père, Necker, cet honnête bourgeois du centre gauche, borné et entêté ; ce radoteur financier qui tenta, sur le tard, de se déguiser en pompier pour éteindre l'incendie que ses amis, la bande des encyclopédistes, avait mis aux croyances de la France.

Ce que je sais, c'est que je l'abhorre, cette écrivaine — car elle ne fut ni un mâle ni une vraie femelle — lourde, pâteuse, prétentieuse, démodée,

dont la littérature porte un turban oiseau de paradis,
comme ses portraits.

Je la hais, cette vieille professeuse d'opposition. A
son école se sont formés Narbonne et Benjamin
Constant, deux Emile Ollivier de jadis. Le premier,
un Ollivier poudré, parfumé, musqué, avec une pointe
de régence et sentant parfois — quand il s'oubliait, et
surtout quand il oubliait la grosse timbalière — son
grand seigneur. Le second, un Ollivier doctrinaire et
voluptueux. Deux variétés de l'espèce. Elle se croyait
la plus grande femme de son époque, comme Hugo
se croit le plus grand homme de celle-ci ; comme
si la vraie femme n'était pas celle qui fait le plus
d'enfants. Napoléon, qui la dédaigna, cette chaus-
sette tricolore, ravaudée par les tricoteuses des salons
opposants, lui dit crûment son fait. Il n'en voulut
pas. Et pourtant elle s'était offerte. Pour se venger, elle écrivit ce fameux livre de *l'Allemagne*,
où elle se vautre à plat dos devant nos voisins et
alliés et qui n'est qu'une longue diatribe contre la
France.

Madame de Staël, qui aurait fait, sous le règne
de Napoléon III, de l'opposition bourgeoise, entre
M. d'Audiffret (des ducs Pasquier) et l'onctueux Jules
Simon, dans le salon de la place Saint-Georges, voire
même sur un canapé, rue de la Sourdière, madame
de Staël est une de celles qui ont contribué à nous
tromper du tout au tout sur la nation allemande.

*
* *

Sous le second Empire, les femmes se sont absolument désintéressées de la politique. Cela marchait tout seul, à quoi bon s'en mêler ! Elles ne songeaient qu'à plaire, les chères séduisantes, et elles étaient tout à leurs parures. Maintenant les temps sont autres, l'heure du danger est proche. Il s'agit de songer à sa tête, de tomber avec grâce, de choisir son mur, selon l'expression à la mode. Aussitôt nous les voyons s'agiter de nouveau, et, Décius modernes, il en est qui pensent à se sacrifier pour la patrie.

Une preuve. L'autre soir, dans un salon politique où la fleur du parti légitimiste et la tête du parti bonapartiste fraternisent chaque mercredi, au milieu des plus spirituelles causeries où la République néfaste n'est pas épargnée, j'ai entendu quelqu'un proposer aux adorables femmes qui se trouvaient là un moyen infaillible de se débarrasser de la plaie radicale qui nous ronge et nous mine.

— Le système est bien simple, mesdames, disait l'orateur, vous êtes ici une vingtaine, toutes jolies, intelligentes, désirant passionnément le retour des époques prospères où l'on aimait, où l'on entendait la musique, des vers, où l'on vivait en repos et en sécurité sans cette horrible terreur du lendemain et cette affreuse crainte de se faire vis-à-vis dans le quadrille des otages. Eh bien ! le salut de la France, le nôtre, dépend de vous !

Les meneurs des partis ennemis sont une vingtaine

environ. Eux disparus, la paix règne en France. Si donc, à un moment donné et simultanément, ces vingt hommes disparaissaient égorgillés tout doucettement par des mains mignonnes, la France serait sauvée !

— Mais, le moyen ? demanda la marquise de F...
Frapper, je suis prête, j'en suis, mais quand, et comment ?

— Vous oubliez, mesdames, l'histoire de Judith, reprit l'inventeur d'un ton grave. Celle-là sut se sacrifier pour son peuple. Oh ! je sais bien quelles objections vous allez me soumettre. C'est un dévouement biblique cela, et beaucoup d'entre vous, Athéniennes du dix-neuvième siècle, ne se sentiraient pas assez fortes pour un tel sacrifice. D'autres diront qu'elles veulent choisir, que sans cela il y aura des injustices, comme on dit en pension. J'ai tout prévu. Il est évident que celle d'entre vous à laquelle écherra le beau Magnin, dit la gloire de Dijon, sera mieux partagée que l'infortunée chargée de faire jouer les Holopherne au gibbeux Naquet. J'ai tout prévu, dis-je. Le sort décidera entre vous.

⁂

Aussi bien est-il juste qu'on ne puisse choisir. Sans cela, l'irrésistible T..., le bienvenu des cœurs, Montpayroux, l'élégant Brivadois, Gambetta lui-même, qu'une reine détrônée a si passionnément et si platoniquement aimé, tous ceux-là rendraient moins

odieuse l'aventure; mais les autres, grand Dieu !
personne ne s'en chargerait. Ce pauvre Jules Favre,
Crémieux et Glais-Bizoin, les frères siamois de la
foire de Versailles, Henri Maret, du *Corsaire,* cet
anti-gommeux à cheveux longs, et Quentin avec sa
perruque tirebouchonnée, qui donc en voudrait? Non
certes. La fortune prononcera et, si mon projet vous
agrée, nous allons mettre les noms dans un chapeau
et on les tirera au sort.

Alors une des plus spirituelles et des plus jolies :

— Je veux bien, dit-elle, mais à une condition : c'est
que le père T... sera mis hors de concours ; je le retiens, moi.

Et une voix, celle d'une rivale jalouse, murmura
tout bas derrière moi :

Paresseuse, va!

✦
✦ ✦

L'élection Barodet, l'ouverture du Salon, la première
du ballet d'hier soir à l'Opéra, tout cela a détourné un
instant notre attention des événements d'Espagne. Cela
se corse cependant outre Pyrénées ; avant peu la
République sœur, dont les radicaux d'ici ont acclamé
la naissance, fera parler d'elle et on en verra de belles.
Angel de Miranda l'affirme, et il s'y connaît, lui, en fait
de révolutions. Edouard Périer, qui a écrit de si
charmantes impressions de voyage naguère à cette
place, pense absolument comme Miranda, et J.-O.
Valle d'Ariman n'est pas éloigné de partager leur

14

avis. Soyez donc optimiste après cela, quand une trinité de personnes aussi compétentes ne font qu'une dans leur appréciation sur les événements qui menacent la Péninsule, et cela dans un avenir des plus rapprochés !

*
* *

Faut-il l'avouer ? j'y ai cru difficilement. Il m'a fallu un certain temps pour m'accoutumer à l'idée d'une révolution *pour de vrai* dans le pays du Cid et du *Tato ;* pour prendre au sérieux les *pronunciamientos* fantaisistes des généraux Boum de là-bas, il m'a fallu des preuves, et si le sang n'avait pas coulé à flots dans vingt villes d'Espagne, si la terreur ne régnait pas à Madrid, si les suspects ne se cachaient pas pour éviter la prison ou la mort, si le *Prado* et la *Fuente Castellana* n'étaient pas veufs de leurs élégantes, désertés par les *pollos* de la noblesse qui encombrent les boulevards de Paris et le Café Anglais, j'avoue que je n'y croirais pas encore.

Que voulez-vous ! moi aussi j'ai habité l'Espagne pendant des années — en des temps plus prospères, c'est vrai — sous le règne d'Isabelle la Débonnaire. J'en ai rapporté l'amour de ce pays pittoresque, fertile terre bénie de Dieu, pleine de couleur locale, de superstitions poétiques, berceau d'une race loyale, fidèle, courageuse et chevaleresque. J'ai vu comment s'y passaient les petites révolutions périodiques qui revenaient à époque fixe, comme les revues de fin d'année,

et qui finissaient à peu près comme les pièces militaires
du Cirque-Olympique ; tant de tués que de blessés,
il n'y avait personne de mort.

⋆
⋆

Tenez, vers 1860, j'étais à Valence. Aux premiers
beaux jours du printemps, il est d'usage d'aller le
matin, dès cinq heures, pour éviter les chaleurs,
manger des fraises dans la banlieue de Valence. Cette
Huerta, c'est ainsi qu'on la nomme, n'est qu'un immense
jardin, qui s'étend à dix lieues à la ronde, autour de
la capitale du royaume. La végétation fertile et
luxuriante ressemble à celle des tropiques. C'est un
océan de verdure. Des citronniers géants, des orangers grands comme les pommiers de Normandie,
couverts de fruits, de fleurs et de feuilles à la fois,
forment des berceaux odorants, sous lesquels on vient
s'asseoir et croquer dans une jatte de bois, avec des
cuillères également de bois, force fraises parfumées,
arrosées du jus de plusieurs oranges. C'est un plaisir
populaire et princier à la fois. Nul n'y manque. Les
tartanas, ces horribles voitures qui vous secouent et
donnent le mal de mer, se suivent à la file et déposent
dans les jardins entourés de tonnelles la population
valencienne tout entière. L'archevêque est là suivi de
son état-major ecclésiastique, et dans le bosquet
voisin Pepa, Petronilla, Carmen et Pilar, quatre danseuses de l'Opéra, font retentir les airs des éclats
argentins de leur rire sonore. Ici, le capitaine général

et le gouverneur de la province ; là les boutiquiers de
la rue Saint-Vincent et les éventaillistes de la place
de la Cathédrale. C'est un mélange charmant, un pêle-
mêle de couleurs chatoyantes à tenter le pinceau de
Zamacoïs ou celui de Fortuny, l'inimitable peintre des
Cosas de España.

**

Un matin donc, les charmants amis dont j'étais
l'hôte, le marquis de la Romana, la baronne de Cortès,
ce portrait vivant de l'Impératrice, morte en quelques
heures du choléra, et les Miraflores me conseillèrent,
après une partie de fraises, de m'enfoncer un peu dans
l'intérieur pour voir le pays. Me voilà parti à cheval
avec un guide grimpé sur un mulet tout garni de
pompons et de passequilles ; l'homme avait le foulard
roulé en corde autour du crâne, la veste courte et le
jupon blanc à plis flottants, un reste de la domination
arabe. Nous voilà en route du côté de l'Aragon. Nous
traversons un pays délicieux, aux verdures sans fin ;
nulle part les irrigations ne sont aménagées comme
dans ce royaume de Valence, et c'est un héritage de
fertilité qui lui vient encore des Maures.

Le deuxième jour de notre voyage je remarque
quelque inquiétude chez mon guide. Je l'interroge. Il
m'apprend qu'une révolution vient d'éclater. Don
Carlos de Bourbon, autrement dit le comte de Monte-
molin, vient de débarquer à San Carlos de la Rapita,
un petit port entre Tarragone et Amposta, près de

l'embouchure de l'Ebre. A cette nouvelle les carlistes se sont soulevés. Les populations ont pris les armes à la voix de leur curé et comptent sur le succès. L'Aragon est en feu, la Castille suivra le mouvement, qui aura son écho dans les provinces, et Ortega, capitaine général des Baléares, s'est prononcé pour don Carlos. Il a quitté Mahon et, suivi de deux navires chargés de troupes, il arrive porter secours au prétendant.

— Voilà qui est bien, dis-je. Je n'ai jamais vu de révolution en langue espagnole. Profitons de l'occasion. *Adelante!* En avant! et, changeant de direction, nous inclinons vers Tortosa, centre de l'insurrection.

Quelques jours après, mes vœux sont exaucés. Un dimanche, vers quatre heures, quatre heures un quart, nous tombons tous les quatre, moi, mon cheval, Pepe et son mulet, dans une grand'garde carliste! Quinze hommes environ. Tous montagnards des environs de Saragosse, durs à la vie, plus durs à la mort, hâlés, tannés, trapus et râblés. Pour armes, des fusils à pierre. *Sancta simplicitas!* Ces gens-ci ne savent pas leur métier.

On nous arrête : exhibition de nos papiers. Je sors quelques douros, ça va bien. Pendant que le chef me signe un laisser-passer, je regarde autour de moi. Un paysage d'opéra-comique. Des montagnes nues, pelées, rocailleuses, où croît une herbe courte, roussâtre, drue et serrée. Le vent du large, qui arrive par les gorges d'Oropesa, dessèche ces landes arides sur lesquelles des genéviers, de frêles arbousiers à baies brunes, et des genêts à fleurs d'or, se courbent en frissonnant sous la brise salée. Sur des grès, jetés çà et là par Cambon et Philastre, les carlistes étendus dorment ou jouent quelques *cuartos* avec des cartes graisseuses. D'autres font la cuisine. Là-haut, sur un roc aigu, une chapelle posée exprès pour le plaisir des yeux, et le long de la route trois croix avec inscriptions des *matarons* rappelant qu'un meurtre a été commis à cet endroit. Sérieusement, je suis à l'Opéra-Comique. Le père Tilmant va lever son archet et on va commencer l'ouverture.

Là-dessus, la sentinelle qui était perchée sur un roc à pic comme le castel de Croquefer et dont la silhouette grêle se profilait nettement sur l'azur du ciel, la sentinelle fait un brusque mouvement. Un cri, un coup de fusil. Tout le monde se lève en désordre, on court aux armes.

Là-bas, sur la route, un nuage de poussière. C'est un escadron de hussards de la Princesse. Je reconnais leurs coquets uniformes bleus et rouges et leurs longs manteaux blancs, qui rappellent ceux des Templiers. Sur celui du capitaine, la large croix rouge d'un ordre militaire, Saint-Jacques de Calatrava ou Saint-Jean, resplendit au loin. Ils s'arrêtent. Un détachement met pied à terre et monte à l'assaut. Le reste s'ébranle au galop pour tourner la montagne. On se tiraille de loin. Cinq minutes de combat. Les carlistes, bondissant comme des chèvres de Sardaigne au milieu des grès

abrupts, disparaissent les uns après les autres. C'est
à croire qu'ils sont comme des lapins qui ont trouvé
leurs terriers. Moi je ne bouge pas. Pepe, qui se meurt
de peur, agite un mouchoir blanc pour empêcher les
hussards de tirer. Les voilà sur nous. L'officier poli
me demande mes papiers. Je les réexhibe. Il connaît
Paris, le Bois et les Délassements-Comiques. Il m'in-
vite à dîner. Je mets mon cheval à côté du sien, nous
trottons botte à botte et nous allons à Amposta dîner
avec le reste du régiment et manger d'affreux pigeons
étiques, secs et noirs, avec des oignons crus.

Fin de l'opéra-comique et de la révolution.

Et c'était toujours comme cela. Maintenant les misérables ne respectent rien. Rien, pas même les alcades.
— Et pourtant savez-vous bien ce que c'est qu'un alcade ? écrivais-je un jour au retour d'un voyage en Andalousie. Prenez-vous ces estimables fonctionnaires ven-
trus, pansus, joufflus, à bedaines de chanoine, à men-
tons étagés, à faces fleuries trognonnantes et rubicondes
comme le nez de Séchard père, l'ivrogne par excellence
de Balzac, les prenez-vous pour des maires républicains truffés de pédantisme ou d'ambition municipale,
voire pour des Pressensé d'outre-Pyrénées, dogma-
tiques crachant froid, écrivant de même ? Oui ? Fort
bien, vous vous méprenez.

Un alcade, cela ne se tue pas, cela se bâtonne tout
au plus ! C'est un excellent homme qui a toujours une
jolie nièce et un grand dadais d'*escribano*, de secrétaire, si vous aimez mieux, qui le suit en tous lieux,

une baguette blanche à la main. On arrive, on embrasse la nièce, on boit le vin de l'alcade, on le rosse, on rosse le secrétaire et les alguazils, et on va en prison. La nièce vient vous ouvrir la porte, musique de Rossini ou d'Offenbach, on s'échappe. On monte par une échelle de soie aux balcons treillagés, couverts de lauriers roses.

Les serenos arrivent, on vous coffre encore, tandis que les guitares grincent au fond des patios et que le bruit strident des castagnettes en bois d'ébène alterne avec la mélopée des eaux qui retombent dans les bassins de marbre construits par les califes. Et on s'échappe encore, et cela dure ainsi pendant des années entières.

Hélas ! c'est fini, tout ceci. On tue des alcades en attendant des archevêques. La petite bête avant la grosse, dirait M. Lockroy. Le gâchis règne en Espagne; pauvre Espagne de mes rêves, pays des souvenirs amoureux et charmants ! Quand donc y verra-t-on clair chez toi, Espagne du Cid et de Rodrigues de Bivar; Espagne de Charles-Quint, le grand empereur aux royaumes si étendus que le soleil ne pouvait les éclairer en un seul jour ? Quand donc tourneras-tu les yeux vers tes souverains légitimes, vers cette courageuse exilée que l'on rencontre tous les jours entourée de sa jeune famille de princesses, suivie de sa fille en deuil du comte de Girgenti ? Quand donc te souviendras-tu qu'à Vienne, dans un collége placé sous l'auguste invocation de Marie-Thérèse, grandit un enfant fils de rois, élevé à l'école pénible de l'exil et de l'adversité ?

Celui-là, intelligent et brave, instruit et bon, c'est le sauveur qui viendra rétablir le calme dans ce pays troublé ; qui ramènera dans ces contrées désolées par la guerre civile, l'ordre, la prospérité, la paix et le bonheur. Cet enfant-là, c'est tout cela. Quoique Bourbon ? direz-vous. Parce que Bourbon, dirai-je, moi ! Et de ces Bourbons-là, croyez-moi, il n'en reste plus beaucoup.

Hier soir, vers six heures, je flânais sur le boulevard. Sur le seuil de la Librairie nouvelle, au coin de la rue de Grammont, un groupe d'écrivains, Armand de Pontmartin, Xavier Aubryet, Albéric Second, Jules Noriac, Alphonse Royer, que sais-je ? étaient réunis et regardaient le retour du Bois. L'heure du dîner approchait. Le boulevard était animé. Devant Tortoni, un fort lot de preneurs d'absinthe. Sur les trottoirs, les gens d'affaires, négociants, agents de change, boursiers chargés de menus paquets et se hâtant vers le *home* conjugal en regardant leur montre comme des hommes pressés qui ne veulent pas manquer le train. Dans les victorias retour des Champs-Elysées, des femmes étalées guignant de l'œil les croisées des cercles et les fenêtres des cabinets de restaurants. Partout le mouvement, la vie, le défilé de

Paris, si curieux, si vivant et si multiple, que l'existence tout entière d'un homme ne suffirait pas pour l'étudier et la peindre consciencieusement.

— Ma foi, la place est bonne, dis-je à Aubryet. Il y avait longtemps que je le savais, mais je ne l'avais jamais remarqué comme ce soir. C'est un kaléidoscope des plus divertissants. Nous devrions nous réunir un certain nombre et louer le premier étage, au-dessus de Michel Lévy. Nous en ferions un cercle de littérateurs et, tout en regardant passer Paris sous nos yeux, nous savourerions entre confrères le plaisir d'avoir sous nos pieds les œuvres de nos camarades.

— Vous êtes encore jeune, vous ! me répondit-il. Est-ce que vous vous figurez que l'existence en commun serait possible dans ces conditions-là? Au bout de trois jours on se traiterait mutuellement d'escroc, de voleur, de mouchard, que sais-je ? Huit jours après, on se donnerait des coups de poing et on se jetterait à la tête la vaisselle et les couverts, à supposer que quelqu'un à la conscience aussi large que les poches ne les ait déjà portés rue des Blancs-Manteaux, histoire de les faire estimer !

— Allons donc, lui dis-je, vous chargez le tableau !

— Presque pas, répliqua-t-il. Ah! vous en êtes encore, vous, à la bonne blague de la confraternité littéraire ; vous êtes joliment naïf, pour ne pas dire plus. Ah çà ! vous qui adorez tant Balzac et qui le savez par cœur pour ainsi dire, vous ne vous rappelez donc plus *le Pianto* chanté par Lousteau à Lucien de Rubempré, quand le grand homme de province arrive à Paris. Venu sur un strapontin de la chaise de poste et du cœur de l'altière Louise de Négrepelisse, l'innocent enfant du faubourg de l'Houmeau débarque à Paris avec la ferme intention de devenir promptement aimé, heureux, riche et célèbre. Rien que cela ! En quelques jours, quelques heures, la grande ville lui ravit tout : sa maîtresse, qui l'adorait à Angoulême et qui le trouve ridicule à Paris, par comparaison avec les élégants du Marsay et de Trailles ; son argent, qui défile aussi prestement qu'un lièvre manqué ; et, bien plus encore, sa foi en lui-même. Il ne lui manque qu'une chose, à la grande prostituée, c'est de lui prendre aussi sa beauté, le seul capital qui lui reste à ce pauvre Lucien, en le happant, au début, par une de ces maladies spéciales aux égouts où les hommes agglomérés se dévorent entre eux, et en le jetant, pantelant de douleur, défiguré, chauve, la face creusée comme une écumoire, dans un lit banal d'hôpital pour les pauvres.

— Si, je me souviens de cela.

— Eh bien, mon ami, rien n'est changé depuis Balzac. Lousteau, l'écrivain bohême, vieilli, usé, vidé, éculé, Lousteau, jadis spirituel, un des rois du feuilleton, réduit aujourd'hui, pour dégager ses meubles saisis, à recourir à l'humiliante aumône de

son ancienne maîtresse, madame de la Baudraye,
Lousteau avait raison. Il parlait d'or quand, sur la
montagne Sainte-Geneviève, dans cet obscur taudis où
végétait sa misère, il traçait à Lucien un tableau si
épouvantable et si vrai du bagne littéraire. Il n'exa-
gérait rien. Au contraire. Il en aurait vu bien d'autres
s'il avait vécu de nos jours. Trahisons infâmes,
calomnies ignobles débitées à demi-voix dans l'oreille,
chuchotées à table chez Brébant, chez Bignon, dans
les avant-scènes les jours de premières, perfidies de
confrère à confrère, d'ami à ami, tout cela se fait
couramment, se débite journellement. Et cinq minutes
après, si l'exécuteur rencontre sa victime :

« Tu vas bien, mon cher ; tiens, justement, nous
parlions de toi tout à l'heure avec X... et nous disions
que ton dernier article (ou ta pièce, ton tableau, ton
livre) était parfait. Tu as beaucoup de talent. »

On se quitte. Trois pas en avant, et le complimenteur
de tout à l'heure murmure :

« Je voudrais le voir à tous les diables avec son
succès. Voyons, qu'est-ce que je pourrais faire pour
le débiner ? Si je disais qu'il a volé au jeu hier, ou que
sa mère est à Saint-Lazare, ou bien encore que les
femmes lui rapportent plus qu'elles ne lui coûtent ?
Hum ! on pourrait dire tout cela ensemble. On n'en
croira que la moitié, c'est déjà suffisant pour lui faire
avoir de l'agrément. »

— Cependant, mon cher ami, objectai-je, le talent

est une chose indéniable. Si le succès d'un écrivain, ou d'un musicien, ou d'un peintre se discute, on ne peut cependant pas fermer les yeux à la lumière qui aveugle. On ne peut pas dire que Dumas fils, que Goncourt, Flaubert, Barbey d'Aurevilly, Gounod, Offenbach, sont des pitres, que leur succès est une affaire chauffée par un éditeur connu ou le résultat d'une admiration systématique de coterie comme les bouquins d'académiciens et d'écrivains de *la Revue des Deux-Mondes*. C'est aussi éclatant que le soleil, cela !

— Vous croyez cela, vous oubliez qu'on traite Dumas fils de fou, qu'on parle de l'enfermer chez le docteur Blanche, qu'on l'accuse de concubinage littéraire avec Henri Favre, qu'on veut faire passer pour un halluciné et qui est en réalité un penseur profond et si audacieux que les vérités que lui et Dumas disent et proclament effrayent la vile multitude, tourbe ignorante, admiratrice de Paul de Kock, et qui n'a que la littérature qu'elle mérite. De Gounod on dit aussi qu'il est fou, Anglais, que sais-je ? Vous entendrez sa *Jeanne d'Arc,* un opéra patriotique, je crois, celui-là, et vous me direz si ce génie musical au lieu de perdre n'a pas gagné, et s'il est resté Français. Quant à Offenbach, c'est un parti pris de dire qu'il n'a plus rien dans son sac ; si Goncourt et Flaubert produisaient plus, on les accuserait de ne plus être les merveilleux conteurs de *Renée Mauperin,* de *Germinie Lacerteux* et de *Madame Bovary.* Eh bien, ici encore je vous ajourne à six mois, à la première grande opérette du maestro Jacques, à la première œuvre des maîtres que je viens de citer.

— Vous prêchez un converti, dis-je alors. Ceux que vous venez de nommer sont, en y ajoutant Halévy, Meilhac et Alphonse Daudet, l'objet de ma constante et respectueuse admiration. Je leur suis dévoué au point de ne jamais les laisser attaquer, tant que je tiendrai une plume, sans riposter et combattre le bon combat, fussé-je momentanément le seul, ainsi que cela s'est passé pour *la Femme de Claude*. Au demeurant, je crois que vous m'avez converti. Tenez, en ce moment, je lis avec une attention passionnée les Mémoires de ce pauvre Berlioz, talent si méconnu et contre lequel la destinée s'est toujours si cruellement acharnée. Je me rappelle quelques lignes qui vous donnent raison et qui prouvent que les plus grands maîtres, les génies les plus incontestés n'étaient pas à l'abri de ces jugements passionnément faux sur leurs rivaux ou leurs prédécesseurs.

Haydn appelait Beethoven un grand pianiste. Grétry a écrit d'ineptes aphorismes sur Mozart, lequel avait placé, disait-il, *la statue dans l'orchestre et le piédestal sur la scène.*

Hændel prétendait que son cuisinier était plus musicien que Gluck, que Gluck ! entendez-vous bien.

Rossini disait enfin que la musique de Weber lui donnait la colique !

Lesueur, troublé, anéanti, après une première audition de Beethoven, pleurait, perdait la tête, sortait de sa loge en criant comme un fou, et, vaincu, écrasé par

les sublimes beautés de la *Symphonie en ut mineur*,
il s'écriait pourtant :

— C'est égal, il ne faut pas faire de la musique
comme cela !

Ce à quoi Berlioz lui répondit :

— Soyez tranquille, cher maître, on n'en fera pas
beaucoup !

IV

L'HIVER A PARIS

1er décembre 1873.

Monsieur le baron Ovide de la Croix-Vraye, Grand-Hôtel, à Paris.

Demain, mon ami, je serai près de toi. Je ne comptais rentrer qu'au printemps dans ce Paris que mes journaux et mes lettres me dépeignent enfiévré des luttes parlementaires et voué tout entier à l'ennuyeuse politique ; mais, puisque tu insistes auprès de moi et que tu invoques la vieille amitié qui me liait à ta famille et à ceux que tu as perdus, je n'hésite plus. Me voici !

Ainsi, cher Ovide, te voilà avec ta tête bretonne, tes poings solides, deux cent mille livres de rentes et tes illusions, — qui sont de fer comme ta robuste santé, — te voilà débarqué dans la grande ville qui en a déjà dévoré avant toi tant d'autres jeunes, beaux, riches, vigoureux, honnêtes et vaillants, et qui sans nul doute en dévorera tant d'autres après toi. Le cœur libre, la bourse pleine, tu arrives affamé de ces plaisirs dont les livres et les revues t'ont entretenu si souvent, et qu'ils t'ont dépeints en traits de feu, alors que tu les lisais avec des frémissements d'ardeur impatiente là-bas, dans ton manoir de Kernevel, le soir à la lueur de la lampe, tandis que les flots de la baie d'Audierne venaient battre le pied de ses antiques murailles avec un bruit sourd et monotone.

Comme Rastignac venant d'enterrer le père Goriot et découvrant du haut du Père-Lachaise la ville fumante, couchée à ses pieds, comme un monstre indistinct, dans l'horizon brumeux, tu t'écries : A nous deux, Paris ! Mais tu as sur l'ambitieux cadet de Gascogne l'avantage d'arriver armé pour la lutte. Tu es riche, d'abord ; c'est le point essentiel. A Paris, avec de l'argent, on achète tout ce qui est à vendre et on se fait offrir le reste. Tu es de plus indépendant et instruit à la perfection. Si tu es ignorant dans la pratique, tu es savant en théorie. C'est déjà beaucoup cela ! Tu t'en apercevras bientôt.

En me demandant d'être ton guide sur cette mer orageuse, fatale déjà à tant de gentilshommes venus comme toi à la conquête de la Toison-d'Or et qui, y laissant leur laine, sont retournés chez eux tondus, as-tu songé, cher ami, que je n'étais plus ce que je fus, et que certains milieux, qui jadis m'étaient familiers, me sont aujourd'hui formellement interdits ?

En un mot, as-tu pensé que j'étais marié ? As-tu réfléchi que si je peux accepter de te piloter dans le faubourg Saint-Germain auquel ta naissance te rattache d'ailleurs, que s'il m'est permis d'être ton

parrain au Club, ton second dans un duel, ton ami
dévoué partout, il est cependant un monde, le demi,
dans lequel il m'est absolument impossible de remettre
les pieds ? Non, sans doute ? Et cependant, c'est ainsi.
Laisse-moi donc te poser mes conditions.

Je consens pour toi à avancer mon retour de quelques
mois. Je consens à te mener partout, à t'initier à la
grande existence, comme nous disions autrefois, en
un mot, à te faire passer *l'hiver à Paris*. Cette vie fiévreuse de plaisirs et de fêtes, je te la ferai connaître
par le menu, je te promènerai dans le dédale de cette
immense exposition de plaisirs qu'on appelle Paris.
Nous irons partout, sauf dans la section de la galan-
terie. Celle-là, je ne franchirai pas son seuil.

Je m'attends à voir mes amis et toi-même sourire de
mon austérité. Eh quoi, Fervacques vertueux, rangé,
c'est à ne pas y croire ! C'est pourtant comme cela. Je
sais bien que la vertu, chose si belle chez les femmes,
est ridicule chez les hommes, à ce point qu'on a presque canonisé Lucrèce, la seule femme qui ait jamais
résisté, et que le nommé Joseph a joué un rôle si bête
dans l'affaire Putiphar que personne depuis n'ose plus
porter ce prénom, à moins d'être empereur d'Autriche.
Je sais tout cela et je persiste dans mon idée. Les vieux
duellistes qu'on accuse de prudence se contentent de
hausser les épaules en souriant ; je ferai de même et je
laisserai dire les gens, en me souvenant que j'ai fait
mes preuves !

C'est dit. J'arrive. A demain !

Mardi, 2 décembre 1873.

Déjeuné chez Bignon avec Ovide. Je commence mon métier de cornac. Autour de nous toujours les mêmes figures. D'abord Henri, le maître d'hôtel avec sa bonne face réjouie, à menton d'abbé commandataire et le sourire accueillant qui l'éclaire quand il s'avance à votre rencontre ou qu'il s'incline respectueusement en tenant le bouton de la porte qu'il entr'ouvre.

Voici quelques financiers, l'aristocratie de la Bourse, directeurs de banques ou riches capitalistes qui achètent et vendent des millions de rentes dans leur journée ; tous les gros joueurs sont là, depuis celui qui a succédé au père J... dans la charge célèbre de Maréchal des Primes jusqu'au simple colonel de ce régiment de richards.

Plus loin, les amis du Club. On est en nombre ce matin. Voici Nouvion, Pembroke, le grand Guy et Bob-la-Veine ! Ils me disent bonjour de loin, discrètement et regardent curieusement mon compagnon. Puis ils se parlent à voix basse et échangent entre eux leurs réflexions. Je comprends. La tournure un peu étrange de mon baron breton et sa mise qui sent la province à plein nez les intriguent. Il porte un complet marron clair qu'il m'a juré venir de chez le premier tailleur de Nantes et qui a une coupe inimitable. La première fois qu'il l'a mis, il a fait la conquête de la Dugazon de la troupe d'opéra-comique. Pauvre Dugazon ! Que

serait-ce donc s'ils lui avaient vu la cravate verte que
je l'ai empêché de mettre ce matin, quand il s'est habillé devant moi ? C'est, toujours d'après lui, un souvenir de la *jolie parfumeuse* de Rennes. Les femmes
ont du goût dans cette province-là ! Je n'irai jamais !

Sorti après déjeuner pour faire un tour en achevant
un cabanas exquis. On ne fume bien qu'à Paris ! Quels
cigares en voyage ! Et quand on emporte avec soi sa
provision, cela les secoue et les émiette. Il fait presque
beau. Les femmes en costume court de vigogne foncée
bordée de castor ou de renard argenté, en-tout-cas
sabre au côté, la voilette muselière collée sur leurs
minois fripons, traversent la chaussée un peu humide
en posant avec des précautions de chattes leurs petits
pieds aux endroits secs. Les bottines à haut talon
Louis XV résonnent sur les trottoirs, et de ci de là une
fine jambe, emprisonnée dans un bas de soie gris-
perle ou bleu foncé, apparaît à nos yeux ravis. Salut
Paris ! tu as toujours tes jolies femmes !

Nous sommes en plein quartier élégant. Les coutu-
riers à la mode et les modistes en renom abondent par
ici. Drus et pressés, les coupés s'arrêtent avec cette
netteté particulière aux chevaux de sang. Le valet de
pied ouvre la portière à sa jolie maîtresse qui s'en va
shoping, l'œil aux vitrines des grandes lingères et des
bijoutiers, qui ruissellent d'émeraudes et de diamants.
Elle entre ici, sort, rentre dix pas plus loin et ressort
ayant en deux heures commandé un chapeau, des chemises de linos transparent avec quatre rangs de va-

lenciennes au bas, comme la belle marquise de C...,
donné à réparer un merveilleux éventail signé Célestin
Nanteuil et acheté la grande mode, une ancre en or
toute constellée de gros brillants. Pendant ce temps,
l'attelage encense bruyamment, avec des bruits argentins de gourmettes, ou piaffe sur place avec des mouvements coquets. Salut, Paris! tu es toujours riche!

Une halte devant les affiches de ce soir. Que faire?
Lia est merveilleuse dans *Jeanne d'Arc*, la musique de
Gounod est splendide, et j'ai envie d'entendre encore la
Funeral March of a Marionette que je ne connais qu'au
piano. *L'Oncle Sam* a Fargueil; à la Renaissance, Théo,
la divine, doit réunir à l'orchestre les clubs charmés.
Monsieur Alphonse est le chef-d'œuvre du grand Dumas,
et Peschard et Judic chantent à ravir, dit-on, les spirituels couplets de Millaud et les amoureuses mélodies
de Grisar. Il n'y a que l'embarras du choix, et avec
ma vieille habitude de Parisien, je sens qu'ici, non
plus, rien n'est changé. Sardou a toujours du succès,
Meilhac et Halévy du talent, et Dumas du génie. Salut,
Paris! tu es toujours intelligent, spirituel, passionné
pour l'art! Je te retrouve tel que je t'ai laissé.

Il est trois heures. Les voitures des impatients se
dirigent vers le Bois. Voici Lavignéville! Il nous a
vus et arrête son phaéton. — Bonjour, ça va bien. —
Et toi. — Mal, en déveine, la culotte au baccarat hier
soir! — Ah bah! — Oui, je viens de chez le père
Aaron, je l'ai tapé de six cents louis.—Fort bien. L'intérêt est-il meilleur marché que jadis? — Ne m'en

15.

parle pas. Dix fois plus cher ! Les marchands d'argent
sont des chiens finis. Et il y a des gens qui écrivent
que l'argent est abondant !

Dix pas plus loin Varades. Il marche rapidement. —
Bonsoir, dit-il ; avez-vous vu passer Blanche Vernet ?
Non ? Je cours après elle. Quelle créature, mon cher !
Des yeux, des dents, une peau ! Un peu chère, peut-
être. J'ai vendu Conflans et les bois pour elle. Mais
que d'esprit. J'en suis fou ! et inédite, mon cher, i-né-
di-te, reprend-il en scandant son mot. Là-dessus, il
nous quitte et s'enfuit à toutes jambes.

Il s'en allait à peine, nous tombons sur Xavier
Flamberge. — Ça chauffe, dit-il en se frottant les
mains, deux duels la semaine dernière, deux sur la
planche et demain un autre ! Voilà trois fois que je
vais en Belgique ce mois-ci ! Belle saison, on ne s'en-
nuiera pas une minute cet hiver ! Les affaires reprennent !

Ovide me jette un coup d'œil étonné. — Mon ami,
lui dis-je, tu viens d'en apprendre plus en une heure
que si tu avais lu dix volumes traitant de la vie qu'on
mène ici. Désormais, regarde et écoute, tu n'as que
cela à faire.

Et à part moi je me disais : Salut, Paris, je te revois
joueur, amoureux, batailleur, comme tout à l'heure je
t'ai revu, élégant riche et spirituel, la fleur des villes
et la ville des fleurs ; mon cher Paris, je te salue !

Mercredi, 3 décembre 1873.

Belle salle à la *Renaissance* hier soir. Dans l'avant-
scène, à côté de nous, Moncontour et la duchesse sa
femme, accompagnés de la ravissante marquise de
Callières et de son père. J'étais un peu étonné de
voir Moncontour avec sa femme. Ce n'est pas dans
ses habitudes. Il trouve bourgeois de sortir sa légitime. Un coup d'œil dans la salle m'explique sa présence. Au-dessus de nous, aux premières, j'aperçois,
Laurence, la superbe blonde qui a joué les fées au
Châtelet, et devant la porte de laquelle stationne tous
les jours la voiture de Moncontour.

Quand je dis la voiture de Moncontour, entendons-
nous, c'est le sapin que je devrais dire. Il est maintenant ultrà-chic pour les gens qui ont des chevaux à
l'écurie de se faire trimbaler dans de petits fiacres
sans numéro attelés de poneys qui vont le diable. Je
n'y vois pas de mal. Cependant cela peut causer des
méprises, comme hier soir.

Mais n'anticipons pas. On cause de Théo dans la
loge à côté.

— Vous la trouvez bien cette petite, vous marquise,
dit la duchesse, moi je ne sais pas ce qu'ont tous ces
messieurs qui sont comme des enragés après elle.
Elle possède un nez retroussé qui s'en va comme cela,
par en l'air, et puis elle a la tournure d'une grisette.

— Oh! moi, ma chère, répond madame de Callières,

il ne faut pas me demander mon avis, je la trouve des plus ordinaires. Elle est effrontée, voilà tout. Les hommes aiment cela maintenant.

— A propos, reprend la duchesse en souriant malignement, nous allons sans doute voir votre ami le beau Max, on m'a conté qu'il ne manquait pas une représentation de *Pomme d'Api*. Est-ce vrai ?

— Mais, je n'en sais rien, répondit la pauvre marquise en réprimant un tressaillement nerveux et dont les lèvres blémirent légèrement. Je le vois très-peu depuis quelque temps.

— Bon petit cœur, me dis-je, quelle joie tu éprouves à voir souffrir ton amie qui est mordue par le serpent de la jalousie ! Si tu savais ce que fait ton mari de son côté !

Le hasard se chargea de la vengeance. Un peu avant la fin nous sortons. Dans le vestibule nous croisons Moncontour qui remonte en disant à Laurence :

— C'est cela, prends ma voiture pour rentrer chez toi, puisque tu n'as pas fait atteler ce soir. Ma femme me mettra au Club !

Laurence descend. Un commissionnaire s'élance et ramène, au lieu du sapin aux poneys, le coupé du duc.

Laurence, d'abord un peu surprise, se décide à s'y installer avec sa dame de compagnie, et file.

Dix minutes après, sortie générale. Moncontour a sa femme au bras, on appelle leur voiture. Apparition du sapin.

— Non, pas celle-là, l'autre, dit le duc au commissionnaire. Un coupé bleu ! Le cocher William

— Mais, répond le fonctionnaire à casquette d'un air aimable, monsieur sait bien que c'est une grande dame blonde qui vient de l'emmener tout à l'heure !

Tableau !

Pauvre Moncontour ! Je connais la duchesse. Elle se vengera.

Jeudi, 4 décembre.

Cherché des appartements avec Ovide. Rien de plus curieux que la mine inquiète des gens qu'on surprend brusquement en tombant dans leur intérieur à l'improviste. Il a beau être trois heures, madame n'est pas encore coiffée. Elle est en peignoir du matin, les cheveux défaits. Les jupons de la veille traînent dans le cabinet de toilette, les bijoux sont épars sur la cheminée, et les bas de soie, lovés sur eux-mêmes comme des serpents, gisent devant le lit sur les fourrures précieuses.

Dans les familles, c'est autre chose. Les bébés vaguent par les appartements et toutes les pièces sont encombrées par leurs jouets qui traînent. Le théâtre en carton avec le traditionnel mot *Odéon* au fronton fait face au fort encombré de soldats de plomb. On marche sur les animaux en bois de la ménagerie, confondus avec les casseroles du ménage en fer-blanc dans lequel des fragments de galette et de sucre candi attestent qu'on vient de faire la dînette. Pas commode à trouver ce que nous cherchons. Il nous faut une certaine indépendance d'allées et de venues.

Des voisins trop curieux et constamment aux écoutes pourraient être gênants. A ce titre, l'ancien apparte-ment de Raynald de C..., boulevard Malesherbes, ferait bien l'affaire. Un délicieux rez-de-chaussée commu-niquant par un escalier extérieur avec l'entresol, qui est d'ailleurs desservi par une porte donnant sur un grand escalier d'aspect majestueux et grandiose, murs en marbre de Corse, tapis discret, moelleux aux pieds et d'une *respectability* absolue. Une femme entrée par la porte du rez-de-chaussée et sortant par là serait à mille lieues d'être soupçonnée.

Oui, mais il n'y a point d'écuries ni de re-mises, et c'est indispensable. Un petit hôtel vaudrait mieux.

Autre aspect. Rue de Lisbonne, quelque chose de charmant, quoique un peu triste ! Mobilier délicieux. C'était destiné par un prince russe à une fauvette de l'opérette qui a filé un beau soir avec un cabot de son théâtre, malingre, chétif, blême et puant l'absinthe. Mais il n'avait pas son pareil pour les imitations, et puis il la comprenait, lui ! Devant lui, elle n'avait pas besoin de se gêner comme devant Voreskoff, qui avait toujours, même dans le tête-à-tête, la dignité d'un aide de camp du tzar ! Le prince, dégoûté, est re-parti, laissant là un intendant chargé de vendre ou de louer l'hôtel, meublé ou non meublé, cela lui est bien égal ! Seulement ledit intendant, qui s'y trouve com-modément, ne se lève pas pour nous le montrer, et demeure, une longue pipe hollandaise aux lèvres, attablé devant une cruche de schiedam entre deux demoiselles de vertu équivoque et qui doivent être des abonnées du Casino.

De l'autre côté de l'avenue des Champs-Élysées, il est difficile de se caser. Par là sont des rues charmantes et pleines d'hôtels appartenant à des personnalités élégantes. Rue Pauquet, c'est le splendide *home* de Girardin ; rue Dumont-d'Urville, Rose de Léon, dont les curiosités chinoises et japonaises n'ont pas de pareilles à Paris, fait face au comte Stanislas Potocki. Le fumoir oriental de ce dernier est une merveille ; les bronzes et les marbres de Clésinger y sont mêlés aux trophées d'armes les plus curieuses, souvenirs des guerres du Caucase. Un divan circulaire, bas et moelleux, court tout autour de la pièce, et quand le soir, après un dîner exquis, les jolies femmes en toilettes claires sont groupées sur les immenses fauteuils de chagrin marron causant avec les élégants cavaliers qui savourent les cigarettes parfumées de la Ferme, c'est un spectacle charmant.

Dans nos pérégrinations nous voici revenus auprès du parc Monceaux. Une nouvelle rue s'ouvre devant nous, bordée d'élégants petits hôtels. Nous allons de porte en porte pour en trouver un à notre convenance. Au bruit des chevaux qui nous suivent au pas, les rideaux de guipures à bandes de satin cerise se lèvent et des minois curieux se montrent. Chose étrange ! ce sont toutes des figures connues. A droite, c'est Devéria, la brune artiste des Variétés ; puis Olympe B..., Marie de P..., Eugénie D..., et ce terrain-ci est acheté, dit-on, par Léonide Leblanc. A gauche, les

quatre hôtels contigus sont galamment habités. On
est en famille.

— Allons-nous-en, dis-je à Ovide. Je ne te conseille
pas de te loger ici. Tu serais infailliblement dévoré au
milieu de ces lionnes plus terribles que les fauves des
Folies-Bergère. Ce n'est pas une rue, c'est le *Venus-
berg !* et tu ne t'appelles pas Antoine, pour résister à
une tentation perpétuelle. Cherchons ailleurs !

A grand'peine il me suivit ; mais, en se laissant en-
traîner, il jeta un coup d'œil de regret en arrière, en
murmurant les mots qu'on a retrouvés à Pompéi, sur
des murs peints en rose :

— C'est dommage ! *Hic habitat felicitas !*

Hier soir, au Club, on flânait dans le fumoir, après
dîner.

— J'ai traversé la moitié de la France par étapes,
nous disait Montescourt, l'ancien aide de camp du maréchal Bois-Robert, aucun de mes grands voyages en
Afrique, au Mexique, en Italie, ne m'a intéressé aussi
puissamment ni touché davantage que la lente promenade que je viens de faire à travers nos départements.
Que de piquant, que d'imprévu, que de poésie intime et
discrète j'ai trouvé sur mon passage ! On ne s'imagine
pas ce que c'est que le déplacement d'un régiment de
cavalerie, son départ, son voyage et son arrivée.

D'abord, le départ. Depuis huit jours, on savait qu'il
était proche. Les jolies Arlésiennes avaient les yeux

rouges. Il fallait quitter ces Arianes provençales aux
longs regards de velours. Au café militaire, on ne
voyait qu'officiers soldant leurs notes, et jamais le va-
guemestre n'avait eu tant de lettres chargées depuis
quinze jours. Sainte famille, tu as encore du bon à
l'heure des changements de garnison! Les sous-offi-
ciers allaient et venaient avec des airs affairés. Tout
était en mouvement.

La veille du départ ce fut bien pire. La nuit venue,
les couples s'égaraient dans la campagne et bien des
sanglots retentirent à l'ombre des micocouliers, bien
des Magali rentrèrent éplorées dans les mâs voisins et
passèrent la nuit dans les larmes jusqu'au premier
chant du coq. Alors les fanfares aigües de la diane et
du boute-selle réveillèrent les échos de la grande caserne et sérieux, graves, solides en selle, les cavaliers
défilèrent au milieu d'une haie de femmes attendries.
Sans vouloir tourner la tête en arrière ils sortirent de
la ville, et quand dans la blanche poussière du midi les
escadrons eurent disparu à l'horizon comme un nuage,
le chœur de ces abandonnées envoya encore une fois
un adieu aux beaux dragons qui avaient passé et
n'étaient déjà plus.

Longue et poudreuse devant le régiment se déroule
la route. Sur deux files, un à un, les dragons marchent
au pas, pensifs et laissant flotter les rênes sur le cou de
leurs montures. En avant, l'état-major, qui tient le milieu de la chaussée, cause gaiement en envoyant dans
les airs la fumée bleuâtre des cigares. A la nuit tombée,
on arrive en vue de la petite ville où l'on doit coucher.

La veille, l'avant-garde, commandée par un maréchal des logis, est arrivée à l'Hôtel-de-Ville pour
prévenir de notre passage. Néanmoins, tout le monde
est couché. Il est dix heures, et dame, en province! La
petite ville déserte est silencieuse et muette. Sur ses
places solitaires, éclairées en plein par la blanche et
pure lumière de la lune, pas une âme, aucun bruit, si
ce n'est l'aboi lointain d'un chien ou le claquement
d'un volet qui se ferme. Cependant, le pas sonore de
nos chevaux résonne sur le pavé caillouteux des
ruelles, quelques lumières brillent aux vitres et aux
fenêtres qui s'enchâssent de fillettes coiffées de nuit,
les yeux gros de sommeil, nous regardant curieusement passer.

Sur la place de la mairie, on vous distribue les
billets de logement. Le colonel est à la sous-préfecture, le beau Max chez le maire, un Othello rural qui
a une jeune et jolie femme. Quel dommage de ne
rester ici que vingt-quatre heures! Guy de Losne
échoit au curé. Fasse le ciel que le digne abbé ait une
bonne cave! Guy ne saurait se coucher sans son grog.
Moi, je préfère l'hôtel des Trois-Faisans ou des Deux-
Mores, depuis qu'en Bourgogne, chez un gros négo-
ciant retiré, un soir, à huit heures, pendant qu'on
prenait le thé, je suis tombé sur Rosa Frégate, jadis
la gloire du Grand-Seize, aujourd'hui mariée, dame
patronnesse, mère de famille, rendant le pain béni et
faisant de la tapisserie pour son mari. Naturellement,
je n'ai pas soufflé mot; mais la pauvre diablesse, à la
vue de son passé qui se dressait si inopinément devant

elle, sous la forme d'un officier de dragons, s'est
trouvée mal, et j'ai filé comme un zèbre, prétextant je
ne sais quoi pour expliquer ma fuite.

— Et tu nous quittes ? dit quelqu'un.

— Assurément demain, répondit-il. Je veux entrer
à Lille avec mon régiment, trompettes sonnant, étendard déployé, au milieu de la foule ébahie, qui, massée
sur les trottoirs, nous regarde défiler : les ouvriers
avec un œil méfiant, les bourgeois la mine stupide et
réjouie, et les grisettes sorties sur le seuil des boutiques, qui se disent entre elles :

« — Tiens, ce grand-là, à gauche, dans le second
peloton... il n'est pas mal ! »

— Adieu, messieurs ; quand vous viendrez à Lille,
je vous ferai voir mes jolis dragons...

Samedi, 6 décembre.

Nous descendions l'escalier des Bouffes après *la
Quenouille de verre;* tout à coup :

— Est-ce que Judic, qui a de si beaux yeux à la
scène, est jolie à la ville ? me demanda le baron.

— Assurément! lui dis-je ; je te la ferai voir un de
ces jours au Bois ou sur le boulevard.

— J'aimerais mieux tout de suite, répond mon Breton.

— Soit ; attendons la sortie des artistes ; tu ne verras
pas grand'chose, je t'en préviens, mais puisque cela
t'amuse !

Nous relevons les collets de nos pardessus, et les mains dans les poches nous arpentons les larges trottoirs de la rue Monsigny. Le public est parti, le gaz éteint, les Italiens finis; seules, quelques voitures à lanternes tremblottantes attendent, rangées sur la chaussée, les jolies femmes que nous guettons aussi.

Mais, nous ne sommes pas seuls à faire notre faction nocturne. D'autres ombres, strictement boutonnées et la figure cachée par leurs foulards bleus, nous jettent en nous croisant des regards méfiants. Les cigares allumés, semblables à des phares minuscules, piquent de points brillants l'obscurité de la nuit. Les talons résonnent sur les dalles séchées par la gelée. En face, sur le trottoir opposé, deux blousiers en casquette devisent en fumant philosophiquement une pipe.

— Ah! je la connais, cette salle, dis-je à Ovide. Il y a quinze ans, à l'époque d'*Orphée aux Enfers*, c'était une succursale du Club. Les jolies femmes du théâtre s'appelaient alors Lise Tautin; la belle Garnier, Vénus aux tresses flavescentes, aux épaules de marbre; Maréchal aux longs yeux noirs; Barrielle, la plus superbe des Minerves casquées; puis dix autres encore. C'était le temps où les pianos du Café Anglais jouaient tout seuls l'*Evohé* d'Orphée sitôt qu'on les ouvrait. Bien des ménages se sont ébauchés devant cette porte fermée des Bouffes et deux duels y ont pris naissance. Où sont-ils, ceux-là, les fringants cavaliers? Où sont-elles les belles, les divines? Beaucoup d'entre eux sont partis au loin, réfugiés dans le mariage ou dans la mort ; beaucoup d'elles ont disparu laissant derrière elles le parfum discret des amours évanouis !

Pendant que je philosophais ainsi — au grand ennui d'Ovide sans doute — la petite porte à sonnette claquait sur elle-même. Des femmes emmitouflées, encapuchonnées jusqu'aux yeux, commençaient à apparaître. Elles avançaient timidement le nez, cherchant à reconnaître qui les attendait au milieu de cette rangée d'hommes immobiles et silencieux. Enfin, l'un d'eux se détachait. Preste, elle lui prenait le bras, et s'y cramponnait jusqu'à la voiture dont le cocher, après mille lenteurs, se décidait à démarrer vers une adresse qu'on lui glissait à voix basse.

Nous vîmes ainsi défiler devant nous, sans qu'Ovide pût les reconnaître, tous les jolis papillons de *la Quenouille* devenus chrysalides informes sous les châles et les manteaux. A sa grande joie, il put contempler Judic montant vertueusement avec son mari dans son élégant petit coupé vert, sur la portière duquel un J majuscule sert d'appui à un fantoche de la comédie italienne. Sous la dentelle noire qui encadrait sa tête brune, il put admirer ses yeux brillant comme des étoiles, et, ayant contenté son envie :

— Allons, dit-il, en me prenant par le bras.

— Pas du tout, fis-je ; restons ici jusqu'au bout. Tu n'as pas vu le plus curieux.

Et je lui montrai successivement la sortie des figurantes que les messieurs à casquette d'en face attendaient pour les conduire à domicile par l'omnibus de Rochechouart ou de la barrière Blanche. Je lui fis voir l'amoureux déconfit qui, après une heure de faction, se décide à demander au concierge mademoiselle X..., et auquel on répond :

— Mais, monsieur, il y a longtemps qu'elle est partie par le passage !

Un mot agréable qui vous coupe bras et jambes. Je le connais ; jadis on me l'a dit quelquefois.

Enfin, pour que rien ne manquât au tableau, nous vîmes un adolescent timide s'attacher aux pas d'Hamburger. Je reconnus promptement en lui *le jeune homme qui désire faire la connaissance des acteurs.* Sa timidité l'emportant, il suivit le célèbre comique sans oser lui parler jusqu'au café Véron, et là, quand Hamburger fut attablé, le jeune homme s'approcha de lui, pantelant d'émotion, et lui dit :

— Monsieur, voulez-vous me permettre de vous offrir un bock ?

⁎⁎*

Mardi, 9 décembre.

Chassé à tir aux Ferrières. Parti le matin à huit heures. La gare encombrée de chasseurs dans les tenues les plus extravagantes, depuis le gommeux fantaisiste en *shooting jaket* avec un fusil de cent louis, jusqu'au sans-soin revêtu d'une peau de bique hérissée, coiffé d'un mauvais chapeau mou à forme démocratique et mal botté.

Deux heures de chemin de fer pour un trajet de

dix lieues ; quelle ligne que celle de Coulommiers !
Pour tuer le temps, en attendant mieux, on se raconte
la légende du chasseur qui, arrivé trop tard à la gare
de Paris, se mit en courant à la poursuite du train,
le dépassa et arriva à Gretz dix minutes avant lui. Si
ce n'est pas vrai, c'est fièrement vraisemblable.

Sur toute la route il descend des vrais bataillons de
chasseurs. On reconnaît facilement les types des
avoués, des notaires et autres gens de la basoche. Les
agents de change, financiers et gens de bourse sont
plus élégants et ont l'air plus *cossu*. Tous ont l'aspect
sérieux et doivent être mariés. Que de pauvres petites
femmes doivent être restées seules à Paris ! Si je ne
connaissais par moi-même la vertu des Parisiennes,
j'envierais le sort des célibataires qui ont le bon esprit
d'aller aujourd'hui porter des consolations à domicile
à toutes ces Arianes.

A la gare, l'élégant omnibus de chasse, attelé de
deux vigoureux postiers à harnais de cuir et queues
de renard, nous attend. Les percherons à la croupe
polie et satinée nous entraînent au galop sur le pavé
caillouteux et en quelques minutes nous arrivons au
château.

Après déjeuner on chasse. C'est le moment exquis.
Il fait un temps radieux, pas un nuage au ciel, un petit
froid sec et vif, et le soleil inonde de ses rayons les
guérets d'où s'élève en chantant l'alouette matineuse.
La gelée blanche couvre les feuilles mortes d'un léger
glacis délicieux à l'œil. Les branches des arbres dénu-
dés étincellent de givre, la forêt est poudrée à frimas

comme une marquise peinte par Largillière, et dans les prés où le soleil a fait fondre la gelée, des gouttes de rosée semblables à des diamants ou à des émeraudes tremblotent au bout des brins d'herbe.

La battue commence. Immobile, le ventre au bois, le doigt sur la détente du Lefaucheux, les tireurs, l'œil aux aguets, l'oreille attentive, écoutent les cris des rabatteurs, qui se rapprochent. Puis un galop précipité retentit sur les feuilles sèches ; pan ! un lièvre tombe, et son pelage fauve se rougit de sang. Il meurt en se débattant et la fourrure blanche de son ventre tranche sur la terre brune. La fusillade crépite à nos côtés, les chevreuils, les lapins, la bécasse au vol rapide et silencieux, tombent frappés dans les layons herbus. C'est un massacre, une hécatombe. Des tourbillons de fumée bleuâtre voltigent dans les airs.

Mais voici le soir. La cime des chênes et des bouleaux se colore des tons du soleil qui se couche à l'horizon dans un lit de nuages gris-perle frangés d'or et de pourpre. Nous gagnons les petits taillis. C'est le bouquet. Les faisans au vol lourd et sifflant partent par centaines et tombent sous le plomb de huit fusils exercés. Ils se débattent en agitant les ailes, puis ils expirent, les coqs superbes à la queue fourchue, au collier blanc, au plumage éclatant qui rappellent les pays étrangers et lointains.

C'est fini. On rentre. Quatre-vingts pièces au tableau gisent sur les dalles blanches et noires du vestibule. Quel coup d'œil ! Deux heures après, le dîner se dresse dans la vaste salle à manger du château, les femmes décolletées et endiamantées, les chasseurs en habit, cravatés de blanc. La conversation court, vive, alerte, étincelante, les vins exquis circulent, il fait chaud et bon. Au dehors, clair de lune. Il gèle à pierre fendre et dans les taillis du parc, qui s'étendent à perte de vue, un brocard blessé se traîne auprès d'un faisan démonté, tandis que le renard aux yeux ardents rôde tout autour en attendant que le pauvre coq ait rendu le dernier soupir.

★
★ ★

Mercredi, 10 décembre.

Rien n'était plus joli que le Bois aujourd'hui. Quand nous y sommes arrivés, vers quatre heures, le soleil ébarbé, sans rayons, se couchait au-dessus des lacs en perçant le brouillard de reflets rougeâtres. Semblables à de fines découpures, les arbres profilaient sur le fond gris du ciel leurs silhouettes grêles. Les buissons avaient des tons de satin marron fripé. C'était charmant au possible. On aurait dit un Detaille ou un paysage d'hiver sous les cieux du Nord. Une lumière égale et douce illuminait la surface des lacs gelés sur lesquels les cygnes et les canards patinaient gravement.

On se serait cru par une belle journée sur la Perspective-Newsky, ou, plus près, à Hyde-Park, par un après-midi anglais. Mais, hélas! ici, point d'élégantes amazones comme les escadrons volants aux cheveux *auburn*, aux chairs nacrées, qui galopent le long de

16

Serpentine River. Point de cavaliers sur des *cobs* de dix mille francs, ni de *four in hand* menés par la noblesse des trois royaumes. A peine quelques figures connues; et d'attelages sérieux, je ne note au passage que les deux chevaux bais de M. Sommier, qui sont beaux quoique un peu lourds peut-être, et la magnifique paire de M. Oppenheim, dont le cabriolet à pompe est tout à fait bien tenu. L'attelage russe dont on a tant parlé me plaît médiocrement. C'est une excentricité, voilà tout, bonne pour la campagne, plutôt qu'une manifestation d'élégance correcte.

Peu de demi-mondaines; mademoiselle G..., toujours pimpante et toujours accompagnée d'une nourrice et d'un bébé en bas âge. Voilà six ans au moins que cela dure. Et l'enfant ne grandit pas, comment fait-elle donc?

Plus loin, la blonde Latour, frileusement blottie dans le fond d'un coupé bleu. Henriette Saint-Clair et quelques autres princesses sans importance.

Dans l'allée des Cavaliers, rien, rien, rien. Des gens qui pilent du poivre sur des rosses de manége. L'un d'eux a des houseaux en guise de bottes à l'écuyère! O mon Bois des vingt années de corruption, où donc es-tu? L'étais-tu assez fringant, piquant, amoureux, élégant, froufroutant et poétique! O cocodettes des petits lundis de l'Impératrice, où êtes-vous? Et vous, grands meneurs des cotillons des Tuileries et de la Marine, qu'êtes-vous devenus?

Seul d'Etreillis galope mélancoliquement un alezan

brûlé. Je le reconnais, c'est *Batailley*, le plus voleur et le plus capricieux des chevaux. Il fait un joli *hack*, mais il me paraît avoir conservé son excellent caractère, car il a, pendant que je le regarde, une explication orageuse avec son cavalier. Le cheval est entêté, mais d'Etreillis l'est encore plus, et je ne mettrais pas deux sous dans le jeu de *Batailley*.

Avec la nuit qui s'avance, les voitures filent au grand trot du côté de Paris. La vue est magique du haut de l'avenue des Champs-Elysées, qui se déploie devant vous avec ses rangées de becs de gaz émergeant du sein du brouillard comme des étoiles. Au loin se profile la carcasse des Tuileries. Que de souvenirs ! A ce moment précis, un galop de chevaux de poste, accompagné de grelots, retentit derrière moi. Je tourne la tête. Encore un peu j'aurais salué la berline qui nous dépasse, croyant qu'elle arrivait de Saint-Cloud.

Vendredi, 12 décembre.

Ainsi, c'est donc vrai ! Elle est là, clouée sur un lit de douleur, la charmante artiste qui mérite si bien, à la ville et au théâtre, ce doux nom d'*Aimée* qu'elle porte à merveille. De longtemps nous ne la verrons plus avec sa piquante physionomie si parlante et si expressive, qui tient à la fois de madame de Metternich et des plus jolis portraits du dix-huitième siècle ! Nous n'applaudirons pas de l'hiver ces emportements, ces passions, ces furies nerveuses qui crispaient ses mains frémissantes, et ces trépignements de femme jalouse. Tout nous plaisait en elle, tout, jusqu'à son coquin de petit nez retroussé qui sentait plutôt, le fripon, la soubrette de Marivaux que la *Princesse Georges*, cette délaissée de la grande existence. Nous le trouvions charmant, ce petit nez, et bien placé entre ces deux yeux au regard étrange, vague et indécis, qui s'allumaient parfois de flammes ardentes et disaient que sous cette frêle et élégante enveloppe palpitait une âme de feu avec ses passions, ses haines et ses amours.

Il y a un an à pareille époque, à peu près, elle jouait *la Femme de Claude*. Un financier célèbre, l'amoureux à perpétuité de toutes les divas du chant et de la comédie, réunissait à sa table quelques écrivains choisis parmi les plus spirituels et quelques artistes. Elle arriva, elle, en fiacre, simplement mise, comme une bourgeoise, en robe de laine et enveloppée d'une pelisse de satin noir à capuchon, semblable à un domino d'inquisiteur vénitien. Les plis lourds et profonds de l'étoffe la couvraient tout entière, un bout de dentelle noire encadrait sa figure fine et parlante, et ses yeux, ses grands yeux pleins d'une expression étonnée allaient de l'un à l'autre de nous sans s'arrêter sur aucun.

Elle s'assit, puis elle se mit à causer avec ces intonations de tête qu'elle a parfois, et qui sont pleines d'un charme si étrange. Elle parla de sa vie simple et solitaire, de sa vieille bonne, de son chien, de sa mo-

deste demeure dans un quartier populeux et commer-
çant; tout cela doucement, sans pose, mélancoliquement surtout. On sentait sous ses paroles l'âme d'une
désabusée, revenue de tout, ayant souffert et pleuré.
L'été dernier, elle l'avait passé, seule avec sa vieille
servante, à la campagne, dans une ferme isolée, vivant
d'une vie végétale, regardant la nature étaler autour
d'elle ses splendeurs toujours nouvelles, et tâchant de
donner du repos à son corps, enveloppe débile, usée
par une âme d'acier. Elle parlait de quitter le théâtre,
d'entrer en religion. Elle se souvenait du précepte :
« Dieu dit : Aux cœurs blessés, et l'ombre et le silence! » Mais si l'on venait à causer d'art, l'œil brillait
d'une flamme inconnue, la taille frêle se redressait;
elle s'animait, et un léger claquement de doigts, qui
lui est familier, scandait sa phrase à intervalles réguliers.

Moi, je la voyais pour la première fois de près! Immobile, silencieux, je la dévorais des yeux. Elle s'en
aperçut. — Ah! lui dis-je en lui rappelant des souvenirs déjà lointains, vous étiez à Bruxelles il y a quelques années. Au bois de la Cambre, je vous rencon-
trais souvent à cheval, souple et nerveuse, fine et bien
campée, le corsage à peine bombé sous l'amazone de
drap bleu, la taille mince et les grâces un peu fluettes
d'une Diane chasseresse !

— Je me souviens, me répondit-elle.

— Ce que vous ne savez pas, ajoutai-je, c'est que
j'étais allé là-bas, aux brumeux pays du Nord, pour

16.

tenter de guérir un de ces chagrins que vous vous
entendez si bien à faire, vous autres femmes, et que
vous seules pouvez guérir en mettant dans le cœur
blessé un nouvel amour à la place de l'amour envolé !
Eh bien, quand vous me croisiez comme une poétique
et charmante apparition, dois-je vous l'avouer, madame ? j'oubliais pour un instant mes souffrances et
mes chagrins. J'oubliais l'étreinte implacable qui me
torturait le cœur depuis des mois, me tenait les nuits
entières les yeux grands ouverts, à me *ramentever*
douloureusement, comme disaient nos pères, la douceur de miel des baisers passés et désormais perdus.
Jamais ces instants fugitifs ne me sortiront de la
mémoire, et toujours vous resterez dans mes souvenirs, vous que je retrouve comme une fleur au
parfum évanoui, qui marque une date dans le livre de
ma vie !

Elle m'écoutait pensive, le front appuyé sur sa
main.

— Alors, vous avez bien souffert, nous sommes
parents par les larmes ! ajouta-t-elle en me tendant la
main !

L'heure du théâtre approchait. Elle s'enfuit. Ah !
touchante *Frou-Frou*, poétique *Princesse Georges*,
terrible *Césarine*, quelle joie et quel triomphe quand,
la maladie vaincue, vous reparaîtrez sur cette scène
française dont vous êtes restée la reine incontestée !
Et quelle moisson de fleurs et de bravos nous vous
promettons pour ce jour-là, *Aimée* !

Samedi, 13 décembre.

Jamais de ma vie je ne me suis autant ennuyé qu'hier soir à l'Odéon. Je suis trop poli pour dire pourquoi, et je ne veux accuser ni la pièce, qui m'a paru vieille et démodée au possible, ni les artistes, qui font de leur mieux. Malheureusement pour eux et pour moi, ce mieux-là est un ennemi acharné du bien, surtout pour mademoiselle X... Par exemple on ne peut lui refuser de prononcer d'une façon exquise et tout à fait particulière : « Monsieur le duc. » Quand elle dit ce mot-là, elle en a plein la bouche !

Heureusement j'ai rencontré pour me distraire l'ami Crenan. Jadis cavalier exquis, sportsman émérite, veneur intrépide, Crenan n'avait pas son pareil pour franchir un *bull finch* ou une douve sèche. Vissé à sa selle, il était huit heures à cheval derrière un dix-cors, toujours à la queue des chiens.

Marié aujourd'hui et père de famille, retiré dans son château de Vieux-Fossé, il a renoncé à Paris et à ses fêtes. Nous avons causé du temps passé. Il m'a rappelé l'époque à laquelle les chevaux de poste étaient si à la mode, qu'on en prenait pour aller à l'Odéon. Salvieux renchérissait encore : il en faisait atteler pour s'aller acheter des gants. Pauvre Salvieux ! bon garçon, quoique un peu poseur. Il lui restait *une* mille livres *de rente*, disait de lui Caderousse, et quand on le voyait aux courses, il vous invitait à dîner, comme

s'il vous eût offert un festin de prince. Il est vrai,
ajoutait l'impitoyable railleur, qu'après avoir crié aux
postillons : « Chez la duchesse ma mère! » on arrivait
rue de Provence, on montait au troisième sur le derrière, et il y avait la soupe et le bœuf!

Le fameux attelage russe nous a rappelé un autre
souvenir et une autre anecdote.

Il y a dix ans, on vit un beau jour déballer au Bois
un Anglais ultra-correct, menant avec une dextérité
incomparable une paire de chevaux superbes attelés à
un *curricle*. Quel était-il? D'où venait-il? Personne
ne le connaissait. Les clubs interrogés restèrent
muets, l'étranger ne s'était présenté dans aucun. Mystère!

Les femmes surtout étaient bien intriguées. L'une
d'elles, chic parmi les plus chics, Estelle Valcourt, fit
si bien des pieds et des mains, des yeux surtout,
qu'elle réussit à attirer l'attention de l'insulaire.

On lia connaissance. La dame était riche, bien posée :
c'était une femme à hôtel et à huit-ressorts. Bref, elle
invita l'Anglais à venir un soir prendre le thé chez
elle.

Après s'être un peu fait prier, pour la forme, notre
homme accepte. Il arrive, on cause, tendrement, on
prend le thé avec beaucoup de sucre, et les confitures
mangées :

— Vous savez que j'en rêve de vos chevaux, mon
ami? dit tendrement la belle Estelle à l'Anglais impassible.

— Ils vous plaisent? ma chère, prenez-les. Ils sont à vous !

— Bien vrai ! Vous êtes un ange, laissez-moi vous embrasser !

— Oh ! il n'y a pas de quoi ! continua-t-il sans sourciller. C'est vingt-cinq mille francs les deux. Mon maître, lord Stockwell, qui m'a envoyé les vendre en France, m'a dit de ne pas les laisser à moins.

Puis, après une pause :

— Madame verra ce qu'elle juge à propos de donner pour l'écurie !

Lundi, 15 décembre.

Nous avions dîné au café Anglais, fort bien d'ailleurs. Les huîtres anglaises, un rouge de rivière rôti arrosé de Pontetcanet décanté, et les traditionnels soufflés au chocolat servis dans les petits ronds de papier gaufré avaient déjà fait merveille. L'appétit apaisé, on causait tout en buvant à petits coups un porto exquis, qui accompagnait le raisin doré, fripé comme une vieille actrice, mais savoureux, juteux et parfumé.

Les lourds rideaux en tapisserie relevés laissaient apercevoir le boulevard. En face de moi Tortoni encore vide ; il n'est que onze heures et on n'est pas sorti du théâtre. A la Maison-d'Or pas un cabinet éclairé. Au-dessous, le parfumeur avec l'éventail en gaz qui lui sert d'enseigne resplendit comme un phare. Les houppettes à poudre de riz, les loups de velours et de satin, les petites pommes d'ivoire et les peignes d'écaille blonde encombrent son étalage brillant. Ce coin de boulevard est presque désert. Il fait froid et les rares passants filent rapidement, le collet relevé et les mains dans les poches du pardessus. Et pourtant c'est samedi !

Justement, en me retournant, j'entends Ovide qui dit :

— Et maintenant qu'allons-nous faire ? Quel dommage qu'il n'y ait plus de bal à l'Opéra !

Oh ! oui, quel dommage ! A ce souvenir mille pensées me reviennent. Je vois ce boulevard morne et triste, tel qu'il était autrefois. Il est minuit. La porte vitrée de Tortoni claque sans cesse sous le flot répété des entrants et des sortants. Un escadron de cravates blanches qui se croisent, montent et descendent les marches du perron légendaire chanté par Jules Lecomte. Les fenêtres de la Maison-d'Or étincellent de lumière et à la porte d'Alric des coupés de remise s'arrêtent incessamment pour déposer des dominos qui viennent dissimuler leurs menottes sous les longs gants noirs à dix-huit boutons.

Sur le trottoir, une foule épaisse, grouillante, un fourmillement taché çà et là d'un masque, pierrot, amiral suisse ou Valentin du *Petit Faust*, qui soulève des huées sur son passage. Le panache d'un chicard ondule capricieusement au-dessus d'une foule de tuyaux de poêle, et un débardeur en maillot de coton couleur chair se glisse timidement le long des maisons,

en grelottant sous un méchant plaid écossais à carreaux qui vaut bien huit francs.

Par les rues Laffite, Rossini et Le Peletier, sombres
et solitaires, les dominos économes qui n'ont pas deux
francs de première mise de fonds viennent à pied en
trottinant menu, et en choisissant avec soin les endroits secs pour ne pas se crotter. Espérons qu'elles
reviendront en voiture !

Devant le café Riche c'est une bousculade inénarrable. On n'avance plus, on piétine sur place. Les
rangs de tables bondées de consommateurs couvrent
la moitié de la chaussée. On se dévisage et on s'attrape... sans se fâcher. Les fameuses paroles chères à
Rabelais dégèlent en l'air. Des mots partis on ne sait
d'où jaillissent comme des fusées, trouent la foule et
rebondissent de bouche en bouche en éclatant comme
des traînées de poudre et en soulevant le rire sur leur
passage. Paris s'amuse. Il travaillera lundi, s'il en a
le temps.

Sur la chaussée, les municipaux impassibles sous la
lueur aveuglante du gaz que répandent les ifs. Leurs
montures, inquiètes et nerveuses, tressaillent sous les
coups d'éperon et soufflent bruyamment quand le flot
humain qui les enserre touche leur poitrail lustré ou
leur croupe rebondie. Les longs manteaux noirs des
cavaliers cachent l'arrière-main des chevaux, et les
gardes à casques polis ressemblent à des centaures.
Leurs fourreaux de sabre se heurtent contre l'acier
des étriers avec un bruit argentin.

A droite et à gauche des grappes humaines font la

haie sur les trottoirs. Les têtes se penchent, les cous
se tendent en avant, les yeux écarquillés fouillent l'intérieur des fiacres où les femmes masquées et voilées
se blottissent en tremblant. Les gommeux en claque
de soie, gardénia à la boutonnière, contemplent dédaigneusement la populace du haut de leur coupé. Tout
cela vient débarquer sous la marquise, illuminée si
violemment qu'on se croirait en plein jour. Ici, redou-
blement de municipaux, d'officiers de paix, de sergents
de ville. Inondation de Clodoches. Bruit de grelots, de
crécelles et de sifflets. Il y a beaucoup de ces gars-là
qui n'ont pas dîné pour louer leur costume de paillasse.

Sous le vestibule, Isabelle tout enveloppée de fourrures. Son fidèle caniche, assis gravement sur... sa
dignité, regarde le défilé. Au bras de la bouquetière,
des pannerées de fleurs odorantes, violettes et lilas
blanc. Les femmes chics qui la connaissent échangent
avec elle un bonjour en passant. Et on entre !

Hélas ! cher baron, maintenant on n'entre plus !

Mercredi, 17 décembre.

Aux *Folies-Bergère*, hier soir. Pour faire comme
tout le monde, car il n'est point un de ceux que j'ai
rencontrés hier dans ce lieu de délices qui ne se soit
empressé de me dire : Je suis venu pour les lions !
De fait, j'y ai vu un public nombreux et brillant : l'aris-
tocrate Angleterre, en cravate blanche et habit noir,
occupait deux loges. De sévères députés de la droite,

de la fraction des chevaux excessivement légers, riaient de la pantomime anglaise à ventre déboutonné, et le plus charmant des princes russes, presque aussi coquet que Georgette Yermontoff dans *le Réveillon*, était entouré d'un groupe de chignons dorés qui se disputaient un regard ou un sourire du jeune boyard.

Singulier spectacle au demeurant. Les femmes tournent sans cesse dans le pourtour avec le mouvement régulier d'un cheval de manége qui tire de l'eau pour alimenter un moulin. Leurs longues robes de velours et de satin traînent derrière elles avec un mouvement onduleux comme des queues de serpent, et si quelque provincial maladroit, ou poussé par la foule, les piétine, une épithète sonore, — qui n'est pas dans Molière, mais qu'on trouverait peut-être dans les œuvres complètes d'Hervé, — vient fouetter l'infortuné en pleine figure.

Sur les bancs de velours qui règnent tout autour, accotés contre les glaces gigantesques qui réflètent d'étonnants tableaux de mœurs, les habitués. Ils mâchonnent leurs cannes, dévisagent les passantes d'un petit air connaisseur et hochent la tête en accompagnant ce mouvement d'un léger claquement de la langue contre le palais! Ils apprécient les allures de celles qui steppent devant eux. On dirait les juges du concours hippique.

D'autres, les abonnés, connaissent et tutoient toutes les promeneuses, qui leur répondent d'une inclinaison de tête familière ou d'un petit sourire amical. C'est le *club* d'ici, les gens chic, ceux qui ont leur lorgnette domiciliée chez l'ouvreuse, leur place attitrée et qui

17

arrivent dédaigneusement à dix heures pour le ballet, comme jadis, à feu l'Opéra, Bongommeux, Haut-Cimier et autres purs qu'on voyait émerger du fond de la loge et s'accouder les mains nues sur le rebord en velours et inspectant la salle d'un air ennuyé.

En passant, on entend involontairement des fragments de phrases les plus extravagants.

— Oui, ma chère, dit un monsieur dont la chaîne d'or se triple sur son gilet, Rio-Janeiro est assommant, il n'y a que Lima.

La femme écoute avec des yeux étonnés, comme quelqu'un qui comprend. Du diable si elle sait où est Rio, et Lima encore moins !

— Moi, j'aime venir ici, dit une blonde à l'œil éveillé, parce que j'ai beaucoup voyagé et que j'y retrouve toutes mes connaissances.

— Je vous affirme qu'à Toulouse nous eûmes des bals masqués très-réussis l'an dernier, reprend un autre. Le mardi-gras, nous dansâmes jusqu'au jour, puis, nous soupâmes fort gaiement.

Et le dialogue éternel :

— Bonsoir ! ça va bien ?

— Merci, et toi !

— Tu ne viens plus me voir ?

— Où ça ?

— Toujours, rue Pigalle, 124. Quand viens-tu ?

— Cette semaine.

— Demain ?

— Cette semaine.

— C'est entendu. Adieu !

— Au revoir.

Et la femme à demi-voix :

— Tous les mêmes. Ils promettent toujours et on ne les voit jamais.

Onze heures. La marche de Mendelssohn (pourquoi?) éclate. Voilà les lions et leur dompteur nègre. Les beaux fauves. Leurs rauquements sourds retentissent et forment les dessus de l'orchestre, qui joue en sourdine. Les coups de cravache sifflent sur les pelages dorés des rois du Sahara. Ils font des bonds monstrueux. Ils se heurtent aux barreaux de la cage, et, splendides de fureur, écumants, la crinière hérissée, les griffes accrochées aux tiges de fer qu'ils éraflent, ils tournoient frénétiquement sous l'œil farouche du dompteur africain.

C'est un grand spectacle. Involontairement on se tait. Et dans cette salle pleine à craquer, un grand silence s'étale, profond, à peine troublé par un cri de femme effrayée et que domine bientôt le rugissement du grand lion, qui n'a pas l'air commode. Avec un léger effort d'imagination on se croirait au désert, dans un paysage à palmiers, un océan de sable sous les pieds et l'horizon bleu acier, net et droit comme un paraphe.

Et, la toile tombée, on sort rue Richer !

Jeudi, 18 décembre.

La belle salle aux Variétés, à la première de Sardou. Toutes les *Merveilleuses* n'étaient point sur la scène,

et mon baron a pu s'en donner jusque-là de contempler
nos célébrités. Il m'a accablé de tant de questions que
c'est à peine si j'ai entendu la pièce. D'abord, l'avant-
scène de gauche, au rez-de-chaussée, s'est ouverte,
et il a fallu montrer la *Grande-Duchesse* à Ovide, qui
ne la connaissait pas.

Elle était charmante hier soir, la toujours charmante
Hortense, malgré sa simple toilette de velours noir
sur laquelle j'ai cherché en vain l'étincelante agrafe
en diamants formée d'un H et d'un S gigantesques et
qui vaut la rançon d'un roi. Son profil fin et son regard
spirituel décèlent la comédienne experte, au jeu exquis,
plein de nuances, de sous-entendus parisiens et d'une
saveur toute particulière. Elle a des froncements de
sourcils, des plissements de narines qui sont plus élo-
quents qu'une phrase, et des mouvements d'épaules
qui valent un monde. Il fallait la voir dans *la Veuve du
Malabar* détailler les fameux couplets :

> Voyez, messieurs,
> Voyez l'objet.
> . . . .

rien ne saurait rendre l'incroyable finesse de son jeu
et de son débit. Aussi nulle femme comme elle n'a d'ac-
tion sur une salle de théâtre ; elle remue son public à
volonté : d'un clignement des yeux, elle déchaîne les
tempêtes du rire, d'un geste elle calme l'orchestre
affolé et suspendu à ses lèvres.

Elle a créé, de concert avec ces spirituels écrivains
qu'on nomme Meilhac et Halévy, et avec le petillant

maëstro Offenbach, la comédie musicale du dix-neuvième siècle, et elle seule a su s'incarner dans ces
prestigieuses créations, la *Grande Duchesse*, *Boulotte*,
la *Belle Hélène*. Quelle *Eurydice* elle ferait pour
Orphée aux Enfers! On n'a donc pas pensé à elle?

D'autres ont voulu l'imiter, aucune n'y a réussi. On
dira dans vingt ans jouer les *Schneider*, comme on
dit jouer les Dugazon ou les Falcon.

Simple avec cela et bonne fille, comme les vraies artistes. Parfois, je la rencontre le matin, gravissant à
pied les hauteurs de la rue Blanche, enveloppée de
fourrures et accompagnée de deux amours de chiens
microscopiques, revêtus de paletots. D'un petit pas
délibéré, elle arpente le trottoir sur lequel les talons
de ses bottines résonnent en faisant tic-tac, sa voilette
la masque à demi, et elle passe ; c'est Hortense qui va
voir un de ses enfants en traitement dans une maison
de santé canine.

Successivement j'ai montré au baron Alice Regnault,
une petite ambitieuse qui, ne se contentant pas d'être
délicieuse, a voulu avoir du talent et y a réussi ; Zulma
Bouffar, la gracieuse Clairette de *Madame Angot ;* Bode,
la sémillante, et Méry Laurent, aux épaules opulentes,
qui semble, avec des esclavages massifs rivés à ses
bras superbes, une de ces courtisanes vénitiennes aux
cheveux fauves qu'affectionnait Titien.

C'était un joli ensemble plein de couleurs, un bouquet de beautés assorties et bien disposées pour se
faire valoir mutuellement. Aussi les couloirs étaient-ils

encombrés, dans les entr'actes, de cavaliers élégants qui s'étouffaient pour voir la salle. J'y ai cueilli, au passage, une jolie histoire.

Le gros Bernard, un riche financier, est un amateur passionné d'autographes. Depuis dix ans il en guettait un de Nicolas Poussin, le fameux peintre, et il n'avait pu se le procurer même au poids de l'or.

Ces jours derniers il parvient enfin à l'acquérir. Fou de joie, il s'élance par les rues, son précieux autographe à la main, et se jette dans son ami Melval, qui possède la plus belle galerie de tableaux de Paris.

— Eh bien, lui crie triomphant Bernard, enfin je l'ai !

— Quoi donc ?

— Un Poussin, parbleu !

— Mais j'en ai aussi, moi, des Poussin, reprend Melval un peu étonné.

— Peuh ! fait dédaigneusement Bernard, des tableaux !

Lundi, 22 décembre.

Les samedis des Italiens deviennent extrêmement brillants. Le dernier m'a rappelé les plus belles soirées de jadis, au temps de Mario, de la Frezzolini, de l'Alboni et de la Borghi-Mamo. Tous les mondes y étaient représentés : l'aristocratie, la haute banque ; la finance israélite surtout y resplendissait de diamants et s'était fait représenter par ses beautés les plus choisies. Madame Morpurgo, dans sa toilette bleu pâle, attirait tous

les regards par l'éclat de ses yeux noirs d'une coupe
orientale et d'un éclat asiatique. A ses bras superbes
et à ses épaules d'impératrice, les perles et les diamants ruisselaient en cascades opulentes, tandis qu'au
corsage un simple bouquet de violettes s'épanouissait,
frère de celui qu'elle tenait à la main. Que de violettes,
madame ! serait-ce une manifestation bonapartiste?

Dans l'avant-scène de droite, madame Eugène Pé-
reire, avec ses trois charmantes filles en rose ; au rez-
de-chaussée, la comtesse Lehon, accompagnée d'une
jolie jeune fille blonde, qu'on m'a dit parente de madame Heyne.

De ci de là, les comtes Lehon, Camondo, le baron
Adolphe de Rothschild, Charles Laffitte, Oppenheim,
Antoine Blanc, Feuillant, Alfonso d'Aldama, Bergo-
gnié, Gavini, dont la charmante femme brillait à l'avant-
scène, non loin du balcon où la belle Ferucci, la cantatrice de l'Opéra, avait un succès de lorgnettes tout à
fait particulier. C'était *immense!* Ce rapprochement de
l'ancienne préfète de Nice et de l'artiste qui débuta
jadis, en 1865, chez M. Avette, m'a reporté de quelques
années en arrière, et a réveillé chez moi tout un monde
de souvenirs poétiques et charmants.

Je me suis rappelé la promenade des Anglais, par
une belle après-midi de janvier, le ciel bleu, le soleil
éclatant, l'aristocratie européenne se promenant lentement au bord de la mer, madame Gavini au bras de la
comtesse Vigier, et sur la chaussée la Ferucci passant
au galop furieux de ses poneys à tous crins, qu'elle
conduisait elle-même avec une dextérité remarquable.

Comme c'est loin tout cela, c'était hier pourtant!

Continuons notre revue de la salle. Voici un brelan de chanteuses. D'abord l'étoile du lieu, la mignonne Bellocca. Elle m'assure qu'elle va prochainement chanter la *Cenerentola* et la *Semiramide*. Ce sera évidemment le *great attraction* de l'hiver. Puis la Sessi portant dans les cheveux un saphir aussi gros qu'un œuf de poule et le plus beau que j'aie jamais vu. Elle n'a pas avec elle son amour de bébé blanc et rose qui a fait ma joie un soir, à la Gaîté, pendant *le Bossu*. Il est impossible de voir une miniature aussi fine et aussi coquette que cette adorable fillette-là. On en mangerait !

En face Carlotta Patti, aux yeux andaloux, au teint pâle, et pour compléter la série, cachée dans l'ombre d'une baignoire, la splendide Silvia Floriani, qui nous quitte pour aller à Nice.

Point de repos pour la lorgnette. Il faut noter encore au passage le fin profil de madame Milbank, la belle Anglaise mademoiselle Mill, Valentine Biron à l'orchestre, et dans une baignoire les grands airs de madame de Marsay, avec une brune personne qui ressemble étonnamment à Blanche Baretti.

Tandis que je lorgnais une assez jolie Espagnole mal attifée, avec un goût faux et criard, et que nous avons surnommée — ignorant son nom — la *Puerta del Sol*, un membre du nouveau club des hommes de plaisir m'a conté une drôle d'histoire.

Jadis, au collége, — qui ne se souvient de cela ? — aux approches du jour de l'an, les professeurs faisaient en classe de petites ventes de menus objets, canifs, plumes, etc., au profit des pauvres. On s'arrachait ces bibelots à coups d'enchères, et j'ai payé 18 francs un encrier qui valait bien huit sous.

Reprenant cette idée, les femmes de chambre d'une célèbre impure ont recueilli toutes les épaves laissées chez leur belle maîtresse dans le cours de l'année, et elles en ont organisé la vente à leur bénéfice : petits peignes à moustaches, boutons de manchettes dépareillés, porte-cartes de visite armoriés, tout cela a passé au feu des enchères, et on s'est jeté dessus avec fureur. Villa-Hermosa, lui, a acheté un délicieux jonc noirci à pomme d'acier.

— Les cannes étaient ce qu'il y avait de meilleur marché, ajouta-t-il; il y en avait dix-huit !

Mercredi, 24 décembre.

Quelle nuit que celle-ci ! Paris entier en fête, sur les boulevards une odeur de truffes, les restaurants éclatants de gaz, dans les escaliers qui mènent aux cabinets particuliers des théories de soupeuses montant à l'assaut du chaud-froid de perdreau et de la salade de pieds de céleri aux truffes. Dans les quartiers aristocratiques, toutes les fenêtres resplendissent à tous les étages : on fête Noël.

Boulevard Malesherbes, au premier, chez une riche famille espagnole. Le maître de la maison est ministre de Costa-Negra, une république située quelque part

17.

dans l'Amérique du Sud, et qui ne change de président que tous les mois, plus souvent que de chemise. Beaucoup de beautés brunes, aux yeux de velours noir avec des cils d'une longueur invraisemblable et des paupières qu'elles déploient coquettement, amoureusement, comme une jalousie de Grenade, une nuit de rendez-vous. Quelques blondes exquises, venues de Murcie et d'Almeria, la *tierra* des cheveux flavescents avec la peau fine et nacrée des Irlandaises, qui ont colonisé jadis la côte d'Andalousie, patrie de l'Impératrice. Les toilettes trop voyantes, trop de bijoux, on dirait la devanture d'une *plateria* de Séville. Les hommes corrects et jolis cavaliers. On se tutoie entre *novios* et *novias*, on s'appelle *Juan*, *Dolores*, tout court, et on grappillonne à deux les grains d'ambre pâle du raisin. Au piano, un attaché d'ambassade esquisse un *Soledad Malaguena*. Jolie *Noche buena*.

Second étage, une famille d'agent de change. Des bébés autour d'un arbre de Noël. Quelques-uns, les yeux bouffis de sommeil, luttent avec peine, et leur pauvre petite tête dodelinante s'affaisse sur leurs épaules. Gaieté décente, calme, sans éclat ni bruit. Menu bourgeois. Après souper, on sautera un quadrille sur des motifs connus.

Au-dessus, Blanche de Velours, treize soupeurs, six hommes, six femmes et la maîtresse de la maison, qui est là en garçon. Fleurs, diamants, parfums, rien n'y manque. Un luxe oriental. La table entourée d'un cordon de violettes et sous la serviette de chaque convive

féminin un bracelet, une bague, un bijou. Les cavaliers, décorés pour la plupart, sont tous du Club, sans
cela ils ne seraient pas là; Blanche de Velours est *clu-
beuse* en diable. Si elle savait qu'en Russie il y a des
ultra-gommeuses qui donnent des thés où l'on ne
reçoit que les grands-ducs! c'est ça qui est encore
plus chic! elle en ferait une maladie.

Montez encore!

Au quatrième étage, c'est le ménage du chef de bureau au ministère des Dépenses-Inutiles; ici les splendeurs se résument à un poulet froid et à une petite
terrine de foie gras qu'on savoure en sortant du théâtre.
L'appétit est aussi vif qu'au-dessous et Love, le chien
favori, gravement assis sur une chaise, avance son
museau frisé d'un air de convoitise vers les os du
poulet qu'il va croquer sous les chaises.

Dans les mansardes, les cochers font ripaille avec les
soubrettes, et potinent sur leurs maîtres, sur les amants
de la marquise de Château-Lansac et sur les maîtresses du marquis. La cave des maîtres a été mise à
contribution et on boit le Pontet-Canet à l'ordinaire. Le
reste du souper vient de chez le charcutier.

Enfin, au rez-de-chaussée, dans l'atelier du peintre
aux murs tendus de vieille tapisserie, le piano tapé
frénétiquement joue un quadrille endiablé. Les talons
des danseuses le scandent d'un refrain rhythmique qui
fait trembler les parquets, et en face, le concierge, son
chat qui fait le gros dos, et son épouse *soupotent* tranquillement avec des rillettes et deux litres à seize.

Du haut en bas, de long en large, Paris s'amuse;

les bouchons de champagne éclatent, les baisers résonnent, le satin crie, les éventails frou-froutent, les
mélodies légères et ailées qui s'envolent des pianos
retentissent dans le silence de la rue déserte que je
traverse pour rentrer chez moi, non sans heurter du
pied une masse qui, roulée dans des loques, dort sur
le trottoir boueux.

La masse se remue. Une tête de petit mendiant italien frisée, aux yeux vifs, émerge d'une grossière *tou-
loupe* en peau de mouton, et par habitude nasille un
refrain de chanson. Prends ce louis et rentre vite,
pauvre bébé, en cette nuit le petit Noël ne veut pas
que personne souffre, surtout les enfants. Heureux
ceux qui peuvent embrasser les leurs!

Visité l'atelier de Manet. Dès l'entrée, l'artiste accourt à nous, affable et souriant, nous tendant amica-
lement sa main grande ouverte. Nous pénétrons dans
le *hall*. Une vaste pièce boisée, lambrissée en vieux
chêne noirci, avec plafond de poutrelles alternant avec
des caissons de couleur sombre. Une lumière pure et
douce, toujours égale, pénètre par les verrières qui
donnent sur la place de l'Europe. Le chemin de fer·
passe tout près, agitant ses panaches de fumée blanche
qui tourbillonne en l'air. Le sol, constamment agité,
tressaille sous les pieds et frémit comme le tillac d'un
navire en marche. Au loin, la vue s'étend sur la rue
de Rome, avec ses jolis rez-de-chaussée à jardin et
ses maisons majestueuses. Puis, sur la montagne du
boulevard des Batignolles, un enfoncement sombre et

noir : c'est le tunnel, qui, bouche obscure et mystérieuse, dévore les trains, s'engageant sous ses voûtes
arrondies avec un sifflement aigu.

Aux murs, quelques-unes des œuvres du peintre.
D'abord, le fameux *Déjeuner sur l'herbe,* refusé par
le jury, qui, sottement, n'a pas compris qu'il y avait là
non pas une femme nue, mais une femme déshabillée,
ce qui est bien différent. Puis les tableaux exposés à
diverses époques : *la Leçon de musique, le Balcon, la
Belle Olympia,* avec sa négresse et son étrange chat
noir, qui est assurément proche parent du célèbre Mürr
d'Hoffmann. Puis, une *Marine ;* l'ébauche de deux
femmes assises en plein champ, en vue d'un village,
un portrait de femme et un exquis *Polichinelle,* crânement campé.

Pendant que nous admirions cette peinture si atta-
quée, et pourtant si pleine de talent, Manet fait une
aquarelle d'après un autre polichinelle qui, revêtu de
son costume charmant et traditionnel, pose au milieu
de l'atelier. Cela est enlevé avec une touche spirituelle,
fine et colorée, tout à fait dissemblable de la manière
habituelle du peintre.

Mais arrivons à l'inédit. Voici quelque chose de tout
à fait remarquable sur ce chevalet posé au pied de l'escalier de chêne qui conduit à la tribune, d'où l'on ju-
geait jadis les coups, quand cet atelier magnifique était
une salle d'armes. Rien de pittoresque — soit dit en
passant — comme cette *loggia* de chêne sculpté, encadrée de filets d'or, avec ses rideaux de satin cramoisi. Il semble à tout moment que ce frêle et mysté-

rieux rempart va s'entrouvir, et que la tête de quelque
Jocorde ou de quelque Rubens aux chairs vermillon-
nées va y apparaître revêtue de brocart vert et or à
ramages, un diadème de perles dans les cheveux, et
aux lèvres le sourire angélique des chefs-d'œuvre
qui, depuis des siècles, vous contemplent, dédai-
gneux et immobiles dans leur éternelle et inaltérable
beauté.

Cette toile, qui est destinée à Faure, représente le
couloir de l'Opéra, une nuit de bal masqué. Voilà bien
le tableau exact. Entre les colonnes épaisses, le mur
des loges où les gommeux sont collés en espaliers, et
les entrées de foyer séparées par les légendaires ta-
blettes de velours rouge, un flot d'habits noirs taché
çà et là d'une pierrette et d'une débardeuse, ondule
sans avancer. Des dominos discrets, à la figure mas-
quée par la quadruple barbe de dentelle, circulent au
milieu de cet océan humain, pressés, bousculés, serrés
de près, auscultés par cent mains indiscrètes. Les
pauvrettes, passant la douane de ce cap périlleux,
laissent ici un fragment de dentelle, là une branche de
lilas blanc de leur bouquet, qui jaunit sous les exha-
laisons délétères du gaz et sous l'âcre odeur humaine
qui s'épand en effluves lourds et pesants.

Les groupes se forment dans les attitudes les plus
diverses : Gavroche effronté, fleur du ruisseau poussée
entre deux pavés et pourtant belle comme les plus
pures statues antiques, — mystère inexpliqué et inex-
plicable — une fille décolletée, pantalonnée d'un morceau de velours rouge grand comme la main, avec beau-

coup de boutons, il est vrai, et coiffée crânement d'un
bonnet de police fiché à quarante-cinq degrés sur sa
tignasse poudrée, tient tête à un groupe de railleurs à
cravate blanche. Ils sont là en tas, l'œil allumé par les
truffes et le Corton du dîner, la lèvre humide, l'œil
sensuel, avec des chaînes d'or épaisses au gilet et des
bagues aux doigts. Le chapeau est incliné en arrière
d'un air vainqueur ; ils sont riches, cela se voit : ils
ont des louis plein leurs poches et ils sont venus
pour s'amuser. Et ils s'amusent. Ils tutoieraient leur
sœur si elle passait par là.

Leur adversaire sent cela. Elle les regarde en face,
fièrement, bien décidée à riposter haut et ferme, en
alliant Rabelais à Hervé et Gavarni à Molière. Forte en
gueule, pas bégueule, cette descendante de la Mère
Angot ne se rendra que contre des raisons sonnantes,
et en attendant, vli, vlan, les mots salés pleuvent de
son bec affilé comme les perles tombaient du corps
soyeux du carlin enchanté dans les *Contes des Fées* que
vous savez. On lit sur ses lèvres ce qu'elle dit, ce
qu'elle *envoie* — comme on dit en argot — on devine
ses tropes audacieux empruntés au répertoire de
Vadé, ses fantaisies étourdissantes, ses prosopopées
tintamarresques, que tous ces blasés du trois pour cent
ou de la politique gobent béatement en gens saturés de
tout, dont le poivre rouge excite les papilles et le
palais.

Peut-être n'y a-t-il pas tout cela dans ce tableau,
peut-être aussi y a-t-il autre chose encore ? En tout
cas, c'est une œuvre de haut mérite, vécue, pensée et

admirablement rendue. Nous verrons au prochain salon
si le public est de mon avis.

En déjeunant au café Riche, ce matin, j'ai fait de
bonnes études de mœurs. Rien de si curieux et de si
varié que les différentes espèces de clients qui viennent, entre onze heures et une heure, s'attabler dans
ce restaurant à la mode.

D'abord le client difficile, l'habitué qui mange le nez
dans son assiette, pestant, sacrant, trouvant tout mauvais, faisant enrager les garçons dont il est la terreur.
Rien n'est assez bon pour lui, la viande est dure, le
poisson pas frais, le gibier faisandé ou trop frais. Les
fruits sont passés pour avoir été en montre; le café est
détestable, il sent le marc et est froid, et le verseur
lui a donné un bain de pied. Cela l'exaspère! Aussi
toute la domesticité est-elle aux champs; la dame de
comptoir, inquiète, agite frénétiquement sa sonnette
dès qu'il fait le moindre signe de tête. Il est heureux
pour lui que ce soit ici une maison de premier ordre;
je sais des restaurants où, pour se venger des clients
difficiles, les garçons crachent dans les plats qu'ils leur
apportent.

Plus loin, le déjeuneur pressé. Un rien lui suffit, ce
qui est tout prêt! Deux œufs sur le plat, une côtelette.
Il dépêche tout cela lestement, avalant à la hâte, mettant les morceaux doubles, l'œil au cadran de l'horloge

qui avance lentement, mais impassible et fatale, annonçant l'heure de la Bourse. Et il faut qu'il vende soixante mille francs de rente au premier cours. Sa voiture l'attend à la porte. Un coupé bleu, sans chiffre et sans numéro, grand remise, attelé d'un restant de bon cheval, parti sur son devant avec des molettes, les jarrets couturés par le feu, mais qui tire encore à la main, porte beau et file un train d'enfer. Il n'y a pas d'âge pour les femmes et les chevaux de sang, on peut toujours en tirer quelque chose quand on sait s'y prendre.

Si l'on regarde dans la voiture, on aperçoit un paquet de journaux politiques et financiers, un carnet de bourse que dépassent des cotes imprimées et des fiches d'agent. Midi et demi sonne. Paf! notre homme se lève précipitamment, jette sa serviette, prend son chapeau, file et disparaît.

Tout autre est le couple à côté. Deux bourgeois cossus, plumassiers de la rue du Caire ou marchands de bronzes de la rue Amelot. Ils ont été à un mariage à la mairie du IXᵉ, et ils ont fait la partie de venir déjeuner ensuite chez Riche en partie fine. Aussi quel embarras pour choisir entre tous ces mets divers, aux noms si bizarres, qui les étonnent! Tournedos à la plénipotentiaire, c'est cela qui doit être excellent! mais ce doit être cher, le prix n'est pas marqué en regard. Si on les pressait, ils demanderaient du sphinx à la marengo, comme le pauvre Méry, auquel le garçon répondit bravement:

— Je vais voir à la cuisine s'il en reste.

Pendant qu'ils se consultent — ils ne sont pas venus

pour manger des mets de ménage, mais bien de ces plats qu'on ne réussit qu'au restaurant — le maître d'hôtel, grave comme un diplomate, s'incline avec un sourire discret et appuie ses deux mains sur la table. La serviette sur le bras, deux garçons, deux sous-ordre, et le sommelier en tablier de serge noire écrue, attendent le bon plaisir des époux Chapuzot, que tout cet appareil intimide. Au bout d'un quart d'heure d'amendements, de contre-projets et de propositions, Chapuzot finit par dire au maître d'hôtel :

— Donnez-nous ce que vous voudrez.

Et ils déjeunent avec une omelette aux rognons, un beefsteak aux pommes et du fromage de Brie. Ce n'était pas la peine assurément de venir de si loin au restaurant.

Bien d'autres types défilent encore devant nos yeux, depuis l'étranger qui ignore le français, commande son déjeuner par signes et débute par un soufflé au chocolat pour finir par des œufs à la coque, jusqu'au militaire de passage à Paris, sans compter le clan des écrivains, peintres, musiciens, qui abondent là, et qui mériterait à lui tout seul un crayon à part.

Je ne peux m'y arrêter et je me borne à rappeler la physionomie originale de Nestor Roqueplan, qui apportait toujours avec lui son tire-bouchon particulier, et qui jamais ne voulait manger que le milieu des pains, dédaignant les croûtons.

Il prétendait, pour expliquer ce goût bizarre, que le matin le boulanger, en apportant le pain, le posait debout contre une porte. Un chien pouvait passer, ajoutait-il alors, et se livrer à l'égard du pain à une de ces manifestations de la franc-maçonnerie usitées en tout pays dans la race canine, « et, disait Roqueplan, j'aime le pain sec. »

L'autre jour j'attendais chez un notaire. J'avais longuement contemplé le cabinet du premier clerc, où je me tenais. En face de moi, des dossiers rangés soigneusement dans les cartons étiquetés par années, une bibliothèque immense surmontée des bustes de Cujas et de Montesquieu. Fauteuils en cuir. Une vague odeur de poussière et de renfermé traînait partout. Les heures passaient, je bâillais à me décrocher la mâchoire. Un cahier relié, posé sur une table, attire mes regards. Machinalement je l'ouvre et je le feuillette. C'est le répertoire des conseils judiciaires depuis 1841 jusqu'à nos jours.

Un nom connu, célèbre même, me saute aux yeux : c'est celui d'une princesse qui fait retentir les tribunaux de ses démêlés avec son mari. Plus loin, je trouve ceux d'un homme d'État fameux, d'un avocat distingué, et de trois diplomates, naguère ambassadeurs et ministres. La littérature y est largement représentée, depuis les maréchaux des lettres jusqu'aux sous-lieutenants de la presse légère, qui ont peut-être dans leur encrier le brevet de futurs princes de la critique. Les gens du Club abondent. Dans une famille, les La Roche-Sainte-Croix, quatre frères ont été interdits le même jour. Quel coup de fusil ! Espérons que ce n'est pas pour la même femme.

En poursuivant cette curieuse recherche, je trouve que la plupart de ceux qui ont été frappés ainsi sont devenus des gens fort distingués, ayant occupé les plus hautes situations dans la politique, dans les arts ou dans le monde. C'est le livre d'or de l'aristocratie française que cette nomenclature de fils prodigues et d'écervelés qui ont jeté par les fenêtres non-seulement leur argent, mais ce qui est plus grave, leur jeunesse et leur santé, ce qui ne se rattrape pas plus que l'innocence, encore que l'on coure après à toutes jambes, voire même en huit-ressorts.

Et cependant, si l'on savait quand on est jeune, que de folies on éviterait ! Mais voilà, on ne sait pas, on ne veut pas savoir. On a une chérie qui a absolument besoin de vingt mille francs, destinés à une couturière grincheuse ou à un tapissier qui est un chien fini. Il n'attend jamais, n'accepte pas l'à-compte sauveur et fait des frais que c'est une bénédiction. On vous demande cela avec de grands beaux yeux bleus prêts à pleurer qui se lèvent tendrement vers vous d'un air de supplication dolente. Un tigre serait attendri, mais un huissier c'est pis qu'un tigre, plus racorni surtout. Cela a un papier timbré à la place du cœur. Alors on prend un grand parti et une voiture, style Saint-Marc Girardin, et on roule pour les Batignolles ou le Marais.

On monte des escaliers, on en descend, on essuie dix refus : celui-ci n'a pas d'argent, ses fonds sont en-

gagés, les rentrées ne se font pas, et toujours la phrase
éternelle, le cliché agaçant : les affaires ne vont pas.
Vous trouvez, à part vous, que les vôtres vont trop
vite, et vous recommencez votre voyage de chrétien
errant à la recherche des précieux billets de mille dont
le froissement soyeux rappelle celui des robes de
femmes. Enfin, vers le soir, après avoir monté
soixante-sept étages et payé huit heures de voiture,
vous trouvez une âme charitable qui vous donne vingt
mille francs en échange d'un petit effet de trente mille
à trois mois, commission en dedans. Encore vous faut-
il, avec votre signature, deux autres, dont une bonne.

Ah ! jeunesse, jeunesse, si vous saviez tout cela ! Et,
une fois qu'on vous l'a flanqué, ce maudit conseil,
impossible de s'en dépêtrer. Octave de Berny, au bout
de dix ans de sagesse, obtient la levée du sien. C'était
en été, vers le 15 août. Octave, en déplacement à
Dieppe, reçoit un petit papier, au coin duquel il y a
une grosse dame qui tient un sabre et des balances, et
qui ressemble à une cuisinière. C'était une assignation
à comparoir. Joie d'Octave, qui prend le train, arrive à
Paris, passe un habit noir, et suant, étouffant, se rend
au Palais où un vieux juge l'interroge après l'audience,
dans la chambre du conseil, tandis que les autres, en
bras de chemise, repassaient leurs habits en quittant
leurs robes.

D'une voix nasillarde, le bonhomme lui pose une
trentaine de questions :

— Avez-vous, en 1860, dépensé cent soixante mille francs avec une personne qui... que... enfin ?

— Avez-vous fait des dépenses exagérées et notamment donné un soir deux louis de pourboire aux garçons d'un restaurant ?

Octave convient de tout avec humilité.

— Fort bien, reprend le magistrat, vous avouez. Puis, après une pause : — Vous devez alors reconnaître qu'il est de toute nécessité de vous donner un conseil judiciaire ?

— Pardon, monsieur, réplique poliment de Berny, il s'agit de me le lever. Il y a dix ans que je l'ai.

Lundi, 29 décembre.

Je regarde le petit almanach que le facteur vient de m'apporter et que surmonte ce chiffre fatidique : 1874. Mes yeux parcourent ce frêle vélin doré et s'arrêtent sur les noms des douze mois en interrogeant l'avenir. Que ne donnerais-je pas pour soulever le voile mystérieux cachant à mes regards les événements qui vont s'accomplir ! Que ferai-je, par exemple, le 10 juin prochain ? Où serai-je le 20 novembre ? Quels plaisirs, quelles peines, quelles voluptés, quelles douleurs me réserve cette interminable série de jours que tiennent en petit texte ces douze colonnes si étroites à la vue, et pourtant si pleines d'événements ? Que de haines et que d'amours peuvent contenir ces trois cent

soixante-cinq jours, sans compter les nuits ! Puissent-
ils contenir une seule et véritable amitié !

Mais pourquoi philosopher, pourquoi s'inquiéter ?
Cette année qui s'ouvrira demain sera sans doute pareille aux précédentes. Avec janvier et février l'hiver,
gai aux riches, rude aux pauvres, égrénera son cha-
pelet de fêtes. Les valses voluptueuses enlaceront
dans leurs tournoyantes mélodies les groupes jeunes,
beaux et heureux.

Sur le marbre poli des épaules endiamantées, les
feux des girandoles se refléteront, laissant dans l'ombre
les nuques brunes ou blondes, soyeuses ou veloutées,
se continuant en un sillon délicieux et se perdant dans
les blanches dentelles des corsages.

Avec mars, le carême, ses pénitences, les Cendres
sur tous ces jolis fronts, encore moites des danses
profanes. C'est le temps des jeûnes et des mortifications
qui finissent en avril avec les splendeurs religieuses
de Pâques, avec ses sonneries éclatantes dans les airs
tiédis et dans l'atmosphère ensoleillée. Le Sauveur est
ressuscité et la Nature se réveille. Voici le renouveau,
les feuilles d'un vert pâle apparaissent timidement au
bout des branches desséchées. La terre fumeuse, —
qui sent que cela la démange, comme disent mes montagnards du Velay, — retournée par le coutre de la
charrue, exhale des odeurs fortes et âpres. C'est la
symphonie de la force, de la jeunesse, de la vie !

Avec mai, le doux mois de Marie commence. Tandis
que le suave parfum des lilas traîne dans les airs, et

que le jour décroît lentement, l'église s'allume. Les vitraux étincellent au fond du sanctuaire, les cierges tremblotants jettent leur faible lumière. Les femmes prosternées prient avec ferveur au milieu des nuages bleuâtres de l'encens, qui monte sous les grandes voûtes sombres, et avec les chants sonores et graves de l'orgue les prières montent au ciel vers la mère de Dieu, debout sur la sphère étoilée, et jetant sur notre pauvre argile ses regards empreints d'une douce pitié et d'une commisération divine.

Juin, juillet, août! La chaleur estivale. Paris-fournaise écume et bout. Vers la mer on s'envole à flots pressés. Au bord de la vaste mer chantée par le pâtre Hylas les nuées des bébés s'ébattent sur le sable et s'enfuient avec des cris de frayeur, quand la vague verte, déferlant en volutes immenses, vient lécher la plage de sable jaune et fin.

Septembre, la chasse; octobre, le bois jaunissant déjà; l'automne avec sa poésie mélancolique, les châteaux se peuplant, les chevauchées sur les grandes futaies, à l'horizon les couchers de soleil rouges, et le soir, au coin de vastes cheminées, les récits de chasse, les lectures, la comédie de salon.

Dès les premiers pas que fait novembre, nous saluons saint Hubert. Bienvenu soyez-vous, grand saint! Les trompes sonnent *le Réveil de Lorraine, la Royale* et *la Saint-Hubert*. Couplés et tirant sur leurs atta-

ches, les *bloodhounds* attendent, impatients, la fin de
la messe que le chapelain du château dépêche involontairement, par compassion pour les veneurs, bottés,
éperonnés, et pour les chasseresses aux amazones de
velours bleu galonnées d'argent et d'or, coiffées du
coquet lampion, qui brûlent d'être en selle. Tayaut !
tayaut ! le cerf est lancé ; à sa suite, la meute qu'on
couvrirait d'un mouchoir, puis l'escadron multicolore
des veneurs. Les chiens crient en musique. Quelle
jolie mélodie sous les vieux chênes !

Avec décembre nous rentrerons à Paris, et l'an prochain, à pareille époque, en face de 1875, vous repas-
serez dans votre mémoire les heures envolées en vous
apercevant que, comme l'année d'avant, vous avez fait
à peu près les mêmes choses que vous recommencerez
l'année d'après. Laissons-nous donc porter par le flot,
insoucieux du temps qui va suivre, sans regarder
l'avenir, et surtout le passé.

Pas vrai, mesdames ?

Mardi, 30 décembre.

Ceux que je plains en ce moment, ce sont les décavés
de l'existence, ceux qui jadis riches ont jeté leur fortune par les fenêtres des boudoirs galants et des cabarets à la mode. Ils sont encore chic à la surface, et de
leur gloire passée il leur reste l'estime des bijoutiers
chez lesquels ils ont eu de gros comptes, et les saluts

des marchands de chevaux quand ils remontent — à pied — les Champs-Élysées. C'est bien quelque chose cela ; mais ce qui est dur, c'est d'aller en sapin quand on a eu à soi un joli coupé plume de pie, attelé d'une paire de chevaux de quinze mille francs, fleur de pêcher, avec des actions étonnantes et qui se prenaient les pieds dans leurs mors.

Il est dur de rester à Paris l'été, quand tout le monde est à Dieppe ou à Luchon, de recevoir un petit bonjour protecteur parti des coupés coquets capitonnés en satin violet, au lieu de voir les beautés qui les habitent se pencher vivement à la portière en tapotant la vitre de devant pour prévenir le cocher de s'arrêter au bord du trottoir, afin de s'y livrer à une *flirtation* prolongée dont le *post-scriptum* est : A ce soir, n'est-ce pas ?

Il est pénible, enfin, au lieu des dîners savoureux du café Anglais et de Véfour, — il n'y a plus que Véfour, à en croire les hommes de plaisir — d'être réduit aux modestes menus du petit restaurant des décavés. Cette petite boîte, inconnue à la plupart des mortels, est située aux environs de la Madeleine. C'est décent, propret, et si quelque ambassadrice passant en voiture vous voit tourner le bouton de la porte pour y entrer, on peut ne pas trop rougir. Bref on y dîne en habit noir et en cravate blanche sans trop détonner et, précieux avantage, on s'y trouve en pays de connaissance.

Voici d'abord le beau Marc de Bris. Il a eu cent

quatre-vingt mille francs de rente qu'il a galamment
croqués avec les grandes courtisanes parisiennes. Il a
commencé par Emma Volière pour finir par la Castucci
en passant par Ketty Bijou et Jeanne de la Tour-Bleue.
Maintenant il est commissaire de surveillance administrative à la gare de Morcerf-sur-Loire. Quatre mille
francs d'appointements. Et il s'habille toujours chez
Poole.

Plus loin, Brusquet, le gros Brusquet. Bon vivant,
aimant la chère fine et les vins généreux. De son gros
sac il lui est resté quelque chose : une gastralgie. Il a
remonté sa bête et a été faire du commerce aux Indes,
dans la présidence de Madras. Il en est revenu avec
quelque argent et il vend maintenant des cachemires
à celles auxquelles il en donnait. Ce n'est pas un con-
vaincu, c'est un égaré qui rentre au bercail; il finira
mal, il se mariera.

J'ai gardé Lanstrac pour la bonne bouche. C'est que
Lanstrac est un poëme. Il est scandaleusement joli
garçon et d'un chic à faire prendre les princes du sang
pour des décrotteurs à côté de lui. On ne s'explique
pas qu'il n'ait pas encore été enlevé par une princesse
polonaise excentrique ou par une de ces jolies misses
américaines dont les papas ont fait fortune dans le pétrole, à *Oil-Creek*, ou les porcs salés, à Cincinnati.
Assurément, Lanstrac n'aura pas voulu se mésallier.
Il est noble à six cents quartiers; il y avait des Lanstrac à la première croisade, dit-il souvent, et je vous
assure qu'ils n'étaient pas dans la musique. Voilà

quinze ans que cela dure, et je ne sais par quel miracle
il a pu se soutenir aussi longtemps et continuer à mener la vie élégante à la force du poignet. C'est un
héros !

Bref, et pour en revenir à mon sujet, je plains tous
ces pauvres élégants qui ont l'air de princes et qui
souvent n'ont pas un louis dans la poche de leur gilet,
décolleté en cœur. Le moment des étrennes est cruel
à passer ; il faut marcher, et l'argent vivant est nécessaire. Les bijoux, point n'y faut penser ; les bonbons,
hors de prix ; les bibelots, chimères ! Il ne leur reste
qu'un moyen de se tirer honorablement d'affaire, c'est
d'imiter mon ami Villiers, qui, jadis, ayant à étrenner
une princesse, lui envoya un sonnet avec des fleurs où
il appelait les violettes : les camélias du pavé.

La princesse — qui avait de l'esprit — prit les
violettes et Villiers !

Mercredi, 31 décembre.

Mon camarade Tréfleur, le plus brave et le plus
loyal soldat qui fût au monde, s'était marié au printemps de 1870. Sa femme jeune, jolie et bonne le vit
partir sans trembler. C'était une âme haute et forte qui
comprenait le devoir et s'y soumettait sans faiblesse et
sans plaintes.

Fait prisonnier au début de la campagne, Tréfleur

échappa à toute blessure. A son retour à Versailles,
en 1871, il reprit du service contre la Commune, et à
la rentrée des troupes dans Paris, il commandait aux
sapeurs de son régiment de se frayer un passage à
coups de hache à travers les maisons de la rue Boissy
d'Anglas, lorsqu'un coup de feu tiré par un misérable
caché derrière une persienne le tua net.

La veuve de Tréfleur supporta stoïquement, chré-
tiennement, cette douleur, et sa fillette blonde aux
grand yeux bleus fut désormais son univers. Mais les
malheurs vont par troupes, dit le proverbe russe : cet
été l'enfant mourut dans les convulsions.

Aujourd'hui, au milieu de la foule, j'ai rencontré la
pauvre mère, vêtue de deuil comme toujours, pâle,
sous ses long voiles de crêpe, et marchant d'une manière inconsciente. Elle allait et venait parmi les passants affairés qui la bousculaient sans qu'elle s'en
aperçût. Son regard, tantôt fixe et regardant le vide,
tantôt errant à l'aventure, parcourait les étalages resplendissants. Les boutiques de jouets surtout attiraient
son attention. Elle regardait complaisamment les pou-
pées coquettes, à tête de porcelaine, aux cheveux
ébouriffés qui ressemblent à Croizette ; leurs trousseaux
mignons que les mains des petites filles aiment tant à
manier. Puis, elle allait vers les chiens frisés, aux yeux
de verre, tondus en lion ; vers les chèvres sellées de
paillon ; et tous ces objets, elle les dévorait des yeux
avec une ardeur farouche.

18.

Soudain, et comme poussée par un sentiment irrésistible, elle entra brusquement dans un magasin, et
moi qui l'observais du dehors, je la vis acheter deux
ou trois jouets qu'elle voulut emporter elle-même.
Quelques pas plus loin, elle recommença le même manége, puis, quand elle fut chargée à ne plus rien pouvoir porter dans ses bras, elle se dirigea vers sa demeure.

Je la suivis. Prestement elle monta les escaliers,
ouvrit sa porte qu'elle laissa machinalement entre-
bâillée, et, traversant tout l'appartement, elle marcha
droit à la chambre de la petite fille.

Telle qu'elle était au jour funeste de la mort de l'enfant, telle la chambrette était restée. Au mur le petit
lit blanc, sur la table quelques menus bibelots qui
traînaient, et, de ci, de là, les objets familiers avec
lequels elle jouait d'habitude. Un léger parfum de
violettes venant d'un bouquet renouvelé chaque matin
courait dans l'air. Il semblait que la pauvre créature
fût encore vivante, et à tout instant je croyais la voir
sortir de derrière un meuble, jetant au vent les notes
éclatantes et perlées de son rire jeune et clair.

La mère avait été jusqu'au lit. Là, elle déposa les
jouets qu'elle avait apportés, et fit le geste de les offrir
à un être imaginaire dont la blonde tête se serait
profilée sur l'oreiller désert. Quelques minutes elle
resta ainsi immobile, puis sortant de son rêve et ra-

menée à la dure réalité, elle fondit en larmes et, tombant à genoux, elle se mit à prier.

Depuis quelques jours, j'ai beaucoup négligé Ovide. Le pauvre garçon en est tout marri. Mais le moyen de faire autrement, pris comme je l'étais dans ce terrible engrenage des visites du jour de l'an, absorbé en plus par les préparatifs d'un voyage? Le baron, livré à lui-même, a dû voler de ses propres ailes, et il ne me paraît point du tout charmé de ses équipées.

D'abord il n'a pas échappé à la plaie des étrennes On l'a rencontré le 31 décembre en coupé, disparaissant sous un fagot de lilas blanc en branches; dans la caisse de la voiture les boîtes de bonbons étaient amoncelées. Il n'y a pourtant qu'un mois qu'il est à Paris. Où diable a-t-il pu contracter tant d'obligations que ça et connaître tant de *bonbonneuses*? Puis mon bijoutier lui a vendu un fer à cheval en diamants de trente mille francs destiné à une certaine baronne Totoche. Ce nom me rappelle des souvenirs bien chers! Enfin l'excellent Ovide de la Croix-Vraye me semble avoir pas mal marché pour un début.

Ensuite, il a été au théâtre, tous ces jours-ci. Il a vu *Jean de Thommeray*, hélas! et *Henri III*, holà! Selon lui, Croizette joue les cocottes comme si elle n'avait fait que cela toute sa vie, et la pièce de Dumas ne l'a guère amusé, parce qu'il s'est rappelé une tante

à lui qui lui avait *raconté* mademoiselle Mars dans le
rôle de la duchesse de Guise. Aux *Pilules du Diable*,
il faudrait couper le dialogue qui a peut-être un peu
vieilli; mais il y avait une jolie salle, et il s'est amusé
à lorgner les femmes, ce qui lui a fait prendre la prose
et son mal en patience.

Je soupçonne Lanstrac, auquel il s'est fort livré en
mon absence, de lui avoir inspiré des idées perverses,
car ce matin, à déjeuner, mon dit Ovide a témoigné des
idées d'indépendance absolue et s'est livré à un *pro-
nunciamiento* des plus significatifs.

Malgré mes conseils, malgré les exemples funestes
qu'il a sous les yeux, le malheureux veut faire une fin.
Il tient expressément à mettre *quelqu'une* dans ses
meubles. Jusqu'ici je l'avais maintenu dans une horreur salutaire des liaisons à baux, je lui avais démontré
qu'avoir une écurie de courses à soi était folie, qu'on
était volé par les soubrettes, qui sont les palefrenières
de l'amour et qui boivent l'avoine de leurs maîtresses,
qu'il valait mieux s'adresser à ces entraîneurs publics
auxquels on achète de temps à autre un cheval de prix
à réclamer, dont on se défait sitôt qu'on en a assez,
s'il boite ou s'il fait mal son service. Tout cela a été
vain! Lui aussi veut faire partie de la grande confrérie.
Il prétend que cela le posera, qu'il aura ainsi un second
chez-lui, moins officiel que l'autre, une seconde famille,
quoi! Du diable si je m'en mêle!

Sans compter que je serais fort embarrassé s'il me
fallait lui donner un conseil. Charmantes les femmes

de théâtre, mais elles tutoient trop les cabotins. Si on déballe chez elles, le matin à l'improviste, il y en a toujours un dans vos pantoufles. La grande cocoterie est d'un cher!... Vingt mille francs par mois, c'est une paille pour des demoiselles qui ont hôtel aux Champs-Élysées, dix domestiques et quinze chevaux. Dans six mois, il faudra vendre des rentes. Une femme inédite, c'est cela qui est exquis! Mais encore faut-il la trouver, et puis c'est toute une éducation à faire, toute une maison à monter. Quel travail! Il est vrai que toutes les peines sont amplement compensées par la joie que l'on éprouve quand on est avec une femme très-*en-toilettée* dans une avant-scène, et que l'on voit les beaux gommeux de l'orchestre s'interroger mutuellement et se répondre en hochant négativement la tête. On entend les mots : « Qui est-ce? » courir le long des fauteuils. Cela ne vaut-il pas mieux que d'arborer une créature qui salue du coin de l'œil la première rangée, sourit à la seconde et lorgne la troisième? On est connu de trop de gens, et trop souvent un ami à vous, placé à l'orchestre, voit son voisin parler tout bas à un autre qui, en regardant votre belle, répond tout haut :

— Parbleu, moi aussi!

Samedi, 3 janvier.

Pendant qu'il fait à Paris un vent à décorner Ménélas lui-même; pendant qu'au coin des rues la rafale souffle violemment, retroussant les jupes des femmes, retour-

nant les parapluies, emportant les chapeaux, qui tour-
billonnent follement dans les airs ; pendant qu'il pleut,
qu'il neige, qu'il grêle, il fait à Nice un temps radieux.
Sur cette terre des orangers bénie du soleil, les couples
amoureux se promènent en se tenant par la taille et en
s'abritant à deux sous les ombrelles doublées de soie
blanche. Il y a vingt-neuf degrés de chaleur sur les
terrasses de marbre de Monaco ; on s'y roule volup-
tueusement en lançant vers le ciel azuré les tourbillons
de fumée bleuâtre du tabac turc, on contemple le ciel
bleu et l'azur de la Méditerranée ; et les fortunés mortels qui jouissent de tous ces bonheurs sourient malignement en pensant aux Parisiens qui pataugent dans
la crotte sous le dôme mouvant des parapluies.

J'ai été, ce matin, conduire un ami à la gare de Lyon.
L'express de cinq heures allait partir, et c'était un
spectacle curieux, animé et plein de variété que l'aspect
de la vaste salle vitrée, pleine d'une foule affairée.

Un groupe de journalistes frappe d'abord mes yeux.
Les pauvres forçats de la plume rencognés toute l'année
dans leur étroite et maussade tribune, entassés sur ce
perchoir incommode où leurs genoux sont à la torture,
s'échappent avec joie de la classe quotidienne pour aller
s'ébattre dans les stations hivernales. Quelques députés, leurs justiciables, les entourent et leur font des
mamours. Il faut, à tout prix, être bien avec ces railleurs impitoyables, avec ces esprits vifs et mordants
qui dispensent la gloire, la réputation et la renommée
aux honorables. Eux aussi vont respirer l'air balsa-

mique des stations hivernales. Quelle joie, Seigneur !
Oublier le budget et M. Raudot, ne plus voir Crémieux
ni Naquet, ne plus entendre Arago ni Gambetta, dormir en paix sans s'éveiller au bruit de la sonnette du
président Buffet, contempler à l'horizon les voiles
blanches des pêcheurs au lieu des gestes épileptiques
de l'ex-colonel Langlois. Quel rêve ! Aussi, les députés
susdits sont-ils — sans acception de nuances — hi-
lares, allègres et dispos. Ils vont s'en donner jusque-
là, bien dîner, bien dormir, qui sait ?... risquer quelques louis à la roulette du Casino. Peut-être même
Vénus... mais chut ! Il fera beau demain sous les grands
orangers.

Toute armée a ses accompagnements qui voltigent à
l'entour pour achever les blessés et dépouiller les traî-
nards. Un détachement de demoiselles à marier tous
les soirs, non loin de là, prêt à partir avec armes et
bagages ; les yeux avivés par un maquillage savant
brillent sous les longs voiles de gaze bleue ou marron,
les tailles sont pincées sous les casaques bordées de
castor ou de renard argenté. A la main, l'inévitable
petit sac de maroquin rouge timbré d'un chiffre et souvent d'une couronne — une couronne de lit, dit Croixans
— et des bas de soie de couleur complètent le tableau.
Les Parisiennes s'en vont en guerre, gare aux poches !

Tout ce monde lesté d'argent, disposé à s'amuser
ferme, s'extasie dans le train en formant des petits
clubs dans chaque compartiment. Croqueuses et cro-

qués se mettent ensemble et avant Melun quelqu'un
retire comme par hasard des jeux de cartes de son sac
et propose un petit baccarat de famille, oh ! tout à fait
anodin ! Si bien qu'en arrivant à Dijon pour dîner, il y
en aura déjà quelques-uns nettoyés qui, ayant perdu
tout l'argent de leur voyage, reprendront le train descendant vers Paris en compagnie des décavés retour
de Monaco qui rentrent, leur voyage payé, avec dix sous
dans leur porte-monnaie.

Enfin, pour que rien ne manque au tableau, deux
têtes martiales, moustaches grises, ruban rouge, fortes
cannes, redingote boutonnée, prennent leurs billets
pour Antibes. Ce sont deux braves culottes de peau,
deux vieux capitaines, qui ont été soldats avec le maréchal Bazaine à son entrée au service, qui eux,
ont avancé lentement, obscurément, en semant leurs
membres sur les champs de bataille, qui ont gardé pour
l'ancien engagé volontaire leur amitié solide et iné-
branlable, et qui vont voir le prisonnier de Sainte-Mar-
guerite, frappé justement, peut-être, mais aujourd'hui
isolé, seul et malheureux.

Vendredi.

Réception hier chez le général Fleury. C'est une des
curiosités du Paris actuel que ce salon hanté par toutes
les aristocraties, toutes les élégances et tous les talents jadis familiers des Tuileries, et qui viennent au-

jourd'hui chaque semaine se réunir dans ce temple dédié à la plus noble des vertus : à la fidélité.

Le cadre est d'abord charmant et d'un cachet tout à fait spécial. Aux murs, des tableaux qui ont tous la valeur de souvenirs historiques. D'abord, à la place d'honneur, l'immense portrait équestre de l'empereur Napoléon III, par Alfred de Dreux, un exemplaire unique, le seul autre qui existât ayant été brûlé dans l'incendie des Tuileries. L'expression de cette toile est admirable ; la figure surtout respire cette majesté paisible dont parle Émile Ollivier dans son fameux discours mort-né. Cette bonté de l'homme privé, cette suprême bienveillance à laquelle Augier a également rendu hommage, éclatent en plein dans ce visage peint aux temps des années heureuses et des heures prospères. En face, le buste en marbre du général, et un autre Alfred de Dreux le représentant en colonel des guides.

Dans le cabinet de travail du général, un admirable portrait de la comtesse Fleury, peint par Cabanel, frappe d'abord mes yeux. C'est un chef-d'œuvre de ressemblance, de grâce et d'expression. Voici des bustes et des portraits du Prince impérial, un marbre de Napoléon Ier par Canova, un splendide trophée d'armes où les sabres damasquinés et les *flissas* de l'Orient se mêlent aux lames gravées et aux pistolets niellés du Caucase. Une aquarelle représente le magnifique *stud* de l'Empereur, que le général, un *sportsman* passionné, avait mis au rang que l'on sait. Enfin,

19

je retrouve la Russie dans le portrait de l'empereur Alexandre, qui domine la photographie de Zichy représentant la chasse à l'ours où le czar courut un si grand danger ; sans compter une charge de chasseurs à cheval sur un carré autrichien, souvenir de la guerre d'Italie, dont j'ai vu la seconde édition là-bas, chez le comte Schouvaloff ou chez le prince Dolgorouky, je ne me souviens plus au juste.

Dans ce milieu si intéressant s'agite un monde charmant, choisi, une assemblée d'élite où chacun vaut quelque chose par le nom, la naissance, l'esprit, le talent, la beauté ou la vaillance. La jolie madame de Galiffet, côte à côte avec mesdames Magnan, Dubois de l'Etang, Gimet, Lefèvre, Levert, fait face à mademoiselle Errazu. Le fin profil espagnol de la maréchale Canrobert, la tête de Junon impérieuse de madame Bartholony m'apparaissent successivement au-dessus d'un groupe de députés composé du pétulant Abbattucci, de MM. Boffinton, Levert et du marquis de Valon. Avec son spirituel sourire, M. Pinard, l'ancien ministre, écoute le duc de Gammont, cravaté de haut, à la poitrine couverte de plaques, un superbe diplomate d'après David, qui s'étonne tout haut de l'ostracisme de l'Académie condamnant l'éloge d'un souverain mort en exil, éloge si court et si mesuré à la fois.

Plus loin, M. de la Guéronnière, l'ancien ambassadeur, entouré des publicistes Paul de Cassagnac, Francis Aubert et Léonce Dupont, est fort complimenté au sujet de la dépêche de remerciement que l'impératrice lui a adressée pour sa lettre.

Les princes Joachim et Louis Murat, appuyés contre une porte, causent avec le nerveux et énergique Fernand Giraudeau, tandis que la princesse Lise Troubetzkoï, qui arrive un peu tard — une coquetterie permise à une aimable et spirituelle grande dame qui aime à se faire désirer, — est accueillie par la comtesse Fleury, aux côtés de laquelle se tiennent la comtesse Davillier Regnaud de Saint-Jean-d'Angely, divinement mise, et le duc de Montmorency.

De minute en minute le coup d'œil change, le défilé continue, étincelant, mêlant aux gracieuses figures de femmes et aux épaules de marbre les têtes d'hommes d'État et les impassibles masques des diplomates. On a peine à s'arracher à ce spectacle délicieux. Et pourtant Imbert de Saint-Amand me demande des nouvelles de la marquise de Caux, et mon grand ami Édouard me reproche de ne pas l'accompagner le 16 à Chislehurst. L'heure s'avance d'ailleurs, et il va me falloir quitter cette demeure hospitalière où j'ai voulu, à mon retour en France, porter mes premiers pas, heureux d'y trouver cet ensemble de dévouement, de loyauté et cet accueil chevaleresque qui ont rendu le général si universellement populaire et qui ont fait de tous ceux qui l'ont approché, ne fût-ce qu'un instant, des serviteurs dévoués ou des amis fidèles.

*
* *

Samedi.

Nous aurons désormais deux élections par mois, c'est réglé comme le prix des petits pâtés et plus fixe que celui du timbre sur les billets à ordre qui sont tous les jours plus chers. C'est au point que Boisgommeux a déclaré que cela devenait ruineux de souscrire des effets à son tailleur et à son bijoutier, et qu'il n'y avait qu'un seul moyen de se tirer d'affaire, c'était de ne pas payer les susdites valeurs à leur échéance.

Je dois avouer que je l'ai fortement encouragé dans cette voie. Par le temps de bals au Tribunal de commerce qui court, il est absolument évident qu'un homme du monde, reçu dans les salons de la magistrature consulaire (style Birotteau), peut se dispenser de payer ses dettes sans crainte aucune d'être inquiété. Il serait, en effet, par trop plaisant que les honorables magistrats qui siégent à l'ombre de la fameuse devise: *Suum cuique* se vissent forcés de sévir contre la fleur de la jeunesse dédorée qui va venir polker dans la salle des faillites, ou valser dans celle des adjudications publiques, ce qui sera extrêmement gai, entre parenthèses. Comment exposer, en effet, l'un des honorables juges, demandant à un monsieur de lui faire vis-à-vis audit bal, à se faire répondre :

— Non, monsieur, jamais je ne danserai un quadrille avec vous qui m'avez flanqué hier sept cent soixante-deux francs onze centimes dans l'affaire Aaron, Isaac et Lévi. Ce serait horrible, n'est-ce pas ?

Vous représentez-vous également l'affreuse situation d'une jolie dame de la rue du Mail dont le mari siége au tribunal et qui cotillonne avec un *gentleman* débouté la veille de son opposition dans l'affaire Crocheferme ? Assurément nos consuls (style Birotteau) ne voudraient pas créer des situations aussi dramatiques, et tout ce qui en ce moment porte cravate blanche et valse infatigablement pendant cinq heures de suite va jouir des plus grandes facilités de payement.

Mais je m'égare, et me voilà bien loin de mon sujet. C'est une petite historiette que je voulais vous conter. Elle touche un peu, un tout petit peu, à la politique, à cette science qu'Augier rangeait si spirituellement hier entre l'alchimie et l'astrologie judiciaire ; mais il s'agit d'élections, et vous voyez que c'est d'actualité.

Donc, dans un département du Centre régnait, il y a quelque temps, un préfet légitimiste, mais galant homme, point intolérant, et ayant conservé avec les anciens fonctionnaires de l'Empire des relations d'amitié fort intimes. A la veille d'une récente élection, notre préfet apprend un matin qu'un ancien ministre de l'Empire et un ex-écuyer de Napoléon III viennent d'arriver au chef-lieu, et que, ne voulant pas aller à la préfecture, par discrétion, ils l'attendent au Lion-d'Or, où ils désirent lui serrer la main.

Au moment où il se disposait à se rendre à leur invitation, il reçut la visite du commissaire central qui, d'un air effaré, lui annonce le débarquement de deux

conspirateurs dont il ignore encore les noms, mais sur
la piste desquels il a détaché ses plus fins limiers.

— Fort bien, monsieur le commissaire, dit le préfet,
désireux de mettre à l'épreuve le zèle de son central.
Suivez-moi ferme ces gens-là qui me font l'effet d'être
fort dangereux, et venez ce soir, à six heures, me faire
votre rapport.

A l'heure dite, le bon commissaire arrive triomphant
à la préfecture. On l'introduit dans le cabinet du fonctionnaire.

— Voici les noms et prénoms des deux arrivants,
dit-il d'un air triomphant au préfet en lui tendant un
papier et en faisant un pas en avant. Soudain il s'arrête, demeure muet et stupide. Qu'a-t-il vu aux côtés
du préfet, fumant des cigarettes et nonchalamment
étendus sur les canapés de moleskine? Les deux conspirateurs qu'il traquait depuis le matin et qui le regardaient avec un bienveillant sourire.

— C'est bien, dit le préfet pour mettre fin à son
amusant embarras. Vous avez consciencieusement
rempli votre devoir. Allez! monsieur.

Attendez, ce n'est pas fini. Trois jours après, le
préfet, qui se félicitait du dévouement de ses serviteurs, reçoit de l'ancien ministre impérial un billet
ainsi conçu :

« A bonne police, contre-police meilleure.

« Votre central est abonné au *Pays* et ses deux
agents à *l'Ordre*. Manche à manche, mon cher ami! »

*
* *

Lundi.

Hier vers six heures, j'étais chez Dumas. Le jour baissait, c'était ce moment fugitif plein d'une poésie douce et mélancolique pendant lequel l'âme attendrie songe à ceux que l'on aime, qui sont loin de nous, voguant sur les mers profondes ou partis dans la mort. Après cette journée dominicale splendide d'azur et de gaieté, la foule encombrant les trottoirs, en habits de fête, les enfants poussant des cris joyeux, les voitures emportant les femmes parées défilant à flots pressés, et là-bas derrière l'Arc de l'Etoile, cette immense porte triomphale ouverte sur l'infini, le soleil se couchant dans une poussière dorée, embrumé de reflets de pourpre, après cette après-midi printanière, parfumée, éclatante de jeunesse, de force, de séve, de santé, ce crépuscule grisâtre enveloppait Paris de ses voiles légers et assombrissait nos esprits. On n'avait pas encore apporté de lumière, et les flammes du foyer seules éclairaient par instant la puissante tête du maître.

Tout à coup après un silence :

— Et Desclée? lui demandai-je.

Un geste navrant fut sa réponse. Pauvre fille, pensai-je, nous ne la verrons plus.

Justement, ce matin, en faisant dans mes papiers e rangement indispensable après un retour de voyage, je tombe sur une lettre dont les bleues initiales A. D.

et l'écriture me frappent au cœur. Je l'ouvre, c'est
celle que la pauvre grande artiste m'avait adressée
quand — il y a quelques mois — je parlai d'elle à cette
même place.

« En vous lisant, mon ami, m'écrivait-elle, il me
semble que je suis encore vivante ! Si jamais je renais
à la vie, avec quel plaisir je vous tendrai ces mains
pâles dont vous parlez ! les mains d'une ressuscitée.

« Merci encore et à vous.

« AIMÉE DESCLÉE. »

J'achevais cette lecture quand on est entré et que
l'on m'a appris la fatale nouvelle. Hélas ! elle n'est pas
ressuscitée, la charmeuse aux grands yeux, nous ne
la verrons plus, et elle ne me tendra plus ses mains
pâles. Ses doigts effilés, dont le claquement nerveux
annonçait chez elle les éclairs de la colère et de la
passion, sont à l'heure qu'il est roidis par la mort. Son
joli regard étrange, vague, indécis, plein des tumultes
de l'âme et qui vous remuait si profondément quand il
s'arrêtait sur vous, nous ne le verrons plus. Et sa voix,
au timbre si particulier, avec ses intonations saccadées
où la finesse, le dédain, l'insolence se peignaient si
bien, sa voix ne retentira plus fouettant une salle tout
entière suspendue à ses lèvres.

Ah ! la voilà partie vers les sombres pays inconnus
dans lesquels son imagination vagabonde aimait volontiers à s'égarer par avance. Car elle était mélancolique, cette rieuse et mondaine *Frou-Frou ;* elle était

parfois sombre, pensive et absorbée comme Hamlet,
cette hautaine *Princesse Georges*. Souvent au milieu
d'un souper, tandis qu'à ses côtés les fleurs embaumaient, que les vins choisis riaient dans les verres au
milieu des feux d'artifice que les plus spirituels et les
plus beaux tiraient en son honneur, entourée du luxe
princier que les plus riches s'efforçaient de déployer
pour tenter — toujours en vain — de captiver son humeur capricieuse, fantasque, sauvage comme celle des
chèvres de Sardaigne, je l'ai vue silencieuse, l'œil fixe,
perdu dans le vide, le corps affaissé sur le satin des
canapés, songeuse, égarée dans une contemplation
muette.

— A quoi pensez-vous ? lui disait-on,

Elle relevait alors sur vous ses grands yeux étonnés,
pleins encore des vagues mystères qu'elle avait en-
trevus dans ce voyage fantastique.

— Moi, à rien ! répondait-elle.

Et si vous la regardiez de près, vous voyiez alors
deux grosses larmes couler sur sa joue pâlie. C'était
tout ce qu'elle rapportait de son excursion dans l'inconnu.

Pauvre Desclée, tu pleurais sur toi-même. C'est à
nous maintenant d'en faire autant.

***

Mardi.

On a beau dire, si le départ est amusant, le retour a
bien son prix. On s'est trimballé pendant des mois sur

19.

les routes, se couchant mal ou point du tout, se nourrissant de mets aussi fallacieux qu'invraisemblables —
à ma dernière traversée de l'Allemagne je n'ai mangé,
pendant quarante-huit heures, que du veau. — On s'est
levé à des heures impossibles pour ne pas manquer
des trains qui partaient à des moments ridicules ; il a
fallu courir de gare en gare pour surveiller ses bagages, passer trois lignes douanières qui bouleversent
votre linge et tripotent vos chemises blanches avec
leurs doigts crasseux ; bref, on a dû subir les mille et
une tribulations du voyageur.

On revient, la scène change et on retrouve son *home*
avec délices. Tenez, ce soir, je suis tranquillement au
coin du feu, parcourant le *Quatre-vingt-treize*, de
Hugo, que j'ai hâte de finir, tant la sénilité de ce génie
m'attriste et me crispe les nerfs. Je vais me délecter
ensuite avec le charmant volume d'Alphonse Daudet,
Robert Helmont, dont je connais déjà quelques pages
exquises. Il fait tiède, je suis moelleusement couché
dans un bon fauteuil de reps brun, le samovar de
cuivre doré chante devant le foyer et lance de légers
tourbillons de fumée blanche, tandis qu'assis sur des
coussins de cuir doré et gaufré, qui viennent du Caucase, mon chien favori tend vers moi sa tête intelligente, ombragée de poils longs et soyeux, sous lesquels
brille son petit œil malin comme celui d'un éléphant.

C'est que mon Love est un personnage, et qu'il occupe dans ma vie une part très-large. Depuis que je
le possède, ou plutôt depuis qu'il a l'âge de raison, il
a partagé avec moi la bonne et la mauvaise fortune. A

Bordeaux, en 1870, après l'armistice, il savait déjà grogner fort agréablement quand il voyait Glais-Bizoin; et quand le père Crémieux passait, il levait la patte, celle de derrière, s'entend. Il a été de moitié avec son maître dans l'enthousiasme irréfléchi que j'ai eu à cette époque pour M. Thiers, en qui je voyais un sauveur. Si Love eût été électeur, il eût voté avec moi pour l'illustre petit vieillard. Nous nous en sommes rudement mordu les pattes depuis !

Pendant mon absence, mon petit compagnon, qui s'ennuyait sans doute, s'est fait un ami. Tous les jours, à quatre heures, il descend au bas du jardin et va à la rencontre d'un affreux chien noir, auquel il montre le trou de la haie qui doit lui livrer passage. Salut, reconnaissance, échange de ces signes maçonniques qui sont en usage dans la race canine depuis Cadix jusqu'à Yeddo, puis ils remontent gravement tous deux les allées et entrent dans la maison par la serre, Love s'effaçant aux portes pour laisser passer l'autre le premier. Il y avait hier soir, au bal du tribunal de commerce, des gens moins bien élevés que lui !

Quand on sert le dîner, c'est encore l'étranger qui a les honneurs, et si quelque autre de mes pensionnaires, Satin, Chiffon, voire même la jolie Théo, — pardon, madame, — s'avise de lui disputer un os de poulet, il faut voir quelle leçon lui administre mon Love, qui a lu la civilité puérile et honnête.

Dans les premiers jours, je me suis un peu étonné

de cet attachement de mon chien, qui est un monsieur poudré, musqué, très-aristocrate dans ses goûts, très-marquis et très-*gommeux*, enfin, pour un pauvre tris-tapatte, boiteux comme l'étranger. Depuis ce matin, je ne m'étonne plus, car on m'a raconté l'histoire du chien noir en question.

La voici :

Pendant la guerre son maître, un cantonnier, travaillait au parc de Saint-Cloud. La brouette contenant la blouse du bonhomme, son pain et une scie était confiée à la garde de Dragon. Surviennent trois soldats allemands qui, ayant besoin de la scie pour couper des branches, veulent s'en emparer. Résistance héroïque de Dragon, dont les ennemis ne peuvent se débarrasser qu'en lui tirant à bout portant trois coups de fusil qui lui fracassent les pattes et le laissent pour mort.

La vaillante bête ne l'était pas et, la fraîcheur de la nuit ayant ranimé ses forces, elle se traîna au logis du cantonnier qui la guérit et la soigna au milieu de larmes de joie.

Aujourd'hui Dragon est sauvé, mais mutilé glorieusement. Il sautille péniblement sur deux pattes, mais il a l'air tout fier; on dirait qu'il comprend qu'il a été blessé devant l'ennemi !

Et puis il ne faut pas parler allemand devant lui ! Ah ! mais non !

Une jolie salle aux Italiens à la seconde de *Semira-mide*. Des beautés étrangères avec de suaves profils de vierges de Murillo, des figures d'Espagnoles et de Liméniennes, pâles comme des Velasquez, avec ce teint mat si joli aux lumières. De délicieuses Américaines, aux yeux bleu azur, aux cheveux *auburn*, avec ces petits nez droits, fins, et ces tempes coupées car-rément, indices de volonté tenace et d'obstination absolue. Enfin des Parisiennes, femmes-sérails qui résument tous les charmes, toutes les élégances, qui empruntent à chacune des nationalités étrangères quelque trait de leur parure ou de leur esprit pour s'en former un tout, régal piquant et savoureux qu'elles nous servent avec un art exquis, même les plus vieilles, expertes en l'art d'accommoder les restes.

La Belocca et la Belval forment un duo de chan-teuses parfaites en tout point, qui charment la vue et les oreilles. La seconde est une Sémiramide majes-tueuse, à la démarche de souveraine et aux bras mar-moréens. Quant à la première, ses grands yeux noirs étonnés, sa grâce naïve et juvénile, la pureté de sa voix et la justesse touchante de son chant et de son jeu suspendent à ses lèvres la salle charmée.

Il y a de belles choses dans l'opéra du père Rossini; mais, franchement, avouons qu'il y a aussi dans cette partition des pages exécrables. Au risque de me faire conspuer par les fanatiques de la formule rossinienne,

par les bonzes en contemplation devant le nombril du
Diou de la musique et du macaroni, je n'hésite pas à
déclarer à la face de Strakosch et devant l'ombre de
Ninus que certains morceaux ont le don de m'exaspérer
jusqu'à l'hydrophobie. Les airs tragiques traités comme
des cavatines bouffes, le chœur des prêtres d'Isis en
forme de boléro avec accompagnement de castagnettes
et ponctué de grosse caisse, tout cela est grotesque au
possible.

Jamais, même quand il plaçait dans la bouche des
prêtres invoquant la Divinité la sérénade de Lindor
dans le *Barbier de Séville* (*Ecco ridente il cielo*), jamais l'illustre mystificateur qui a nom Rossini ne s'est
plus ouvertement et plus audacieusement moqué de
son public! On a crié au sacrilége quand Offenbach a
fait pour la première fois cancaner Jupiter et Vénus.
Rossini a fait pis, et sérieusement. Certaines choses
de *Semiramide* ne représentent-elles pas l'air de *Bu
qui s'avance*, chanté par Jeanne d'Arc dans sa prison?
J'ai dit. Le pauvre père Scudo doit tressaillir dans sa
tombe, — et je vais être lapidé par les séides de l'ex-
cygne de Pesaro. Ça m'est égal : prenez ma tête, et
vive Wagner!

Bien joliment peuplées les baignoires. La brune
madame M..., coquette comme Célimène et spirituelle
comme une Brohan, cache ses opulentes épaules de
marbre sous les mouvements capricieux de son éventail, papillon parfumé qui répand dans l'atmosphère
les suaves odeurs des violettes. A côté, chez la prin-

cesse Z..., on me donne des nouvelles de Pétersbourg, et on dément le bruit du mariage de mademoiselle S... avec le grand-duc Nicolas Constantinowitch. Je me disais aussi : Si cela devait se faire, je l'aurais su le premier.

* *
* *

Jeudi.

Si vous saviez dans quel état j'ai retrouvé mon baron !

Au Vaudeville, hier soir, il n'a pas cessé de me conter par le menu les petits scandales de la salle et les historiettes les plus secrètes du grand et du demi-monde, sur lesquelles il est ferré comme un Saint-Simon du lac ou un Brantôme du grand seize !

C'est lui qui m'a narré avec force détails le steeple-chasse effréné auquel se livrent en ce moment un directeur de théâtre puissant et intelligent, un banquier richissime et un jeune artiste blond, pensionnaire dudit directeur. Le but est une jolie, très-jolie actrice d'un théâtre que je ne peux nommer ; mais vous la reconnaîtrez facilement si je vous dis qu'elle est très à la mode dans ce moment-ci, et qu'au bal des artistes, l'autre nuit, elle a eu un grand succès de beauté, malgré un maquillage extravagant et maladroitement exécuté d'ailleurs. Ovide prétend que le banquier, malgré deux cent mille raisons excellentes de poids et ayant cours, n'a aucune chance ; que le directeur a la corde et le jeune artiste le cœur. Quelle mauvaise langue que mon baron !

Ce matin ç'a été bien pis. J'ai déjeuné chez lui, dans son petit hôtel de la rue des Belles-Feuilles qu'il a si artistement arrangé et, le café pris, je suis tombé, au fumoir, sur une collection de photographies aussi belles que celles de Bergamasco, le merveilleux artiste de Pétersbourg. Un coup d'œil rapide m'a édifié. Elles y étaient toutes, les croqueuses de pommes et de cœurs, les quenottes affilées qui rongent si bien les forêts, les prés, les bois et les châteaux, dévorent les fermes, pêchent les étangs par un procédé spécial et détruisent les vignes plus sûrement et plus rapidement que le phylloxera. Chacune de ces images est accompagnée d'une dédicace qui ne me laisse aucun doute. Toutes le tutoient, et mon chéri par ici, mon lapin violet par là, ce sont évidemment toutes des victimes. Ce n'est plus un album, c'est un livre de chasse.

Corollaire dudit répertoire Don Juanesque : une liasse de bordereaux d'agent de change. Vendu vingt mille 3 0/0 au comptant ; idem, cinquante Banque de France ; idem, cent obligations d'Orléans. C'est le bon héritage du papa de la Croix-Vraye qui s'émiette sous le feu des beaux yeux parisiens qui fondent les fortunes. Plus loin encore, des notes. Les bijoutiers dominent, c'est à se croire aux plus belles années de jadis pendant lesquelles on ne saluait pas ceux qui n'avaient pas de conseils judiciaires. Les carrossiers et les marchands de chevaux emboîtent le pas, puis viennent les fleuristes, couturières, enfin tous les corps de métiers qui travaillent pour les métiers de corps.

Ovide voit que je feuillette tout cela avec le sourire du vieux renard qui se souvient.

— Eh bien ! quoi ? me dit-il avec cynisme, on disait que les affaires n'allaient pas. Je les fais marcher, voilà tout !

Il appelle cela marcher ! Cela court vers la culotte immense et fantastique. En continuant mon inventaire, je découvre une pauvre lettre pliée à la façon des hommes de loi qui veulent économiser une enveloppe. Papier à chandelle, encre jaune, écriture de procureur. En haut un timbre sec : Maître Coffre, notaire à Nantes.

— Tu peux lire, dit Ovide, c'est de ce vieil idiot qui gère mes propriétés.

« Monsieur le baron, si vous continuez, dit le pauvre et fidèle tabellion — qui doit être de 1830, comme le bonhomme de Flaubert — avant un an vous serez ruiné ! »

Je regarde Ovide, il sourit.

— Ne crains rien, dit-il, depuis huit jours je suis rangé. J'aime un ange qui me le rend, et désormais mes folies vont cesser. Tiens, regarde, mon vieil ami, voici son portrait, une exquise miniature que je porte collée dans la cuvette extérieure de ma montre. Seulement, ajoute-t-il, sois discret, c'est une femme du monde. Tu la connais, elle m'a dit t'avoir quelquefois rencontré jadis dans les salons!

Je regarde. C'est le portrait de Totoche ! Comment

voulez-vous que je lui fasse de la morale maintenant?

Voilà ce que c'est que de laisser les enfants jouer avec les allumettes !

★
★ ★

Mi-carême, que me veux-tu ? De longtemps je n'avais vu une journée aussi triste et aussi sale. La neige fondue tombant avec rage, les trottoirs inondés, entre les pavés des flaques jaunâtres rejaillissant en étoiles sous les pieds des chevaux, éclaboussant les passants dont les paletots sont constellés de mouchetures boueuses. Les piétons pataugeant dans une crotte démocratique; les jupons mouillés des femmes, flasques, humides, leur battant les talons de leurs ourlets maculés. Sur le boulevard, un dôme mouvant de parapluies ruisselants en gouttières dans le cou des gens. Dans les fiacres, des odeurs de moisi et de chien mouillé qui traînent; un ciel bas, gris, sombre, triste, suintant l'ennui et la mélancolie, conseillant le spleen et le suicide; pouah! et, au milieu de ce déluge immonde, quelques ignobles masques, repoussants, dépenaillés, sales jusqu'à l'échine, hommes déguisés — est-ce un déguisement? — en femmes, et femmes déguisées en hommes. Si c'est cela qu'on appelle la gaieté française ! Qu'on me ramène aux *Balaganes*.

Et le soir, quelle mélancolie ! Dans les rues solitaires, un orgue plaintif qui moud lentement un vieil air mélancolique scandé çà et là du cri traditionnel: *Lanterne magique*. Peu ou point de fêtes, pas de voi-

tures courant sur la chaussée et dont les lanternes
étincelantes éclairent l'intérieur de satin capitonné habité par des femmes costumées en *Salammbo*, en *Belle
Hélène* ou en marquise à paniers. Surtout pas de bal
de l'Opéra, et c'est là le grand vide !

Ah ! les joyeuses nuits de mi-carême de jadis, les
folles chansons, les tablées étourdissantes de verve,
d'esprit, de gaieté, de jeunesse. Les odeurs des violettes, des roses et du lilas blanc parfumant l'atmosphère échauffée. Les pianos tapés à tour de bras,
hurlant l'*Evohé d'Orphée* ou la valse de *la Vie parisienne*, jusqu'à ce que leurs pauvres claviers, tachés
de sauce tomate et brûlés par les cigares, demandent
grâce, et que les cordes éclatent avec un petit bruit
sec. Et les aventures ébauchées, nouées, dénouées, du
soir à l'aurore ; les passions nées d'un regard jeté par
les ouvertures du masque de velours, ces deux trous
noirs qui vont jusqu'à l'âme, mûrissant au feu des
mille bougies qui incendient la table et se reflètent
dans les coupes où sourit le xérès frappé, et s'étei-
gnant avec le chant du coq. Toute cette belle vie à
outrance est finie. On s'amusotte en secret, timidement,
deux par deux, comme si l'on était honteux ; on mange
de la charcuterie à huis clos, avec une bonne bouteille
d'ordinaire, ou bien l'on se réunit dix-sept pour jouer
au loto au troisième, au fond de la cour.

Et pourtant il y a un petit groupe d'individualités
élégantes qui ont trouvé moyen de faire cette nuit une
fête originale et excentrique. Je ne voulais pas le dire,
mais la plume me démange. Sachez donc que chez la

princesse aux Perles, minuit topant, se sont réunis Bois-Dauphin, le grand Guy, Montrival et Tréfleur. Le sexe auquel nous devons Théo était représenté par la vicomtesse Micheline et la duchesse de Blancpéché. Le costume pour les femmes, grisette ou femme de chambre sans diamants ni gants, petit bonnet à brides flottantes, tenant à peine sur la tête et tout prêt à s'envoler par-dessus le moulin rouge.

Côté des cavaliers, veston sombre du matin, chaussettes de soie, souliers découverts et petite cape anglaise de cocher comme coiffure, sans oublier la cravate rose ou bleu-azur en crêpe de Chine. Ainsi attifé, on s'est fourré dans deux fiacres et on est allé se trimbaler dans les petits bals des boulevards extérieurs. Ce qu'on s'est amusé, c'est inouï; chez Dourlans, une opulente commère, forte en gueule et pas bégueule du tout, a offert à Bois-Dauphin cinq cents francs par mois pour tenir chez elle les livres en partie aussi double que possible.

A l'Elysée-Montmartre, il y a une femme qui a appelé le grand Guy joli garçon, — ce qui l'a fait beaucoup rire. Quant aux femmes, c'était de la folie. La vicomtesse a trouvé un valseur phénix, comme jamais il ne s'en est produit un aux Tuileries au temps des cotillons menés par de Caux. Sa profession, voyageur de commerce pour les plumes métalliques. Enfin, la duchesse a été tellement séduite par le charme de la conversation d'un superbe gars brun, qui joue les amoureux sur le théâtre des Batignolles — dix francs le cachet et vingt en ville pour les leçons particulières

— qu'elle lui a donné l'adresse de sa femme de chambre, afin d'entrer en correspondance avec lui.

Suis-je renseigné ! Et cependant on s'est caché de moi, on m'a fait des mystères, on s'est défié de mon indiscrétion, comme si j'étais indiscret. Tout le monde sait pourtant bien à quoi s'en tenir là-dessus.

Aux Variétés : *la Petite Marquise*. Les éloges qu'on m'avait faits de cette pièce, dont la première s'est donnée pendant que j'étais au loin, étaient, je l'avoue, au-dessous de la vérité. C'est un petit bijou, exquisement ciselé par ces deux Siamois du talent et de l'esprit qui s'appellent Meilhac et Halévy. C'est fouillé, vécu, vrai, « j'en appelle à tous les hommes du monde ! » C'est de l'observation directe, fine et cruelle à la fois, de la satire discrète, égratignant à fleur de peau, un petit croquis parisien auquel il ne manque que l'illustration de Marcelin et l'accompagnement du maestro Offenbach, pour que la pièce demeure, dans les archives parisiennes, à l'état de document précieux destiné à éclairer les recherches des Saint-Simon de l'avenir.

Baron est idéal. Le toupet à l'ange gardien est une merveille, le jabot une trouvaille et l'habit à pans ronds contemporain de Baour-Lormian un poëme. Ce type de vieux savant grand seigneur, je le connais ; nous l'avons tous rencontré à travers les salons. Il s'occupe de questions palpitantes, telles que l'influence des hannetons sur la civilisation égyptienne sous les Pharaons de la quatrième dynastie.

Là-dessus, il pond des articles pâte ferme, d'une digestion impossible, dans des revues invraisemblables qui s'impriment rue Cassette, au fond d'une cour qui a l'air d'un pré, tant l'herbe y pousse drue et serrée entre les pavés. Il a connu Ducray-Duminil, joué au sable aux Tuileries avec M. Guizot — le père — et fréquenté le salon de l'Abbaye-aux-Bois, où madame Récamier le tutoyait et où l'auteur d'*Ourika* lui donnait des conseils littéraires. Point grotesque avec cela, le comédien a évité l'écueil et n'est pas tombé dans la charge. Bravo, bravo encore !

Grandville et Bode sont deux appétissantes commères rondelettes, aux appas rebondissants sous leurs corsages de cretonne écrue, à la jupe troussée d'une façon provoquante, à l'œil émerillonné et fripon. Le duo de ces deux Rabouilleuses — modèle 1873 — est charmant d'imprévu piquant et de gaieté gauloise. On ne doit pas s'ennuyer une minute entre cette Mathurine blonde et cette Charlotte brune, et le sang est beau dans la Vienne. Si jamais je me retire à la campagne, ce sera dans les environs de Poitiers ! Les maisons de campagne y sont bien meublées !

Quant à Berthal, elle est effrayante de vérité et de cynisme dans le rôle de cocotte suppléante. C'est bien la femme de chambre et d'antichambre dont on bouche les yeux avec deux louis, qui mange à table avec sa maîtresse, lui prête de l'argent et la tutoie dans l'inti-

mité. Charmante fille d'ailleurs, « elle a un amant ! »
Un amant, un Jupillon quelconque aux cheveux pla-
qués, à la casquette graisseuse, qui nage là-bas dans
les fossés des fortifications et qui le dimanche la mène
dans *les bals de société* où des filles au teint plombé, aux
yeux cernés, lèvent la jambe sous la lueur crue du gaz,
fouettées par la musique canaille d'un piston de guin-
guette et vont après se rafraîchir avec un « saladier. »

J'ai gardé madame Chaumont pour la bonne bouche.
Je voudrais pouvoir dire bonne bouchée, car elle est à
croquer. Ses petites révoltes, ses indignations, ses
agacements nerveux, tout cela est parfait, et le récit de
son équipée rue Saint-Hyacinthe est débité par elle
avec un art de comédienne difficile à égaler, impossible
à surpasser. L'épisode du marmiton est d'un naturel à
crier : Je sais quelqu'un à qui pareille chose est arrivée, seulement c'était un frotteur, pas vrai, comtesse ? Ce qui prouve une fois de plus, comme l'a dit
si justement quelqu'un — Bossuet, je crois — qu'entre
l'amant et les lèvres de la bien-aimée, il y a place pour
un gêneur !

★
★ ★

                                        Mardi.

Affluence aujourd'hui à l'Hôtel des ventes. Duverger
vendait ses diamants. J'ai tenté, à plusieurs reprises,
de pénétrer dans la salle où se passait la comédie, et
j'avoue que j'ai dû y renoncer. Il est déshonorant, pour
une ville comme Paris, de n'avoir comme Hôtel des

ventes qu'un édifice étroit, mesquin, avec des boyaux infects comme salles, au lieu de vastes pièces entourées d'amphithéâtres sur lesquels le public massé s'étagerait, et d'où il découvrirait les objets mis en vente. Au lieu de cela, un encombrement odieux et ridicule, les premiers rangs occupés par des revendeuses à la toilette, de sales juifs, des brocanteurs borgnes à redingotes crasseuses et aux chapeaux miroités de graisse.

Les hommes qui restent couverts — politesse française — masquent totalement la vue avec leurs couvrechef en tuyaux de poêle. On se presse, on se bouscule, on s'écrase, et de temps à autre un cri de douleur retentit, c'est une pauvre femme dont un monsieur énorme vient de piler la bottine mignonne sous ses talons cloutés. D'autres plus hardies frétillent entre les gros dos des hommes, se glissent par la plus petite fissure qui se produit, jouent des coudes, de la prunelle, s'insinuent par les petits trous et finissent par arriver aux premiers rangs, avec un petit sourire de triomphe et en promenant sur l'assemblée un regard circulaire et victorieux.

Tout Paris, néanmoins, s'est étouffé pendant deux heures dans ce bain de vapeur, et il faut bien avouer que la chose en valait la peine.

On a vendu d'abord la grosse rivière qui était admirable ; elle ne comptait pas moins de vingt-sept gros chatons en brillants. C'était, paraît-il, un trop énorme morceau pour les estomacs de nos viveurs actuels.

Aussi a-t-il fallu la fractionner en quatorze lots qui ont produit environ cent cinquante mille francs.

Puis la paire de boucles d'oreilles, composée de deux boutons et de deux magnifiques pendeloques poires, le tout en anciens diamants, a été adjugée à un M. Bescherelle — rien du dictionnaire, — moyennant soixante-dix mille cinq cents francs ; un superbe brillant rectangulaire est échu à M. Kiendorff, qui l'a payé cinquante mille cinq cents francs, et la grande plaque ronde avec diamant central et entourage de gros brillants à M. Sobolewski, au prix de vingt-neuf mille cinq cents.

Demain on vendra ma passion : c'est une grande Sévigné en brillants avec un gros saphir au milieu et une briolette saphir pendante.

Cette merveilleuse pièce, que j'ai vu de près et maniée bien souvent, est une non-pareille agrafe de burnous pour sortir de l'Opéra ou des Italiens, dans ce moment d'élégance fugitive où encapuchonnées de dentelles, immobiles sous leurs traînes de satin blanc ou cramoisi, nos élégantes se tiennent debout sous le péristyle aux colonnes stuquées et polies, cariatides gracieuses et imposantes à la fois. On disait autour de moi que madame Musard avait l'intention de pousser ce bijou splendide, qui a coûté deux cent quarante mille francs.

En sortant de l'Hôtel des ventes, je passe rue Chauchat devant le petit temple évangélique, dans ce coin retiré où personne ne vient, où les trottoirs déserts ne sont fréquentés que par les amoureux qui s'y donnent

20

rendez-vous sans crainte d'y être dérangés. Devant moi, deux ou trois bonshommes accroupis se penchaient curieusement sur un morceau de serge verte dépliée, laissant voir un amas d'écrins en velours bleu, rouge, en maroquin chiffré, timbré de couronnes, en cuir de Russie armorié. C'étaient ceux qui avaient contenu toutes les merveilles que je venais de voir passer au feu des enchères.

Et comme le petit côté philosophique des choses me frappe toujours, je me suis mis à penser à l'époque où les joyaux précieux, habitant ces coquettes enveloppes, avaient été pour la première fois apportés à leur charmante propriétaire. Je me représentais les boyards opulents ou les fringants *clubmen* de Paris ou de Londres, arrivant le cœur palpitant, déposer aux pieds de leur idole ces présents indiens, fils de Golconde et de Visapour. Je les ai revus épiant dans les grands yeux profonds de leur belle maîtresse l'éclair de joie que devaient lui causer ces riches parures, et pendant que je songeais à tout cela, j'ai entendu l'un des brocanteurs dire à l'autre, en lui désignant du doigt les écrins :

— J'ai eu le tas pour soixante francs !

Ce que c'est que de nous, Augustine !

Mercredi, 18 mars 1874.

Il était six heures du matin, quand je suis sorti du bal de la marquise M... La transition est brusque, des salons éclairés par les lueurs des bougies et des lustres à pendeloques de cristal, à la rue inondée des feux du jour. Ma foi, il faisait si beau, l'avenue des Champs-Élysées étaient si tentante avec son calme profond, les reflets roses du soleil levant, sa vaste chaussée déserte ; l'air était si pur et le ciel d'un si joli bleu pâle, que, dédaignant les horribles fiacres nocturnes qui stationnaient à la porte de l'hôtel de la marquise, je suis parti de mon pied léger pour regagner mon *home*, malgré la distance et l'éloignement.

Charmant, mon Paris, à ces heures matinales ! Rien ne trouble la solitude des vastes avenues désertes, si ce n'est par-ci par-là un break de dressage remontant vers le Bois, attelé d'une magnifique paire de chevaux en toilette du matin, avec les harnais de cuir sans garniture de métal, les genouillères et les doubles guides qui servent à faire leur éducation. Là-haut, au bout du boulevard Haussmann, flotte dans l'atmosphère un léger brouillard avec des tons lilas d'une délicatesse infinie. Une nuée de moineaux francs qui picoraient effrontément sur la chaussée s'enlève devant mes pas en poussant de petits cris brefs et aigus et va en pépiant se poser sur les arbres aux branches dénudées au bout desquelles éclatent déjà les bourgeons d'un vert anglais si joli à l'œil.

La brise matinale, fraîche et salubre, me gonfle la poitrine, et je marche délibérément, faisant résonner mes talons sur les trottoirs tout comme si je n'avais pas à mon actif deux valses aussi enivrantes qu'interminables, d'une demi-heure chacune et faites pour

épuiser les jarrets d'acier de l'homme le plus robuste
et le mieux trempé. Involontairement, cependant, les
motifs de ces deux valses, tendres et voluptueux à la
fois, me reviennent à la mémoire, mêlés, je ne sais
pourquoi, au rhythme étrange et saccadé de la Polonaise de *la Vie pour le Czar,* que je n'ai pas entendue
depuis les bals de la Noblesse et du Palais d'Hiver.

Pourtant les longues perspectives des boulevards
Haussmann et Malesherbes commencent à se peupler
et le sang humain à circuler dans les artères de la
grande ville. Je croise des ouvrières en cheveux, en
waterproof, un pauvre petit sac de cuir noir à la main,
des hommes d'écurie anglais, en gilet de flanelle
à carreaux contrariés, le béret écossais ou la cape
de *Christy* sur la tête, qui vont boire le vin blanc du
lever.

Les coudes au corps, serré dans un petit pardessus
d'été étriqué aux manches luisantes d'usure, strictement brossé et boutonné, un pauvre employé, des papiers sous le bras, me dépasse rapidement. Il file vers
le bureau abêtissant où l'attendent ses manches de
lustrine, son grattoir et sa sandaraque et d'où il ne
sortira qu'à la nuit tombée quand le gaz allumé éclai-
rera ces rues inondées maintenant des rayons du soleil
levant. En voilà un qui jouit de Paris! Pauvre coquil-
lage oublié au fond de cet Océan mystérieux et toujours
agité! Il est peut-être heureux cependant, autant que
moi, plus que moi peut-être, qui viens de savourer
tous les plaisirs du luxe, toutes les recherches de

l'élégance la plus raffinée et la mieux entendue. Qui sait ? Il lui suffit pour cela d'aimer et d'être aimé !

Tout en marchant je passe devant des demeures connues, et par habitude, machinalement, je lève les yeux vers les fenêtres hermétiquement closes, derrière lesquelles j'ai si souvent vu des silhouettes familières et amies. Tout repose ! Ah ! si réalisant un rêve ardemment caressé depuis longtemps, je pouvais entr'ouvrir ces volets et entre-bâiller les soyeuses tentures qui masquent le jour aux jolies dormeuses étendues au milieu des oreillers de valenciennes et rêvant, leur jolie tête, aux cheveux blonds épars, appuyée sur leur bras replié !

Que de charmants petits tableaux d'intérieur ! la lampe de nuit éclairant discrètement les robes de bal jetées sur un fauteuil précipitamment ; à terre, sur la peau d'ours, les bas de soie lovés comme des serpents ; et sur la cheminée, à côté des colliers de perles et de l'éventail favori, une touffe de violettes vivantes qui achèvent de mourir en exhalant leurs derniers parfums.

Mais ce beau rêve est impossible, et je continue ma route aux sons stridents des clairons de la caserne de la Pépinière. Puis je dépasse la gare Saint-Lazare, qui se réveille et se remplit d'animation. Sept heures sonnent. Les rues s'emplissent ; les omnibus du chemin de fer de Lyon, chargés de bagages, emmènent vers Nice des voiturées de *misses* anglaises à cheveux

20.

fauves. Rentrons et essayons de dormir si c'est possible. *Good night, marchioness!*

★
★ ★

Mardi, 24 mars.

C'est un joli régiment que le 28ᵉ hussards et ses officiers fringants, friands de la lame, vrais casse-cœurs,
qui faisaient de terribles ravages l'an dernier à Paris.
Leur garnison effective était Rocquencourt, mais on ne
voyait qu'eux dans les trains, et quand par hasard sé-
vissaient les consignes — les fâcheuses consignes —
les express du soir amenaient de Paris un tas de jolis
minois chiffonnés, qui venaient consoler les pauvres
prisonniers. Une surtout, brune avec des yeux noirs,
et un type d'Italienne d'Hébert! Qu'est-elle devenue,
depuis? On la dit très-malade et au régime de l'*Of Meat.*
Pauvre fille!

Pour en revenir à mon régiment de hussards, Montchevreuil était un de ses plus coquets lieutenants. Un
soir de cet hiver, cinq heures, cinq heures et quart,
il tournait le coin de la rue de Téhéran, lorsqu'une
femme voilée, grande, élégante, bien prise, aux allures
de frégate sous voiles, passe à côté de lui en courant,
le frôle, le bouscule presque, et pan! elle s'engouffre
sous la première porte cochère du boulevard Haussmann qui se présente.

Elle disparue, et son passage n'ayant laissé d'autre
trace qu'un sillon parfumé d'Ylang-Ylang, Montchevreuil s'arrête net et contemple d'un air de désir mêlé

de regret la place où vient de se lever ce joli gibier.
Mais il est vite tiré de sa rêverie par l'apparition d'un
quidam à l'air rébarbatif, moustache en croc, tournure
militaire, collet relevé jusqu'aux yeux. Il brandissait
une énorme canne et semblait animé de dispositions
peu pacifiques. D'un air soupçonneux il examine le
lieutenant, puis, comme ayant perdu la piste, il se met
en observation sur le trottoir d'en face.

— C'est le mari, dit Montchevreuil! Nous allons rire
Et il monte l'escalier de la maison où s'était réfugiée
la pauvrette. Tout en montant, il monologuait ainsi :
— Pauvre femme. Encore une qui souffre, qui est in-
comprise. Elle, jeune, jolie, pleine de sang, d'illusions,
de désirs; lui, prosaïque, brutal, laid — il doit être
laid, cet animal-là! Et le mariage, sotte institution! Les
parents disent un beau matin à une jeune fille : Tu vas
épouser M. un tel. — Mais, papa ! — Il n'y a pas de
mais papa! On n'en meurt pas, que diable, vois ta
mère ! Le mariage, c'est comme une médecine, ouvre
la bouche, ferme les yeux et avale. C'est un peu amer,
mais on s'y fait, et tu pourras après prendre un morceau de sucre pour faire passer le mauvais goût. Et
elles prennent un amant, c'est le morceau de sucre. Il
y en a même qui prennent tout un sucrier. Pauvres
petites !

Comme Montchevreuil achevait de marmotter ces
théories perverses, il se trouva en face de la dame qui
redescendait tranquillement, croyant que dix minutes
écoulées auraient lassé la patience de son persécu-
teur.

— Ne descendez pas, madame, on vous guette, dit le galant officier.

Elle fit un geste de biche effarouchée :

— Ciel ! mon mari, dit-elle.

— Je m'en doutais ! exclama le hussard. Madame, ajouta-t-il en lui tendant sa carte, je vous donne ma parole que je ne cherche point ici une aventure. Par principe, je prends toujours le parti des femmes, surtout quand elles sont jolies. Restez donc ici. Je vais guetter en bas le départ de la personne, et aussitôt le chemin libre, je vous laisserai partir sans jamais tenter de vous revoir, je vous l'affirme.

— Allez, monsieur, dit-elle avec un sourire enchanteur.

— Si cet animal n'est pas parti, se dit Montchevreuil, je le heurte, je lui cherche querelle et je lui flanque un joli coup d'épée. Cela fera diversion.

Ce qui fut dit... allait se faire lorsqu'en approchant du fâcheux qui faisait faction comme un dogue :

— Tiens, Montchevreuil, dit le jaloux.

— C'est vous, colonel !

— Appelez-moi, général, mon cher, je le suis depuis ce matin. Au fait, continua-t-il en prenant le hussard sous le bras, venez donc avec moi chez Tortoni. J'attendais là quelqu'un qui ne viendra sans doute plus. Nous serons plus à l'aise pour causer.

Ils s'éloignèrent comme deux frères, et derrière leur dos décampa prestement la jolie princesse, vouant dans son cœur un cierge à son sauveur.

Moralité : si vous passez jamais à Courcelles-sur-

Loire, vous y trouverez, commandant la subdivision, un général qui a une très-jolie femme et un aide de camp qui s'appelle Montchevreuil.

Ils sont parfaitement heureux tous les trois !

*
* *

Mercredi, 25 mars.

La Magdaléenne avait attiré hier soir à l'Opéra-Comique un public brillant et nombreux. Nous sommes loin des temps bibliques où la première audition de l'oratorio de Massenet n'avait réuni là-bas, dans les solitudes odéoniennes, que quelques rares fervents. Il est vrai que ces disciples de la première heure étaient tous animés d'un enthousiasme ardent, profond et vivace.

Les femmes surtout, auxquelles convient à merveille cette musique voluptueuse et mystique à la fois, se sont distinguées par leur zèle. Elles ont, depuis l'année dernière, prêché sans relâche, converti les incrédules, conquis des adeptes, et cette propagation de la foi en Massenet et en sa musique a été poussée avec autant de dévouement et de persévérance que s'il s'était agi de catéchiser les Sioux, les Patagons ou ces cruels Tonkinois qui viennent encore de faire une hécatombe de nos pauvres missionnaires. Le sang chrétien fume encore, semence féconde et généreuse, dans ces contrées sauvages parmi lesquelles les soldats du Christ vont évangéliser et, chose étrange, cette nouvelle nous parvient ce soir même à l'Opéra-Comique, tandis que la musique de *Marie-Magdeleine* retentit à nos oreilles avec ses accents mélodieux, et qu'aux sinistres frémissements de l'orchestre, le Nazaréen, cloué sur la croix du Golgotha, expire en jetant sur la courtisane repentie, qui baigne ses pieds de larmes, un regard de commisération attendrie qui lui présage le pardon divin.

Il ne m'appartient point de juger ici, ni la partition de Massenet, ni ses interprètes d'hier : mesdames Carvalho, Franck ; MM. Bouhy et Duchesne succédant à mesdames Viardot et Vidal, à MM. Bosquin et Petit. Mais, ce que je peux constater, c'est la présence de presque tous les missionnaires de cette religion Massenétiste, que je vous signalais tout à l'heure, les mêmes qui ont applaudi les superbes pages musicales que le jeune et déjà célèbre compositeur a écrites pour accompagner *les Erinnyes*, de Lecomte de Lisle, représentées à l'Odéon, et les *scènes pittoresques* jouées aux Concerts du Châtelet, parmi lesquelles il y a un si adorable ballet espagnol tout empreint du parfum local et frémissant de grâce andalouse.

Quand je parcours la salle, au hasard de ma lorgnette, je trouve la duchesse et le duc de Castries, qu'accompagnent M. et madame de Montsaulnin ; Ferdinand Duval, Eugène Pastré sont aux loges de face ; madame Binder, une fervente musicienne, femme de goût et artiste jusqu'au bout des ongles, suit l'œuvre sur la partition. Madame Ugalde est sa voisine ; plus loin est madame Bizet.

Il m'a semblé — est-ce un rêve ? — apercevoir un

instant la duchesse Decazes ; mais je suis sûr, en tout cas, d'avoir vu de ci de là Reyer, Henry Lavoix, fort enthousiaste et applaudissant à tout rompre, Bertrand de Valon, le baron Doazan, Paul de Cassagnac, Charles Grisart, l'auteur de *la Quenouille de verre ;* Vührer, Horace de Choiseul, et, au fond d'une baignoire discrète, deux adorables chapeaux ornés de touffes de muguet, si coquets, si sémillants, si alertes, que cela donnait envie de les respirer.

Il manquait hier soir pourtant deux personnalités charmantes que la maladie ou quelque autre motif grave et mystérieux ont pu seuls empêcher de venir comme elles l'avaient fait jadis. Voyons, mesdames, vous si passionnées de cette admirable et poétique *Marie-Magdeleine*, vous qui avez jadis si fort contribué à son succès, que vous est-il arrivé ? Rassurez-nous vite et dites-nous pourquoi cette absence, *Petite Marquise* et *Lilas Blanc*.

Jeudi, 26 mars.

Depuis trois jours, impossible de rencontrer quelqu'un qui ne vous dise :

— Avez-vous été rue Chaptal voir les tableaux destinés à l'Exposition ? Tout le monde y court, et il y a là quelques toiles qui sont de purs chefs-d'œuvre !

Il m'a donc fallu faire comme les autres, et ce n'est pas sans une certaine satisfaction que je constate le succès de cette exposition.

Il y a maintenant quatre tableaux de Gérôme : d'abord l'Arabe pleurant la mort de son pauvre cheval, mort d'épuisement dans le désert du Sinaï ; puis Molière écoutant son collaborateur Corneille qui lui lit Psyché. *L'Eminence grise*, une étude historique pleine de couleur et de vie, empreinte de cette exactitude suprême et de ce fini achevé qui distinguent Gérôme ; enfin un Frédéric le Grand, revenant de la chasse, qui vaut bien une mention à part.

Dans ce petit cabinet rococo de Postdam, dont les meubles déchirés sont encore souillés et maculés par les chiens qui s'y sont vautrés, le roi de Prusse est debout au retour d'un hallali. Ses bottes crottées et constellées de mouchetures boueuses, les cinq ou six chiens qui l'entourent l'attestent. En arrivant, le monarque a décacheté ses dépêches dont les enveloppes aux larges sceaux de cire rouge gisent à terre éventrées. Puis, la politique satisfaite, Frédéric se livre à sa passion favorite. Pendant toute la chasse un motif musical lui trottait par la tête, et sa flûte aux lèvres il contente son envie ; tout debout devant la partition ouverte sur son bureau, au-dessous du buste de son ami Voltaire, qui le regarde avec son mauvais sourire ironique et sarcastique, en plissant le rictus de sa bouche enfiellée, toujours prête à mordre.

L'ensemble est charmant et digne en tout point du maître. Au demeurant, le public jugera, puisque ces trois dernières toiles figureront à l'Exposition, ainsi qu'un grand tableau de Detaille, appelé, selon nous, à produire une énorme sensation. C'est une charge de cuirassiers à travers les rues barricadées d'un petit village voisin de Wœrth. Les Prussiens, cachés dans les maisons, — on n'en voit pas un seul — fusillent à leur aise les héroïques cavaliers, empêtrés dans les longues charrettes alsaciennes, disposées comme des chevaux de frise. C'est une composition saisissante, dramatique au possible et appelée — je le répète — au succès le plus certain.

Je passe rapidement maintenant sur un exquis Meissonnier, un joli Vibert — *l'Acrobate,* — et un petit extérieur de *public-house* signé Berne-Bellecour, qui est tout à fait réussi, et j'ai hâte d'arriver à la merveille qui éclaire cette galerie des rayons lumineux du génie. C'est de la fameuse *Vierge* d'Hébert que je veux parler. Il y a dans cette toile une séduction étrange qui vous attire, vous enveloppe et vous ramène invinciblement vers elle par je ne sais quel aimant inconnu. Cette Vierge possède ce charme mystérieux qui fait le fond de toute œuvre puissante. La Joconde de Léonard de Vinci est une courtisane, mais sa figure est une énigme ; voyez la belle Vierge du Pérugin, la fresque de la Vierge de Luini, ce sont des figures chastes et pures mais énigmatiques.

Quand on les regarde, on veut les pénétrer, on espère qu'elles vont parler. Et ces placides masques de momies taillées dans le basalte noir que nous ne savons plus travailler aujourd'hui, leur immobilité hiératique n'inquiète-t-elle pas l'artiste et le chercheur ?

21

n'ont-ils pas la saveur irritante du mystère inexpliqué,
tout comme ces sphinx à la croupe polie, aux seins
rebondis, qui regardent éternellement les déserts de
sable de leurs grands yeux fixes et profonds ? Toute
œuvre de premier ordre va plus loin que l'épiderme,
fouille le cœur, creuse la nature, traduit la pensée et
peint la passion, la pureté ou le vice. Eh bien, dans
cette œuvre d'Hébert, je trouve cet insaisissable idéal
que l'artiste poursuit de toutes ses forces et à la recherche duquel il use sa vie, ses forces, son sang et
son âme !

Le visage de l'enfant est une autre beauté. Les dra-
peries noires et blanches, qui l'encadrent et se dé-
tachent sur le fond de cuir de Cordoue gaufré d'or,
ajoutent à l'étrangeté du visage et en complètent le
style. Les sourcils qui forment une ligne presque
droite et perpendiculaire, au lieu de donner au masque
une expression dure et brutale, l'empreignent au contraire d'une douceur et d'un charme incomparables.
Quant à la Vierge elle-même, avec son nimbe d'or,
pareil à celui de la Vierge de Kazan, qui est à l'Assomption de Moscou, on retrouve dans ses grands
yeux noirs et fluides la sérénité des nuits d'Orient.
C'est bien la Méryem biblique, née et grandie sous
l'azur implacable des cieux de Palestine, bistrée par les
feux ardents du soleil, et foulant de ses pieds bruns
la terre rougeâtre et calcinée, qui s'écrase en poussière
couleur de brique sous les pas de celle qui sera la
mère de Dieu !

★
★ ★

Jeudi.

A MISS KATE SANTLEY, ALHAMBRA ROYAL THEATER

LONDRES

Eh bien! chère madame et amie, qu'est-ce que j'apprends? Vous avez des désagréments avec ce public qui naguère encore vous acclamait dans *Barbe bleue* et vous couvrait tellement de bouquets dans *la Belle Hélène*, que vous étiez presque tentée de refaire le mot célèbre de l'auguste Calchas et de vous écrier : Trop de fleurs, Jupiter, trop de fleurs!

Tenez, je me souviens de la première fois que je vous vis, c'était l'an dernier, aux environs du 15 août. J'avais, en fort brillante et fort nombreuse compagnie, passé la mer pour aller à Chislehurst, saluer une veuve dans ses longs voiles de deuil et un enfant qui depuis est devenu un homme. Un soir, après un dîner à Morley Royal hôtel, qui est resté légendaire dans bien des mémoires, nous entrâmes à l'Alhambra où vous jouiez précisément ce rôle charmant de notre Hortense et, dès les premières scènes, je ne pus m'empêcher de trouver entre vous deux des ressemblances frappantes. Physiques d'abord, vous êtes toutes deux blondes, potelées, avec des bras splendides que toutes deux vous montrez volontiers, des épaules opulentes. Vos yeux sont bleus comme les siens, votre petit fripon de nez a les mêmes froncements adorablement canailles, vos gestes sont la traduction — en anglais — de ceux de notre *Belle Hélène*, et quand on m'apprit plus tard que jamais vous n'aviez vu notre étoile d'opérette, que tout cela était naturel et nullement de l'imitation, je n'hésitai pas à vous donner le surnom glorieux de la Schneider anglaise, que vous méritiez si bien par votre beauté, vos grâces, votre *flirtation* si spirituelle avec Pâris, et vos dédains moqueurs pour Ménélas Bovary, le pauvre !

Or, paraît-il, tout est changé outre-Manche. Aux ovations enthousiastes ont succédé les murmures désapprobateurs, aux bravos les sifflets, et tout cela c'est l'œuvre d'une rivale jalouse qui triomphe à deux pas de vous, sur la même scène, vous volant vos succès, vos admirateurs, et accaparant pour elle seule le fanatisme des *Cockneys* de la Cité, des *Clubmen du Jockey*, du *Travellers* et autres cercles de la plus pure gomme. Jusqu'aux honorables *dealers*, *retailers*, *fish*, *iron* et autres *mongers*, tout le négoce, la rue des Lombards et de la Verrerie de là-bas, enfin, déserte votre étendard coquet qui représente Vénus Cascadeuse, la divinité qu'on adore à Paphos, succursale rue Notre-Dame-de-Lorette, à Paris.

J'ai d'autant plus lieu de m'étonner que jamais, au grand jamais, on n'a vu se produire au théâtre de rivalité semblable. Comme dans le journalisme, il existe au théâtre une camaraderie qui va jusqu'à la fraternité. Jamais deux écrivains ou deux actrices ne se *débinent* mutuellement. (Ne cherchez pas le mot, il n'est pas dans Bescherelle. L'expression académique est : casser du sucre!) Tenez, Schneider — déjà nommée — a été longtemps aux Variétés avec Silly, et elles ont toujours vécu en parfaite intelligence, se partageant les faveurs du public et l'affection de leurs camarades. A Saint-Pétersbourg, il était patent que Nilsson et Patti étaient amies intimes, et quand ma grande amie Pasca jouait *le Mariage d'Olympe*, son triomphe, mademoiselle Delaporte, en excellente camarade qu'elle est, applaudissait ferme. Plus fort que Daskewitch. Ainsi!

Actuellement encore, Judic et Théo passent leur existence à se dire mutuellement des douceurs. Je vous le répète, je ne connais que la République des lettres — voilà un mot heureusement trouvé et qui peint bien la situation — où la camaraderie règne plus dévouée, plus forte et plus constante. Je ne peux pas ici vous citer des noms, tous ceux que j'oublierais réclameraient, mais je sais tel journal où les rédacteurs se lèvent à six heures du matin pour aller chez leur directeur faire mousser les articles de leurs confrères.

Prenez donc courage, chère miss et amie. Le public et les flots sont changeants. On vous reviendra, vous le méritez à tous égard, et puis, écoutez, si on vous agace par trop là-bas, fourrez pêle-mêle dans une malle — *patent safety* — votre *peplum* transparent, vos coiffes de *Boulotte*, votre jupon à passequilles de *Zerline* et venez un peu nous voir. Nous trouverons à vous occuper.

Ainsi soit-il!

*
* *

Vendredi.

Voilà le printemps ! Gare là-dessous !

Par les rues ensoleillées, les Parisiennes s'avancent
en fraîches toilettes où le rose, l'azur, le lilas et le gris
tourterelle dominent les guirlandes de roses multicolores posées sur les chapeaux coquets, alternant avec
les bouquets de fleurs des champs, coquelicots, bluets
et pâquerettes et folle-avoine dont les tiges menues et
déliées frissonnent sous la brise légère qui vient de
l'est. Azur foncé est le ciel, et si nous cherchions bien
dans l'atmosphère, nous découvririons un fil de la
Vierge, ténu et soyeux qui flotte, dans l'espace, emporté
par le vent jusqu'à ce qu'il rencontre un pêcher tout
couvert de fleurs roses auquel il se fixera !

Gare là-dessous ! Voilà le printemps !

Voici venir la saison charmante où les Parisiennes,
ouvrant leurs becs coquets, comme des mésanges qui
attendent leur pâtée, cherchent à humer les effluves
pénétrants qui circulent autour d'elles. On commence
à parler de la campagne, on s'inquiète de ses toilettes
pour les courses du Bois. Les touffes de violettes vont
reparaître avec les gants de Suède sans boutons, qui
n'en finissent pas. Les jours allongent. Attendez encore
un peu et on pourra aller au Bois, le soir, après dîner,
mollement étendus dans une élégante victoria, dont le
cheval de sang va au pas, la main dans la main, ne
disant rien, se disant tout ; les couples amoureux errent

dans les petites allées sombres qui entourent Baga-
telle et le pavillon d'Armenonville, là-bas du côté de
l'allée des Acacias, chère aux femmes du monde! Il
fera tiède, la poussière sentira la vanille ; de temps en
temps on rencontrera des gens à pied portant des bras-
sées de lilas ou de syringas odorants, laissant derrière
eux un sillage parfumé. Et la vie paraîtra bonne et l'on
aura envie d'aimer ! Voilà le printemps !

Vous pensez bien qu'au milieu de ce renouveau général je ne vais pas continuer à écrire chaque jour sous
ce vilain titre d'*Hiver à Paris*, qui rappelle les neiges
d'antan et qui nous fait l'effet, au beau milieu du
journal, d'une femme qui se promènerait en robe de
velours noir et couverte de fourrures, dans le pesage,
par une après-midi de Derby.

Je vais chercher un peu de repos quelque part, dans
le coin le plus ignoré possible. La Sainte-Russie et les
splendeurs du Kremlin m'ont, par la loi des contrastes,
donné un désir fou de soleil, une envie féroce de revoir
les orangers de Monte-Carlo, les plages de la Méditerranée, et de contempler, du haut des terrasses de
marbre, chauffées par des rayons torrides, les voiles
des pêcheurs monégasques faisant de petites taches
blanches à l'horizon.

A mon retour..... mais pourquoi anticiper ? Chères
lectrices, et vous aussi aimables lecteurs, je vous dis
non pas adieu, mais au revoir! Puissiez-vous ne pas
dire : Bon voyage !

FIN

CLICHY. — Imp. PAUL DUPONT, rue du Bac-d'Asnières, 12. (1718 — 75.)